트폰과 함께.11

그야말로 빗발치는 탄환이다.

「상당히 내 취향에 가까운 기체야.
조금 움직임이 둔하다는 것이 난점이지만」

이세계는 스마트폰과 함께. ⑪

후유하라 파토라 illustration ■ 우사츠카 에이지

캐릭터 소개

모치즈키 토야

하느님의 실수로 이세계로 가게 된 고등학교 1학년(등장 당시). 기본적으로는 너무 소란을 피우지 않고 흐름에 몸을 내맡기는 스타일, 무의식적으로 분위기 파악을 하지 못한 채, 은근히 심한 짓을 한다.
무한한 마력에 모든 속성 마법을 가지고 있으며, 무속성 마법을 마음대로 사용하는 등, 하느님 효과로 여러 방면에서 초월적. 브륀힐드 공국 국왕.

벨파스트 유미나 에르네아

벨파스트의 왕녀, 열두 살(등장 당시). 오른쪽이 파란색, 왼쪽이 녹색인 오드아이, 사람의 본질을 꿰뚫어 보는 마안의 소유자. 바람, 흙, 어둠이라는 세 속성을 지녔다. 활이 특기. 토야에게 한눈에 반해,
무턱대고 강하게 다가왔다. 토야의 신부가 될 예정.

에르제 실레스카

토야가 구해 준 쌍둥이 자매의 언니. 양손에 건틀릿을 장비하고 주먹으로 싸우는 무투사. 직설적인 성격으로 소탈하다. 신체를 강화하는 무속성 마법【부스트】를 사용할 줄 안다. 매운 것도 좋아한다. 토야의 신부가 될 예정.

린제 실레스카

쌍둥이 자매의 여동생. 불, 물, 빛이라는 세 속성을 지닌 마법사, 빛 속성은 별로 잘 사용하지 못한다.
굳이 따지자면 낯을 가리는 성격으로 말이 서툴지만 가끔 대담해진다. 단 음식을 좋아한다. 토야의 신부가 될 예정.

코코노에 야에

일본과 비슷한 먼 동쪽의 나라, 이센에서 온 무사 소녀. 존댓말을 사용하며 남들보다 훨씬 많이 먹는다. 진지한 성격이지만 어딘가 어긋나 있는 면도 있다. 본가는 검술 도장으로 유파는 코코노에 진명류(眞鳴流)라고 한다.
겉만 봐서는 잘 알기 어렵지만 의외로 거유. 토야의 신부가 될 예정.

루시아레아 레굴루스

애칭은 루. 레굴루스 제국의 제3 황녀. 유미나와 같은 나이. 제국 반란 사건 때에 자신을 도와 준 토야에게 한눈에 반했다. 쌍검을 사용한다. 유미나와 사이가 좋다. 요리 재능이 있다. 토야의 신부가 될 예정.

스우시에르네아

애칭은 스우. 열 살(등장 당시). 자매에게 습격당하고 있을 때 토야가 구해 주었다. 벨파스트 국왕의 사촌. 유미나의 조카. 천진난만하고 호기심이 왕성하다. 토야의 신부가 될 예정.

마인스레스티아 힐데가르드

애칭은 힐데. 레스티아 기사 왕국의 제1 왕녀. 검술에 능하며 '기사 공주'라고 불린다. 프레이즈에 습격당할 때 토야에게 도움을 받고 한눈에 반한다. 긴 장화면 말을 더듬는 습관이 있다. 야에와 사이가 좋다. 토야의 신부가 될 예정.

린

전(前) 요정족 족장. 현재는 브륀힐드의 궁정마술사(잠정). 어려 보이지만 매우 오랜 세월을 살았다. 자칭 612세. 마법의 천재로 사람을 놀리기를 좋아한다. 어둠 속성 마법 이외의 여섯 가지 속성을 지녔다. 토야의 신부가 될 예정.

사쿠라

토야가 이센의 산속에서 주운 빈사 상태였던 소녀. 분홍색 머리카락과 제비꽃색 눈동자를 지녔다. 별로 감정을 겉으로 드러내지 않는다. 자신에 관한 기억을 모두 잃었다. 이름은 임시로 토야가 지어 주었다.

폴라

린이【프로그램】으로 만들어 낸 곰 인형으로, 마치 살아 있는 것처럼 움직인다. 200년 동안 계속 움직이고 있으며, 그사이에도 개량을 거듭했다. 그 움직임은 상당한 연기파 배우 수준. 폴라…… 무서운 아이!!

코하쿠

토야의 첫 번째 소환수. 백제라고 불리는 서쪽과 큰길의 수호자로, 짐승의 왕. 신수(神獸). 평소엔 새 끼 호랑이 크기로 다니며 눈에 띄지 않게끔 한다.

산고&쿠쿠요

토야의 두 번째 소환수. 두 마리가 한 세트. 현제라고 불리는 신수. 비늘의 왕. 물을 조종할 수 있다. 산고가 거북이, 쿠쿠요가 뱀.

코쿠

토야의 세 번째 소환수. 염제라고 불리는 신수. 새의 왕. 침착한 성격이지만, 외모는 화려하다. 불꽃을 조종한다.

루리

토야의 네 번째 소환수. 창제라고 불리는 신수. 푸른 용으로, 용의 왕. 비꼬기를 잘하며, 코하쿠와는 사이가 나쁘다. 모든 용을 복종시킬 수 있다.

모치즈키카렌

정체는 연애의 신. 토야의 누나를 자처하는 중. 천계에서 도망친 종속신을 포획해야 한다는 대의명분으로, 브륀힐드에 눌러앉았다. 느긋한 알투. 패 게으르다.

모치즈키모로하

정체는 검의 신. 토야의 두 번째 누나를 자처한다. 브륀힐드 기사단의 검술 고문에 취임. 늠름한 성격이지만 조금 천연스럽다. 검을 쥐면 대적할 상대가 없다.

프란셰스카

바빌론의 유산 '정원'의 관리인. 애칭은 세스카. 메이드복을 착용. 기체 넘버 23. 입만 열면 야한 농담을 한다.

하이로제타

바빌론의 유산, '공방'의 관리인. 애칭은 로제타. 작업복을 착용. 기체 넘버 27. 바빌론 개발 책부인.

벨플로라

바빌론의 유산 '연금동'의 관리인. 애칭은 플로라. 간호사복을 착용. 기체 넘버 21. 목유 간호사.

프레드모니카

바빌론의 유산 '격납고'의 관리인. 애칭은 모니카. 위장복을 착용. 기체 넘버 28. 입이 거친 꼬마.

프레리오라

바빌론의 유산 '성벽'의 관리인. 애칭은 리오라. 블레이저복을 착용. 기체 넘버 20. 바빌론 넘버즈 중 가장 연상. 바빌론 박사의 밤 시중도 담당했다. 남성은 미경험.

파메라노엘

바빌론의 유산, '탑'의 관리인. 애칭은 노엘. 체육복을 착용. 기체 넘버 25. 계속 잔다. 먹고 자기만 한다. 기본적으로 게으르고 뭐든 귀찮아하는 성격.

이리스팜므

바빌론의 유산, '도서관'의 관리인. 애칭은 팜므. 세일러복을 착용. 기체 넘버 24. 활자 중독자. 독서를 방해하면 싫어한다.

리루루파르셰

바빌론의 유산, '창고'의 관리인. 애칭은 파르셰. 무녀 복장을 착용. 기체 넘버 26. 덜렁이. 게다가 자각이 없다. 깜빡하고 저지르는 실수가 잦다. 잘 넘어진다.

아틀란티카

바빌론의 유산, '연구소'의 관리인. 애칭은 티카. 흰옷을 착용. 기체 넘버 22. 바빌론 박사 넘버즈의 유지보수를 담당하고 있다. 극심한 어린 여자아이 취향.

레지나바빌론박사

고대의 천재 박사이자 변태. 공중 요새 '바빌론'을 비롯한 다양한 아티팩트를 만들어 냈다. 모든 속성을 지녔다. 기체 넘버 29번의 몸에 뇌를 이식하여 5000년의 세월을 넘어 부활했다.

표지 · 본문 일러스트
우사츠카 에이지

세계 지도

왕도 제노스칼 →
마왕국 제노아스

왕도 파르마

파르프
왕국

엘프라우
왕국
왕도 슬라니엔

리니에
왕국

하노크 왕국
왕도 하노크스 →

노키아
왕국

왕도 나무에

천제국 유론

왕도 베른

리프리스
황국

레굴루스
제국

신국
이센

벨파스트 왕국
제도 갈라리아

왕도 아레피스
브륜힐드 공국
로드메어 연방
왕도 파르마

호른
왕국

리플렛 마을
성도
이스라
수도 파네라메아
펠젠 왕국

라밋슈
교국

미스미드
왕국
왕도
베르주

대수해(大樹海)
왕도 아트라일
라일
왕국
왕도 레스틴 →

이그리트
왕국

기사 왕국
레스티아

드래고니스섬

산드라 왕국

왕도 큐레이

N

지금까지의 줄거리

하느님이 특별히 마련해 준 스마트폰을 가지고 이세계에 오게 된 소년, 모치즈키 토야는 벨파스트 왕국과 레굴루스 제국의 후원을 받아 소국 브륜힐드의 공왕이 되었다.

고대 왕국의 유산, '바빌론'의 힘을 손에 넣은 토야는 각국 국왕들과 힘을 합쳐, 이세계에서 온 침략자인 프레이즈를 격퇴하기 위해 대대적으로 준비를 시작한다.

동으로, 서로, 남으로, 북으로. 나라의 경계를 넘어 세계를 돌아다니는 토야에게 잇달아 성가신 일이 벌어지는데…….

제1장 기사단 모집 중

"세계의 결계를 말인가⋯⋯."

"복원시킬 방법 없을까요?"

내가 가지고 온 이셴의 특제 센베이 과자를 으득으득 씹으면서 하느님이 생각했다. 여전히 다다미 네 장 반짜리 공간과 그 밖으로 펼쳐진 구름바다. 나는 지금 신계에 와 있다.

전화로 물어도 됐지만, 이런 것은 과자도 선물로 준비해서 직접 묻는 것이 좋다고 생각했기 때문이다.

"못 하지는 않지. 그게 가능한 전문 상급신⋯⋯ 그래, 결계신이라면 쉽게쉽게 할 수 있을 걸세. 단, 어쨌든 간에 신들이 하계에 참견하는 것은 금지되어 있어서 말이야. 결계를 부순 것이 사신(邪神)이라면 고치지 못할 것도 없다만."

스스슙, 하고 차를 마신 하느님이 후우, 하고 숨을 내쉬었다.

"그런데 5000년 전에 한 번은 결계가 복원되었는데요."

"그거야 지상의 누군가가 복원했다고 생각할 수밖에. 그런 능력을 지닌 사람이라든가 종족도 없다고는 할 수 없으니 말이야."

누군가라니, 누구지? 핵심적인 이야기가 잘 안 나오네.

"제가 '신력'을 사용해 고쳐 보는 건……."

"그만두는 게 좋아. 자네는 거미줄을 맨손으로 고칠 수 있나? 너무 큰 힘은 정밀한 컨트롤이 될 때까지 자제하는 게 좋네."

아직(?) 신으로서 승인받지 못한 나라면 지상에 간섭해도 되겠지 싶었는데, 오히려 생각과는 달리 결계를 부숴 버렸다간 수습이 안 된다.

"그런 것보다, 은근히 그냥 넘어갔는데 사신도 있나요?"

"있지. 으음, 그것들은 뭐라고 해야 하나, 우리와는 달리 지상에서 태어나네. 원념이나 집념처럼 별로 좋지 않은 기운이 모여서 자아를 가지게 된 것들이 우리 신들의 신기(神器) 등과 융합한 것이야. 자네가 원래 있던 세계의 *츠쿠모가미에 가깝네."

"그럼 하느님이 손을 댈 수 있을까요?"

"지상에 있는 이상 직접적으로는 안 되지. 선택된 용사에게 신의 성검을 수여하는 것 정도는 가능하지만 말이지. 계급으로 따지면 종속신보다도 아래거든."

종속신보다도 아래구나. 말하자면 신의 유사품 같은 거니 당연한가.

"만약 성검을 지닌 용사가 당하면요?"

"뭘 어쩌겠나. 그것으로 끝이지. 신이 몇 번이나 도와줄 거라고 생각했는가? 최악의 경우엔 그 세계를 방치해 두네. 신

---

*츠쿠모가미(付喪神): 오래된 물건에 깃드는 신이나 정령을 말한다.

이 관리해 주지 않는 세계는 계속 쇠퇴해 갈 테니, 세계는 완만하게 종언을 맞이하지. 물론 그렇게 되지 않도록 이래저래 손은 쓰지만 말이야."

그렇게 말하며 하느님이 자조하듯이 웃었다. 아마도 그런 일로 인해 버려야만 했던 세계가 몇 개인가 있었던 것이 아닐까?

내가 그런 생각을 하는데 하느님이 무언가가 생각났다는 듯이 아, 하고 목소리를 흘렸다.

"그렇지. 깜빡할 뻔했구먼. 토야가 가지고 있는 그 스마트폰, 이었던가? 그건 일단 신기(神器)라네."

"네?! 이게요?!

내가 품에서 스마트폰을 꺼내 보았다. 이게 신기였어?!

"자네가 죽었을 때 그것도 이쪽 세계로 가지고 온 것은 물론, 내가 손을 대지 않았나. 틀림없이 신의 힘이 깃든 신기야. 그렇지 않고서야 세계를 넘어 정보를 얻거나 신계에 연락을 하거나 할 수 있을 리가 없지."

듣고 보니 확실히 그렇다. 아~ 이건 신기였구나.

"신기는 저도 만들 수 있나요?"

"이쪽의 물질로 제조해 신력을 주입하면 못 만들 것도 없겠지. 다만, 별로 추천은 하지 않아. 조금 전에 말한 대로 사신을 만들어 내는 계기가 될 수도 있으니까."

"그렇군요."

사신을 쓰러뜨리기 위해 용사에게 주어지는 성검. 그것도 신기지? 그럼 그 성검에 사악한 기운이 깃들면 또 사신이 태어나는 건가? 라는 의문이 문득 떠올랐다.

하느님의 이야기대로라면 사신을 물리치면 동시에 그런 아이템은 파괴되거나 은근슬쩍 회수 또는 가짜와 뒤바꾸어 놓는다고 한다. 가~끔 그런 절차를 잊어버려 몇백 년 후에 또 사신이 신기에서 태어나 사신 부활, 같은 소동이 일어나고 그 사실을 깨닫는 일도 있다는 모양이다. 물론 내가 원래 있던 세계에도 바람을 피우거나 터무니없는 실수를 하거나 하는 인간미 넘치는 신들의 이야기가 매우 많다. 말썽을 일으키는 신들도 꽤 많고 말이지. ……의외로 비슷하다.

"이보게, 토야. 이건 한참 후의 이야기네만……. 자네, 그 세계를 관리할 생각은 없는가?"

"네?"

"언젠가는…… 그래, 상급신이 되면 세계 하나를 관리해야 하는데, 기왕이면 익숙한 세계가 좋지 않겠나?"

아니아니아니. 상급신이라니, 누나들보다 더 높아지는 건가? 아니, 세계신인 이분의 권속이니까 이상한 이야기는 아니려나?

"……역시 저는 신들의 동료가 되는 건가요?"

"미안하구먼. 원하는 것도 아니었는데 말이지. 하지만 다른 신들은 기뻐하고 있네. 새로운 신은 수만 년 만이거든. 선배 티를 내고 싶은 거겠지."

기뻐해 주는 것은 고맙지만……. 솔직히 미묘한 느낌이다.

"신족(神族)이 되면 아이들이라든가, 괜찮을까요? 내년에 결혼할 예정인데……."

"신들 사이에도 어린아이라면 산더미처럼 많아. 문제없네. 물론 사람보다 유별나게 뛰어난 능력을 지니게 될지도 모르지만, 부모 신만큼은 아닐 테지."

그것도 그런가? 헤라클레스나 페르세우스, 아킬레우스나 쿠 훌린 등 신 사이에서 낳은 자식은 신화 같은 데서 산더미처럼 등장한다.

하지만 박사의 이야기대로면 적어도 아들이 한 명, 딸은 여덟 명이나 태어난다고 하는데……. 전부 반쯤 신의 힘을 지니고 태어나면 아이를 키우는 것도 굉장히 힘들 것 같아.

"저어…… 육아의 신은 없을까요?"

"있기야 있지……. 하나, 자신의 아이는 자신이 키우는 게 낫다고 생각하네만."

"그렇겠죠……?"

맞는 말이다. 육아를 포기할 생각은 없지만, 왜 아직 태어나지도 않은 아이들 때문에 이렇게 정신적으로 지쳐야 하는 걸까.

하지만 결혼한다 해서 바로 아이가 태어나는 것은 아닐 테니……. 아니겠지?

"일단 지금은 신의 힘을 가능하면 사용하지 말고 할 수 있는 범위에서 이것저것 시도해 보는 게 좋을 걸세. 결과론이지만 자네가 그 세계로 간 것은 운명이 아닌가 하는 생각도…… 아니, 미안하네. 내가 그런 말을 할 처지는 아니지. 아무튼 힘내 보게."

"네."

해 볼 수밖에 없다는 것은 나도 잘 안다. 어떻게든 되겠지.

하느님의 격려를 받고 나는 신계를 떠났다.

"기사단원의 충원, 말인가요?"

"네. 맨 처음 건국했을 때 비해 마을도 커졌으니, 이쯤에서 한 번 더 모집하는 것이 어떨까 합니다."

재상인 코사카 씨의 설명을 듣고 나는 조금 생각했다. 확실히 우리 기사단원은 모두 합해도 100명이 채 안 됐다. 게다가 그중 40명 정도는 비전투원이다. 이 경우, 비전투원이란 프레임 기어에 타지 않는 사람들을 가리킨다.

츠바키 씨의 부하인 첩보부원이나 나이토 아저씨의 부하인 내근 인원, 외부에 파견한 인원 등이다. 당연히 나름의 전투력은 있지만, 그 사람들은 기본적으로 전투 훈련을 면제해 주고 있다.

그렇게 큰 나라는 아니니 다른 나라처럼 1000명 단위의 사람이 필요한 것은 아니지만, 확실히 조금 더 늘려도 좋을지 모른다.

"괜찮지 않을까? 난 찬성이야."

"소인도 찬성입니다. 앞으로 마을도 커질 테니까요."

"그러네요. 조금 더 기사단 인원이 많으면 마을 사람들의 안전도 더 확보할 수 있지 않을까요?"

훈련이 끝나고 같이 따라온 에르제, 야에, 힐다가 입을 맞춰 그렇게 찬성했다. 이 아이들은 기사단이 아니지만, 함께 행동하는 일이 많다. 내정에 대해 자세히 알고 있는 이 아이들도 기사단원을 늘리는 데 찬성인가.

"몇 명 정도 필요할까요?"

"그렇군요……. 단순히 지금의 인원을 두 배로 늘린다고 한다면 100명이지만, 그것과는 별도로 마을의 순찰, 성의 경비, 사무원 같은 인원도 포함할 경우, 150명은 필요할 듯합니다."

150명이라……. 음, 허용 범위려나? 브륀힐드 기사단이라고 이름은 붙여 두었지만, 기본적으로 그 운영 자금은 내 개인적인 돈이기 때문에 실제로는 내 사병단이다.

수입원은 미스미드의 상인, 오르바 씨에게서 들어오는 돈과 때때로 나타나는 거수 퇴치의 토벌료 등이다. 모자랄 때는 【서치】를 사용해 보석을 채굴해 그 나라에서 사례금을 받기도 한다.

"그중에서 프레임 기어에 타게 되는 기사는 몇 명 정도죠?"

"이전의 60명과 합쳐서 100명……. 즉, 40명 정도가 아닐까 합니다."

150명 중 40명뿐인가. 나머지 110명은 성의 경비나 마을의 순찰, 첩보 활동에 할당된다는 이야기다. 물론 그것도 기사단이 해야 할 중요한 일이다. 그걸 하고 싶지 않다고 하는 사람들은 아마 우리 기사단에 들어오지 못하게 되겠지.

"그렇다면 능력별로 채용하는 편이 좋다는 건가……."

전투 능력이 별로 높지 않더라도 사무 능력이 뛰어나면 쓸 만한 인재일 테고 말이야.

하지만 그렇다고 해서 수준을 낮출 수는 없다. 작년의 입단자와 비슷한 수준의 실력은 되었으면 한다.

아무튼 다소 전투 능력에 불안이 있어도 모로하 누나의 검신 신병 훈련소에 넣어 놓으면 최소한의 실력은 기를 수 있다.

"그럼 일단 150명을 목표로 각각 책임자가 필요한 사항을 조정해 주세요. 추천하고 싶은 사람이 있다면 그 목록도 같이요."

"알겠습니다."

공교롭게도 나는 추천할 만한 사람이 없었다.

굳이 따지자면 모험자인 소니아 씨나 렌게츠 씨, 그리고 신인 모험자인 롭 일행 네 명이지만, 그쪽은 모험자를 하는 편이 돈을 더 많이 벌 수 있을 테니 말이야.

전에는 면접을 유미나와 교황 예하의 마안 콤비에게 의존했지만, 이번에는 박사에게 거짓말 탐지기라도 만들어 달라고 할까? 아니지, '창고'에 그런 것이 있었던 것 같아.

그런 생각이 들어 바빌론으로 전이해 봤지만, 항상 박사가 있는 '격납고'에는 게르힐데를 정비하는 모니카와 미니 로봇들밖에 없었다.

"어? 박사는?"

"'연구소'의 제2 랩에서 로제타와 회의 중이야. 다음 기체를 어떻게 할 것인지 이야기하고 있었어."

"회의?"

뭐가 뭔지는 잘 모르겠지만 모니카의 말대로 '연구소'의 제2 랩으로 가 보니 책상 위에는 다양한 설계도와 미니어처 프레임 기어가 있었고, 벽의 영상판에는 다양한 부품의 와이어 프레임 같은 것이 떠 있었다.

그리고 그 앞에 팔짱을 끼고 으~음, 으~음, 하고 계속 고민을 하는 소녀가 둘.

"무슨 일이야? 또 엄청나게 고민을 하는 모양인데."

"아, 마스터. 개발을 진행하고 있는 기체 말인데요……. 린제 님의 기체는 변형하여 비행하는 형태로 하자고 결정이 됐는데……."

그렇게 말한 로제타는 책상 위에 있던 미니어처 프레임 기어를 들어 팔과 다리를 접고 날개를 펴서 비행 형태로 변형시켰다. 와아, 부드럽게 변형이 되네.

대기권 돌파를 해도 버틸 수 있을 듯한 모양이었다. 한 대 정도라면 위에 프레임 기어를 태우고 날 수도 있을 듯했다. 그런 것보다 이 미니어처, 아니, 피규어는 잘 팔릴 것 같아…….

"문제는 린의 기체야. 어떤 방향으로 진행하면 될까 해서. 솔직히 말해 온몸에 중화기를 내장한 섬멸전 포격형을 생각하고 있는데, 프레이즈에게는 마법이 통하지 않잖아. 그렇다면 마법으로 일으킨 폭발로 탄두를 날려 실탄으로 파괴할 수밖에 없어. 그래서 네가 보여 준 애니메이션인가 하는 것에 나온 벌컨이나 개틀링포라는 병기 같은 걸 만들까 해. 비슷한 게 고대 왕국 시대에도 있었거든. 단……."

아무래도 비용을 생각하면 비효율적이라는 모양이었다. 왜냐하면 프레이즈의 몸에 상처를 낼 정도의 탄두라면, 적어도 미스릴 이상으로 강한 물질이 이상적이다. 그런 것을 마구 쏜다는 것은 돈을 공중에 뿌리는 것이나 마찬가지였다.

아니면 정재로 총알을 만들어 마력을 담은 다음 경도를 올릴까? 이쪽이라면 공짜다. 게다가 쓰러뜨린 상대에게 소재를 빼앗을 수도 있고. 하지만 그런 걸 몇천, 몇만 발씩 만드는 것도 큰일이려나? 오로지 그것을 위해 '공방'을 풀가동시키는 것도 역시 좀…….

또, 총알을 가지고 다니는 것도 한계가 있다. 물론 움직이지 않고 고정 포대로써 사용하면 총알이 떨어질 걱정을 하지 않아도 되겠지만, 그래서는 프레임 기어가 과연 필요할까? 하는 문제가 되어 버린다.

"실제로 만들어서 전력으로 일제 사격을 하면 어느 정도나 쏠 수 있어?"

"아마 1분도 못 버티지 않을까?"

"짧아!"

그러고 보니 애니메이션에서도 총알이 떨어지면 전투력이 확 떨어지는 로봇이 있었지?

계속 마구 쏘는 것은 아니니 가동 시간은 더 길어질 테지만, 그래도 짧은 것은 사실이다. 총알을 다 쏜 뒤에는 검을 이용한 평범한 공격으로 전환할 수밖에 없는 건가?

점점 더 개틀링포 같은 것을 프레임 기어에 장착할 의미가 없어지는 듯한……

"개틀링포 같은 것보다, 뭐라고 설명해야 하지…… 한 발, 한 발, 프레이즈의 핵을 꿰뚫을 듯한 스나이퍼…… 저격형이 더 효율적이지 않을까?"

"그건 그거대로 괜찮기야 하지만~……. 강력한 화력으로 적의 접근을 막고 철저하게 파괴하는 움직이는 요새이자 화약고, 라는 것이 이 타입의 매력이거든요~."

흐늘~ 하고 로제타가 책상에 엎드렸다. 그렇게 간절해?

"프레이즈가 상대가 아니었으면 【파이어 애로우】나 【선더 애로우】 같은 걸 날리는 마법 공격 개틀링포로 만들어도 됐을 텐데."

박사가 씁쓸하다는 듯이 웃었다. 확실히 그거라면 총알이 떨어질 걱정은 없지만 그건 그거대로 린의 마력이 다 소모되는 문제가 있을 듯했다.

"……그러고 보니 마스터가 가지고 있는 총의 총알은 어디에 있나요?"

"나? 일단 봐, 허리의 파우치에 넣어 뒀어. 실탄, 마비탄, 작열탄처럼 용도마다 나눠서 따로따로."

나는 구별해 놓은 파우치의 안을 보여 주었다. 안에는 총알이 각각 스무 발 정도가 들어가 있었다.

"……그건 전투 중에 스스로 장전해 놓는 건가?"

"그럴 리가. 자동 장전이야. 총알이 사라지면 약협을 배출해서 【어포트】로 장전되도록 【프로그램】해 뒀어."

""그거다!""

으니, 하고 말하려고 하는 나를 두 사람이 벌떡 일어서 손가락으로 처억! 하고 가리켰다.

"굳이 총알을 가지고 다닐 필요가 없는 거예요! 바빌론에 거대한 탄약고를 설치해 두고, 거기에서 무기로 직접 【게이트】나 【텔레포트】로 전송시키면 돼요!"

"흐음. 조금 시간차는 있겠지만, 몇 분간 연속으로 사격하는 것은 아니니까 충분히 보충할 수 있어. 문제는 총알의 생산 설비인데……."

뭔지는 모르겠지만 두 사람 모두 잔뜩 들떠 있었다. 꼭 나 혼자만 동떨어진 기분이다.

"토야. 그런데 정재는 어느 정도 있지?"

"산더미처럼 많아. 기본적으로 신형 기체를 만들 때 외에는 대량으로 소비하지 않으니까."

유론이나 로드메어 때에 슬쩍 챙겨 뒀으니 말이야. 시장에 유통하면 가격 붕괴가 일어날 정도로 많다.

"재료는 충분하다라. 그렇다고 해서 총알을 만들기 위해 '공방'을 점령하는 건 좀 그래. ……만들까?"

"만들어? 만들다니, 뭘?"

"다른 '공방'을 말이야. 원래 제2 '공방'을 만들 예정이기도 했어. 그다지 크지 않은 작은 방 정도의 녀석이라면 만드는 것도 어렵지 않아. '미니 공방'이라고 해야 할까?"

총알 전문인 공방을 만든다는 건가? 그렇게까지 할 필요 있나?! 아니, 다른 기체의 장비에도 사용할 수 있다는 점을 생각하면 쓸데없다고는 할 수 없을까?

"그런데 그렇게 간단하게 만들 수 있어? 작다고는 하지만 '공방'이잖아?"

"'공방'으로 만들면 돼요."

네? '공방'으로 '공방'을 만든다고요?

로제타가 아무렇지도 않게 한 말을 듣고 나는 굳어 버렸다.

"'공방'은 만능 공장이에요. 오두막 정도 크기의 '공방'이라면 못 만들 것도 없죠."

자신만만하게 가슴을 펴는 로제타.

"제작에 일주일 정도 걸리려나? 마법을 적용하고 처리도 해야 하니까 말이지. 대신 마지막만은 토야가 【게이트】로 이동하게 해 줘야 하지만. 프레임 기어와는 달리 걸을 수 없으니까."

"아니, 그거야 별 상관없지만……."

'공방'으로 '공방'을 만든다니……. 반칙이잖아. 오두막 정도의 크기라니 프레임 기어 같은 것은 만들지 못하겠지만, 어지간한 건 다 만들 만큼 유용하잖아.

"좋아! 이걸로 간신히 전망이 보였군! 바로 진행하자!"

"옙! 입니다!"

후다다닥 랩에서 두 꼬마가 뛰쳐나갔다. 뭐라고 해야 하나…… 이게 이곳에서는 평범한 모습이겠지?

책상 위에 비행 형태로 변형한 린제의 미니어처 기체와 오른손에 개틀링포, 온몸에 벌컨포 등의 무장을 한 린의 미니어처 기체를 들고 바라보았다.

진짜 잘 만들었네. 공중전 비행형과 섬멸전 포격형인가.

별생각 없이 린제의 기체에 린의 기체를 올려 보았다. 응, 꽤 괜찮은걸? 조금 밸런스가 나쁘지만.

진짜로 이거 팔 수 있지 않을까? 더 작게 만들어 캡슐 토이 같은 거로. 찰칵찰칵 돌려서 사는 녀석. 아이들의 용돈으로 살 수 있는 가격으로 팔 수 있으면 딱 좋을 텐데.

그런 생각을 하면서 나도 미니어처를 손에 들고 랩 밖으로 나갔다.

◇ ◇ ◇

브륀힐드에서 신규 기사단원 채용 시험을 연다는 통지는 길드 등에 붙어 나름대로 주목을 받았다.

나름대로, 라는 말이 나온 이유는 우리 기사단의 월급은 짜기 때문이다. 게다가 출세를 해도 크게 오르지 않아서 수입만을 생각한다면 다른 기사단에 들어가는 편이 좋다.

모험자 등은 사냥한 마수나 손에 넣은 보물 등이 어떻게 되는가에 따라 수입이 많을지 적을지 복불복이지만, 그럼에도 2류 모험자 정도면 확실히 우리 기사단원보다 수입이 많다. 더 월급을 올려 주고 싶지만, 아직은 그러기가 어렵다.

장점이라고 한다면 어느 정도는 안정된 수입이 들어오는 것과 의식주가 무상으로 제공된다는 점 정도인가. 그리고 모험자만큼 목숨이 위험하지도 않다. 프레이즈와 싸우기도 하지만, 프레임 기어에 타지 않는 기사단원도 있으니까.

그런 탓에 겨우 지난번과 비슷한 1000명 정도밖에 모이지 않을 거라고 생각했는데(그래도 꽤 많은 인원이지만), 예상과는 달리 세 배에 달하는 3000명 이상의 수험자가 지원했다. 조금 놀랐다.

이 중에 150명 정도를 채용할 예정이니 경쟁률은 20대 1 정도이다.

일단 성의 안뜰에서 시험을 보기는 어려워서, 성의 북쪽에 있는 프레임 기어 등을 시험 운전하는 대훈련장에 희망자를 모이게 했다.

어째서인지 일반인 견학자들도 수명 정도 와 있었다. 작은 구경거리구나. 그래도 마을 주민들이 있어 주는 편이 이제부터 하려는 일을 생각해 보면 딱 좋지만.

〈브륀힐드 기사단 단장, 레인 네덜란드이다. 이제부터 신규 브륀힐드 기사단원 채용 시험을 시행하겠다.〉

시험장에 만들어 놓은 단상에서 레인 씨가 마이크로 전환한 스마트폰으로 스피커를 통해 수험자들에게 자신을 소개했다.

덧붙이자면 부단장 중 한 명인 니콜라 씨에게는 스트랜드라고 하는 가문의 이름이 있었지만, 레인 씨와 또 다른 부단장인 노른 씨에게는 가문의 이름이 없었다.

그래서는 별로 멋이 안 살아서 내가 가문의 이름을 붙여 주어, 레인 씨는 '레인 네덜란드', 노른 씨는 '노른 시베리아'가 되었다. 양쪽 다 토끼와 늑대의 종류에서 따온 것이지만, 이쪽 세계 사람에게는 말하지 않으면 모를 테니 아마 괜찮다. 수인인 두 여성에게는 딱 알맞다고 생각하는데 말이지.

일단 이번 시험 때는 내가 나서지 않는 편이 좋다고 생각해 공식적인 자리에는 나가지 않았다. 하지만 【미라주】를 걸어 수험자인 척, 이렇게 참가했다. 역시 자신의 눈으로 이것저것 확인해 보고 싶으니까.

【미라주】로 변장한 이유는 내 얼굴이 성 아래에서도 꽤 많이 알려져서 알고 있는 수험자가 있으면 성가셔지기 때문이다.

현재의 기사단원 모두에게는 이 사실을 알려 두었기 때문에 수상하게 생각될 일도 없다. 일반 수험자처럼 대하라고 말해 뒀다.

이곳에서는 다른 수험자들이 잘 보이는구나. 벌써 불합격자 몇 명을 발견했다.

단상의 레인 씨가 여성, 그것도 수인이라는 사실을 알고 얕보며 처음부터 제대로 이야기를 들으려고 하지 않는 사람이 몇 명인가 있었다. 아마 저런 사람들은 절대 합격하지 못한다.

모인 수험자들을 둘러보니, 역시 여성이 꽤 많은 편이었다. 40퍼센트에 가깝지 않을까?

여성 기사를 채용하는 기사단은 적은 데다, 그 채용되는 대부분이 귀족 가문이기 때문이려나? 그런 점에서 보면 평민이라도 상관 않는 우리 쪽으로 오는 것도 충분히 이해가 된다.

수인과 마족도 전보다 많아졌다. 수인이야 그렇다 치고, 마족은 설마 마왕이 부추겨 나왔다거나 그런 건 아니겠지……?

딸인 사쿠라의 정보를 수시로 얻기 위해서라든가? 아무리 바보, 아니, 딸 바보라도 만약 그런다면 소름 끼치는 일이다. ……평범한 수험자이길 빈다.

〈그러면 첫 번째 시험을 시행하겠다. 뒤를 봐라.〉

"어?"

레인 씨가 말하자마자 수험자의 등 뒤에서 퍼덕퍼덕 하고 날갯짓을 하는 소리가 들렸다. 뒤를 돌아본 수험자의 시선에 비친 것은 공중에서 이쪽을 흘겨보는 거대한 용.

〈크아아아아아아아아아아아아아아아!〉

사파이어로 빛나는 용이 하늘을 향해 포효했다. 어이어이, 너무한 거 아냐? 겁을 주라고 하긴 했지만.

"히이이이이이익?!"

"요, 요, 요요요, 용이다! 왜 이런 곳에······?!"

"도망쳐라! 살해당할 거야······!"

새끼 거미가 흩어지듯이 많은 수험자가 나 살려라 하고 도망쳤다. 하늘을 나는 용──── 루리는 아무 말 없이 그 모습을 지켜보았다.

물론 도망친 사람들은 실격이다. 견학하는 일반인도 있는데, 그런 사람들을 내버려 두고 가장 먼저 도망치는 녀석들은 필요 없다.

흐음흐음, 3분의 2 정도 줄었으려나?

잠시 뒤, 쿠웅 하고 루리가 지면으로 내려오자 레인 씨가 말했다.

〈지켜야 할 국민을 지키지 않고 자신의 몸을 지키는 것을 우선한 사람들은 우리 나라의 기사가 될 자격이 없다. 축하한다. 남은 제군은 합격이다!〉

레인 씨의 말을 듣고 이것이 시험이라는 사실을 수험자들이 겨우 깨달았다. 개중에는 흐늘거리며 허리의 힘이 빠진 듯 주저앉는 사람도 있었다. 너무 놀란 나머지 미처 도망치지 못했을 뿐인 사람도 있는 듯했지만, 이것은 이미 예상한 바다. 어쨌든 간에 그런 사람들은 이제부터 시행할 시험이나 면접에서 탈락한다.

도망친 녀석들 중 일부는 마을로 돌아가 사람들을 지켜 주려 했다든가, 주변 사람들에게 휩쓸려 나도 모르게 뛰고 말았다고 변명을 하려고 했지만, 시험관인 노른 씨 일행은 전혀 상대할 생각을 하지 않았다. 그래도 끝까지 매달리려는 사람들이 있어서, 텔레파시로 루리에게 한 번 포효해 달라고 부탁하자, 그 사람들은 바람처럼 이곳을 떠났다. 이것으로 더 이상은 변명 못 하겠지.

역할을 끝낸 루리는 퍼덕퍼덕 하고 하늘로 돌아갔다. 그 모습을 멍하니 바라보는 수험자들의 귀에 다시 레인 씨의 목소리가 도달했다.

〈자, 이제 제2 시험인데, 이곳의 서쪽에 있는 숲 안에서 3일간을 지내야 한다. 음식 지참 금지, 물은 강이 흐르고 있으니 걱정 없다. 수통도 지급하겠다. 기한이 될 때까지 숲에서 나오는 자는 실격이다. 그에 더해 그 숲에는 몇 명의 '도깨비' 역할을 하는 우리 기사단원이 있다. '도깨비'는 살인은 하지 않지만, 그들에게 간단히 당해 의식을 잃으면 숲 밖으로 내쫓기니 주의하길 바란다.〉

레인 씨가 다음 시험 내용에 관해 설명하자 수험자들에게서 잇달아 질문이 날아들었다.

"'도깨비'에게 저항해도 되나요?"

〈물론 된다. 쓰러뜨려도 상관없다. 당연히 살인은 피했으면 한다.〉

"숲 안에서 수험자끼리 협력해서 상대하는 것도 가능한가요?"

〈그것도 상관없다. 단, 집단으로 뭉치면 그만큼 '도깨비'에게 발견되기 쉽다는 것을 명심하길 바란다.〉

"'도깨비'는 몇 명이나 있죠?"

〈그건 대답할 수 없다. 한 사람일지도 모르고, 100명일지도 모른다. 단, 모두 '도깨비' 가면을 쓰고 있으니, 보면 바로 알 수 있다.〉

"마법 사용은 허가되어 있나요?"

〈아쉽지만 이번에는 마법 사용을 금지한다. 숲 안에는 특수한 결계가 펼쳐져 있어 너희의 마법은 전혀 통하지 않으니 주의하도록.〉

불 속성 마법 탓에 숲이 불타 버리면 큰일이다. 한마디로 3일간 '도깨비'에게서 끝까지 도망치면 되는 거니, 마법이 없어도 어떻게든 될 거라 생각한다. 애초에 우리는 기사단원이 필요한 것이지 마법 병사가 필요한 것이 아니기도 하고 말이지.

〈3일 후까지 숲에 계속 남은 사람이 제2 시험의 합격자다.

인원에 제한은 없다. 전원 남으면 전원 합격이다. 또 사고로 생명의 위기에 처할 경우, 또는 시험을 포기하는 경우에는 이제부터 나눠 줄 배지를 떼어 버려라. 그러면 이곳으로 전이된다. 도저히 안 되겠다 싶으면 무리하지 말고 전이하도록. 참고로 숲 밖에 나와도 이 배지가 작용하여 이곳으로 전이된다. 물론 실격이 되겠지만.〉

이전 시험 때도 사용된 전이 배지를 나눠 주었다. 마지막 번호를 내가 받았다.

〈마지막으로, 당연한 말이지만 고의로 다른 사람의 배지를 빼앗거나 다른 사람을 숲 밖으로 내쫓는 행위도 금지다. 물론 그런 일을 했을 때도 실격 처리된다. 제군이 목표로 하는 기사에 걸맞게 행동할 것을 기대한다.〉

레인 씨가 단상 아래로 내려가자, 니콜라 씨가 앞장서며 수험자들을 서쪽 숲으로 이끌고 갔다.

줄줄이 걷는 수험자들에게 섞여 나도 걷고 있는데, 옆에서 걷던 가벼운 차림의 검은 머리카락 여성이 말을 걸었다.

"준비는 완벽합니다. 언제든 움직일 수 있습니다."

"일단 두 시간 정도 상황을 보죠. 어떤 행동을 할지 보고 싶거든요. 아, 그래도 치사한 짓을 하려는 녀석이 있으면 무조건 숲 밖으로 쫓아내 주세요."

"알겠습니다."

옆을 걷고 있던 츠바키 씨가 작게 고개를 끄덕였다. 츠바키 씨도 나와 마찬가지로 잠입팀이다. 실제로는 츠바키 씨뿐만이 아니라 몇 명인가 기사단원이 수험자들 사이에 섞여 있었다. 거의 츠바키 씨의 부하이긴 하지만.

먹을 것도 없는 상태에서 언제 습격당할지 모른다. 그런 상황일 때야말로 사람은 본성을 쉽게 드러낸다. 그런 점을 파악하기 위한 인원……이기도 하지만, 사실은 안전을 위한 인원이었다.

못된 생각을 하는 녀석도 없다고는 할 수 없으니까. 게다가 그 숲에는 나름대로 강한 마수도 있고 말이다.

이런저런 장치도 되어 있으니, 과연 몇 명이나 도망치지 않고 남을지 기대가 된다. 큭큭큭……. 앗, 안 되지, 안 돼. 꼭 악당처럼 되어 버렸다. 반성, 반성.

서쪽 숲은 꽤 넓고 나무도 매우 울창해서 시야가 상당히 좁아진다. 원래 브륀힐드는 마수가 많은 곳이었지만 내가 일소했다. 하지만 그래도 아직 이 숲에 정착해 있는 마수는 그 숫자가 상당하다.

때때로 길드의 의뢰를 받고 소재를 찾으러 들어오는 모험자가 있을 정도로, 평소에는 별로 사람이 들어올 만한 곳이 아니었다. 길에서 떨어져 있어 피해는 거의 없지만, 기왕에 왔으니 위험해 보이는 마수는 사냥해 버릴까?

그런 생각을 하는 사이에 어느새 숲에 다다랐다.

니콜라 씨가 모두를 멈추게 하고 설명을 시작했다.

"이곳부터가 시험 영역이다. 수통을 받아 번호 순서대로 들어가게 되지만, 이곳에서 기권하고자 하는 사람은 자신의 순서가 됐을 때 말을 하기 바란다. 또 무기가 전혀 없는 사람은 신청하면 평범한 무기 정도는 빌려주니 말하도록. 숲으로 들어간 뒤로는 자유롭게 행동해도 상관없다. '도깨비'는 이미 숲 안에 있으니 조심해라. 그럼, 1번, 2번……."

니콜라 씨가 자신의 스마트폰을 이용해 숲 안으로 들어가는 사람을 카메라로 찍고, 확실히 들어갔는지 체크했다.

마찬가지로 노른 씨도 체크를 시작했고, 30분에 걸쳐서야 겨우 마지막 번호인 내 차례가 되었다. 사진을 찍을 필요는 없었지만 일단 찍긴 찍었다.

"그럼 전이하는 곳에 본진을 두고 회복 마법을 사용할 수 있는 사람과 플로라를 대기해 두세요. 어~. 니콜라 씨랑 노른 씨도 '도깨비'였었나요?"

"네. 이제 곧 숲 안으로 들어갑니다."

"저도 들어가는데, 숲 안에서 폐하나 잠입팀을 만나면 어떻게 하죠?"

"다른 수험자가 있을 때는 똑같이 습격해도 돼요. 이쪽도 들키지 않을 정도로 저항할 테니까요. 게다가 밤이 되면 저도 '도깨비' 쪽이 될 거예요."

내 대답을 듣고 노른 씨가 굳은 웃음을 지었다.

"……봐주면서 해 주세요? 폐하를 상대하면 이쪽이 위험하니까요."

그런 거야 잠입팀 사람들도 적절히 잘 대처하리라 생각한다.

'도깨비' 역할은 내근팀을 제외한 대부분의 기사단원이 참가했다. 바바 할아버지도, 야마가타 아저씨도 참가한 상태다. 참고로 '도깨비'들에게는 괜찮은 점이 보이는 수험자가 있으면 일부러 도망치게 두라고도 말해 뒀다. 뭔가 빛나는 점이 있으면 면접까지 봐 두고 싶으니까.

'도깨비' 역할을 맡은 전원에게는 【패럴라이즈】를 부여한 스턴로드를 주었기 때문에 수험자를 상처 입히는 일은 없다. 쓰러져도 괜찮은 점이 있으면 그냥 놓아 주면 되는 것이고, 없으면 배지를 빼앗아 전이시켜 실격 처리하면 되니까.

이 '도깨비' 역할에는 모로하 누나도 참가하고 싶어 했지만, 간신히 설득해 참가하지 않게 만들었다. 참, 장난도 아니고. 합격자를 0명으로 만들 생각인가?

"자, 나도 들어가 볼까. 그럼 무슨 일이 있으면 스마트폰으로 연락하세요."

"알겠습니다."

"다녀오세요~."

예의 바르게 고개를 숙이는 니콜라 씨와 팔을 붕붕 흔드는 노른 씨의 배웅을 받으며 나는 울창하게 우거진 숲 안으로 걸음을 내디뎠다.

◇ ◇ ◇

"자, 숲으로 들어온 것은 좋은데 어떻게 할까."

일단 물을 확보해야 하나? 숲에 들어올 때 받은 수통을 들고 수원이 있는 강을 향해 가기로 했다. 숲의 북쪽에서 조금 동남쪽을 향해 흘렀을 것이다.

숲을 걷기 시작하자 다른 수험자들도 마찬가지 생각을 했는지, 드문드문 앞을 걸어가는 모습들이 보였다.

그건 그렇고 시야가 나쁘네. 이렇게 나무가 많으니……. 앗, 토끼 발견……한 것은 좋은데, 지금 내 허리에는 평범한 검밖에 없었다.

결계 내에서는 마법을 사용할 수 없으므로 공식적으로는 마법을 사용해서도 안 되니.

사실 우리 브륀힐드의 사람들은 결계의 효과에서 제외되어 있어 마법을 사용할 수 있었다. 하지만 어디서 누구에게 들킬지 모르니까.【스토리지】에서 활 같은 것을 꺼낼 수도 없는 거고.

저게 마수라면 이쪽을 향해 공격하기도 할 텐데. 이렇게 나무가 많으니 도망가 버리려나. 성가시기도 하고, 어쩔 수 없다. 포기하자. 아직 배도 안 고프니까. 아니지,【스토리지】에 음식도 들어 있잖아. 물이 가득 들어간 나무통도 있지만, 수험자로서 강에 가지 않는 것은 부자연스럽겠지.

이번 시험은 일단 전투하는 기사에 더해, 성의 경비 기사, 마을의 순찰 기사, 츠바키 씨의 부하인 은밀 전사, 그런 사람들이 메인이다. 내근을 할 사람은 나중에 모집하거나 이번 합격자 중에 쓸 만한 사람이 있으면 채용할 생각이었다. 마법 부대 등은 현재는 그다지 필요 없으니까.

최소한 이 서바이벌에서 살아남을 수 있을 정도의 능력은 있었으면 한다. 끝까지 싸워서 이겨내도 좋고, 끝까지 도망쳐도 좋다. 규칙을 지키면서 3일간 숲에 계속 남아 있어야 한다는 목적을 달성해 주길 바란다.

그런 생각을 하면서 계속 걷자 강의 물소리가 들려왔다.

숲을 빠져나가자 돌이 굴러다니는 자갈밭 끝에 강이 흐르고 있었다. 강폭은 6미터 정도로 건너가지 못할 정도는 아니었다. 그다지 깊지도 않은 모양이다.

바로 수통에 물을 넣고 겸사겸사 한 모금 마셔 보았다. 응, 맛있다.

주변을 보니, 마찬가지로 물을 손에 넣은 수험자들이 많이 모여 있었다. 이곳이라면 전망도 좋고, 강도 있으니 딱 좋다. 하지만 이렇게 눈에 띄면 '도깨비'에게 발견되기 쉽다.

수통에 물도 넣었으니, 더는 이곳에 머물지 않는 것이 좋다. 그 사실을 깨달은 사람들은 이미 이곳을 떠났다.

계속 이곳에 있는 이 사람들은 합격할 수 있을지 의심스럽다.

다시 숲 안으로 들어가 높은 나무 위에 올라갔다. 자, 그럼.

"【롱센스】."

시각과 청각을 사용해 주변을 살폈다. 몇 명인가 뭉쳐서 움직이는 사람들과 단독으로 움직이는 사람들이 있구나.

오, 나랑 똑같이 나무에 올라간 사람이 있어. 얼굴에는 복면을 쓰고 있어서 잘 모르겠지만, 온통 새카만 복장인 걸 보면 닌자구나. ……어? 이쪽을 보네?

설마. 1킬로미터나 떨어져 있고, 장애물도 있는데? 아, 손을 흔들었어. 무심코 나도 손을 흔들자, 상대도 뭔가 놀라는 듯한 모습이었다. 자기가 손을 먼저 손을 흔들었으면서, 참 이상한 녀석이야. 상대도 이쪽을 보고 있는지 확인해 보고 싶었던 건가?

닌자라고 한다면 혹시 인술 같은 것을 사용한 걸까? 아니면 마안을 가지고 있다든가? 닌자이니 어쩌면 츠바키 씨가 추천한 사람일지도?

〈도, 도깨비다! 크앗!〉

〈큭! 우와앗!〉

〈도, 도망쳐라!〉

갑작스럽게 청각을 자극한 목소리를 듣고 의식을 되돌려 목소리가 난 강변 쪽으로 시선을 돌렸다.

강변에 모여 있던 사람들이 도깨비 가면을 쓴 우리 기사단원 두 사람에게 잇달아 당해 버렸다. 기사단원 두 사람은 스턴로드를 휘두르며 잇달아 수험자를 쓰러뜨렸다. 잠깐, 저 사람들은 바바 할아버지와 야마가타 아저씨잖아…….

두 사람은 이얏하~! 하는 느낌으로 가차 없이 수험자들을 쓰러뜨리고 배지를 빼앗았다. 그 모습은 산적 그 자체였다. 너무 잘 어울린다. 배지를 빼앗긴 수험자는 본진으로 전이되었고, 강변에는 이제 아무도 남지 않았다. 쓸 만한 인재는 한 명도 없었던 모양이었다.

비명을 들은 다른 수험자들은 도망치는 사람, 상태를 살피러 오는 사람, 가만히 몸을 숨기는 사람 등, 행동 양태가 다양했다.

조금 전의 복면도 어느새인가 사라지고 없었다. 재빠르네. 역시 닌자인가?

그사이에 강변의 수험자를 다 처리한 두 도깨비는 다시 숲 안으로 사라져 갔다.

〈녀석은 오른쪽 눈이 망가졌다! 그쪽으로 돌아가라! 항상 사각에서 공격해라!〉

오? 또 어딘가에서 목소리가 들렸다. 시각을 이동해 보니, 강변에서 꽤 떨어진 반대쪽 숲 안에서 수험자 세 사람이 킹에이프와 싸우는 중이었다. 아니, 킹에이프보다 한층 더 컸다. 아종인가?

〈다리를 노려라! 일단은 움직임을 봉쇄해야 한다!〉

세 사람의 리더로 보이는 남자는 짧은 금발의 스무 살이 넘은 남자였다. 낡았지만 꽤 고급스러운 브레스트 메일을 입고 있었다. 꽤 정확한 지시를 내리네. 아마 즉석 파티일 텐데, 적절하게 각각의 특성을 살리고 있는 듯했다.

　잠깐 그 사람들의 사냥하는 모습을 보았는데, 결국엔 멋지게 킹에이프 아종을 토벌했다.

　게다가 그 리더는 주변을 잘 살피면서 싸웠다. 아마도 '도깨비'의 습격을 경계했기 때문이겠지. 사실 수험자가 마수와 싸우고 있을 때는 '도깨비'에게 습격당할 일이 없었지만, 그래도 적절하게 주변을 살피고 있는 모양이었다. 저 남자는 합격할지도 모른다.

　일단 나무 아래로 내려가 남쪽으로 걸으니, 이번엔 무언가 엎드려서 지면을 파는 소년과 만났다.

　"……뭐 해?"

　"?! ……아, 아아. 먹을 것, 먹을 걸 구하려고."

　내가 말을 걸자 도깨비라고 생각했는지 소년은 순간 움찔했지만, 같은 수험자라는 사실을 알고 안도의 한숨을 내쉬었다.

　"먹을 거라니?"

　"응? 아, 이, 이 줄기는 다이다라야마이모의 줄기로 지금 시기에는 땅 아래의 뿌리채소를 먹을 수 있거든. 3개월이 더 지나면 독성이 나와서 먹을 수 없지만……."

　"그래……?"

　"도, 도깨비에게 들킬 수 있으니 불은 못 피우잖아. 그러면 이런 것을 발견할 수밖에 없다고 생각했어. 이, 이곳에는 먹을 수 있는 산나물이나 나무의 열매도 꽤 많으니까."

아아, 그렇구나. 토끼 같은 동물을 잡아도 모닥불을 피워야 해……. 생으로 먹는 건 좀 그러니까. 못 먹을 거는 없지만 역시 저항감이 생긴다.

소년의 손에는 다양한 들풀이 들려 있었다. 나무의 열매나 과일 같은 것도 몇 개인가 있었다. 몇 종류인가 본 적이 있는 것도 있었다. 그런 것을 상당히 잘 알고 있는 모양이네.

"이, 이곳에서 남쪽으로 가면 파시모 나무가 있으니 가 보는 게 좋아. 나는 조금만 따 왔으니 아마 아직 있을 거야."

"응, 고마워. 가 볼게."

이곳에 계속 있으면 이 소년의 뿌리채소를 노린다고 오해를 받을 것 같아서 나는 자리를 떠났다.

뿌리채소를 캐던 소년과 헤어진 뒤, 가 보라고 했던 대로 남쪽으로 가니, 분명히 파시모 나무가 있었다. 파시모는 감과 비슷한 배의 식감이 나는 과일이다. 음식은 【스토리지】에 들어가 있으므로 한 개만 따서 먹어 보았다. 맛있다. 응?

"?!"

갑자기 등 뒤의 수풀에서 뛰쳐나온 사람이 나를 향해 꽉 쥐고 있던 주먹을 날렸다.

아슬아슬하게 주먹을 피하고 먹던 파시모를 던져 거리를 벌렸다. 위험하게!

습격한 사람은 검은 복장에 입 위쪽은 도깨비 가면을 쓰고 있었다. 긴 은발이 바람에 흔들렸다. 전체적인 몸을 봤을 때는 소녀 같은데…… 어라?

"아～앗! 잠깐! 에르제지?! 나야, 나! 토야!"

"……토야?"

나에게 잇달아 보디블로를 날리던 주먹이 순간 딱 하고 멈췄다. 위험하게! 하마터면 명치에 맞을 뻔했다!

"【미라주】로 변장해서 수험자로 참가한다고 했잖아!!"

"앗, 그러고 보니."

깜빡했구나……. 어젯밤, 식사할 때 시험 내용에 관해 이야기했더니 에르제, 야에, 힐다 세 사람은 자신들도 참가하겠다고 말했다.

나처럼 수험자로서가 아니라 물론 '도깨비'로서.

"식사 중인데 갑자기 뒤에서 습격하는 건 아무래도 그렇지 않아……?"

"우리 쪽에서 일하려면 그 정도는 피해야 돼. 그런 사람이 모로하 형님의 기합……이 아니라, 훈련을 버틸 수 있을 것 같아?"

듣고 보니 확실히 그렇기는 하다. 적어도 어느 정도의 실력과 근성이 있는 사람이 아니면 안 된다. 우리 기사단은.

"게다가 정말 진심으로 상대한 것도 아니야. 진심으로 대결하려고 했으면 【부스트】를 썼을걸?"

"……시험 중에는 사용하지 마. 그러면 정말 상대도 다칠 거야."

아니지, 저 건틀릿으로 그냥 얻어맞아도 충분히 다칠 수도 있다. 일단 회복 마법을 사용할 수 있는 스태프도 불러 놓았으니 큰일은 벌어지지 않을 거라고 생각하고 싶다.

"그럼 나는 다음 상대를 찾을 테니까, 토야도 제대로 일해."

"네네."

이것 참. 듬직하다고 해야 할지, 무섭다고 해야 할지…….

일단 다시 근처의 나무에 올라가 【롱센스】로 주변을 감시하며 저녁까지 시간을 보냈다. 여기저기서 도깨비가 수험자를 습격했고, 또 마수도 수험자를 습격했다. 현재는 도깨비와 수험자 양쪽 모두 다친 사람은 나오지 않은 모양이었다.

이미 몇 명인가는 실격했지만, 아직 멀었다. 대체로 500명 이하까지는 만들고 싶다. 자, 그럼.

날이 저물었다. 이제부터가 진짜다.

나는 스마트폰의 검색 기능으로 주변에 아무도 없다는 사실을 확인하고 【미라주】를 해제한 뒤, 【스토리지】에서 도깨비 가면을 꺼냈다. 그것을 쓴 다음 복장도 검은색 일색으로 갈아입고 나무들 사이를 가지에서 가지로 뛰어 숲 안을 달렸다.

숲 너머에서 밝은 빛이 보여 【롱센스】를 발동해 보니, 모닥불 주변에 많은 수험자가 모여 주변을 경계하면서 붙잡은 사냥감을 구워 먹는 중이었다.

오호라. 저렇게 많은 사람이 모여 있으면 도깨비도 쉽게는 손을 대지 못할 거라고 생각한 건가. 식사하는 집단을 둘러싸고 이른바 경호 집단이 주변을 경계했다.

확실히 조금 공격하기가 힘들다. 아니, 우리 기사단원이 진심으로 나서면 전멸시킬 수도 있겠지만.

일단 주변을 스마트폰으로 검색해 보니, 도깨비들이 모여 있어, 빠르게 그쪽으로 갔다.

"수고했어~."

"?! ……뭐야, 폐하이신가……. 놀라게 하지 마십시오."

"기척을 죽이고 다가오지 마, 대장. 하마터면 덤벼들 뻔했잖아."

모여 있는 모두의 등 뒤에서 목소리를 걸었다가 혼나고 말았다.

이곳에는 로건 씨와 야마가타 아저씨, 바바 할아버지, 아, 니콜라 씨도 있네. 그리고 몇 명 더해서 총 10명 정도였다. 다 남자네.

뭐 좋아. 마음 편하니까. 기사단은 규율이 중요하다! 같은 방침이 아니라, 우리는 가족이나 동료 같은 집단이다. 그래서 애당초 규율로 제어해야 하는 인재는 유미나의 면접 때 돌려보낸다.

"그래서, 어떤가요? 눈에 띄는 인재는 발견했나요?"

"몇 명인가 훈련하면 괜찮아 보이는 녀석이 있더군."

"저도 꽤 괜찮은 사람을 몇 명인가 발견했습니다."

바바 할아버지와 니콜라 씨가 대답했다. 오호라. 나름대로 쓸 만한 인재는 있었던 모양이다. 나도 닌자와 갑옷을 입은 남자, 뿌리채소 소년처럼 괜찮은 인재를 발견했지만, 그 뒤로 도깨비에게 당했을지도 모른다. 특히 뿌리채소 소년은 별로 강해 보이지 않았으니까.

"그런데 이제부터 어떻게 할 거죠? 저 집단을 습격할 생각인가요?"

"음~. 이쪽은 열 명이라 말이지. 상대는 100명 정도잖아? 이길 수 없는 건 아니지만 대충 상대해 줄 수는 없어. 한 사람, 한 사람의 자질을 확인하기는 어려울 것 같은데?"

야마가타 아저씨가 팔짱을 끼고 고민했다. 확실히 그래서는 주객이 뒤바뀐다. 상대에 맞춰 싸우면 둘러싸이거나 할 테니까. 그러든 말든 일격필살로 쓰러뜨리면 편하겠지만, 그러면 원래의 목적이, 말이지.

그 외에도 도깨비는 있지만, 일부러 모두 모여 습격할 정도도 아니고, 저 모닥불에 모여 있는 사람들 외에도 수험자는 아직 많다.

그건 그렇고, 저렇게 크게 불을 피우다니. 습격당해도 좋다고 각오한 건가?

"폐하라면 어떻게 하실 건가요?"

"저요? 글쎄요……. 살짝 공격했다가 일부러 진 척하고 도망치는 거예요. 그리고 몇 명이 쫓아오면 그 녀석들을 기다렸다가 쓰러뜨리는 거죠. 어때요?"

"이봐이봐. 그런 수에 과연 걸려들까?"

"아니요. 걸려드는 녀석이 있다면 어차피 우리한테는 필요 없잖아요. 걸리면 걸리는 대로 그것도 판단 재료가 돼요."

바바 할아버지의 말대로, 굳이 따지자면 걸려들지 않아 주는 편이 좋다. 스마트폰의【롱센스】로 너머에서 모닥불을 둘러싸고 있는 사람들 쪽을 화면에 비춰 보았다.

"주변을 착실하게 경계하는 사람도 있고, 긴장을 풀고 있는 사람도 있네요."

니콜라 씨의 말대로 긴장하면서 주변을 살피는 사람도 있는가 하면, 하품하거나 옆자리의 사람과 수다를 떨고 있는 사람도 있었다. 이건 그건가? 인원이 많아서 여유를 부리는 건가? ……응?

아무래도 모닥불 쪽으로 다가온 같은 수험자를 모닥불을 둘러싼 십수 명이 쫓아낸 듯했다. 신경이 쓰여서 스마트폰으로 볼륨을 높여 보았다.

〈안 돼, 안 돼! 저쪽으로 가! 이곳은 이제 사람으로 꽉 찼어!〉

〈왜?! 무슨 밥을 달라고 한 것도 아니잖아! 잠깐 불을 사용하고 싶다는 것뿐이야!〉

저편에서 다가온 수험자는 아인과 마족인 남녀가 각각 둘씩. 손에는 몇 마리인가 토끼를 들고 있는 듯했다. 그것을 구워 먹으려고 다가갔던 건가? 이곳이라면 도깨비에게 습격당할 확률이 낮으니까.

"사자족 수인과 유익족, 그리고 마족 쪽은 워독과 아라크네……일까요?"

니콜라 씨가 화면을 보고 중얼거렸다. 오호. 수인이야 어쨌든 마족 쪽은 처음으로 보는 종족이다.

워독은 늑대 수인인 노른 씨처럼 늑대 귀나 꼬리가 나 있는 인간 형태가 아니라, 머리부터 꼬리까지 통째로 개 모습인 인간이었다. 온몸이 털로 뒤덮여 있어 마치 늑대인간 같았다. 인간으로 변신하지 않고, 늑대가 아니라 개인 모양이지만.

아라크네 쪽은 짧고 검은 머리카락을 눈썹 위에서 일자로 가지런히 자른 이른바 공주님 커트라는 머리 모양을 한 여성으로, 꽤 귀여운 외모였지만 등 쪽에는 거미 같은 다리가 몇 개인가 나 있었다. 하반신이 거미인 타입이 아니구나. 그리고 눈이 붉었다.

〈아무튼 저쪽으로 가! 너희 같은 자식들이랑 같이 있으면 냄새 탓에 마수가 가까이 다가올지도 모르잖나!〉

〈그래, 맞아! 짐승 냄새가 난단 말이다, 너희는!〉

〈너희가 습격을 당하거나 말거나 상관없지만, 우리까지 말려들게 하면 안 되지!〉

〈뭐……?!〉

모닥불 주변에 있던 남자들에게 덤벼들려고 하는 사자족 여성을 워독 청년? 이 어깨를 붙잡아 말렸다. 조용히 고개를 젓는 워독을 보고 사자족 여성은 주먹을 내리고 유익족 남성 및 아라크네 여성과 함께 그 자리를 떠났다.

〈쳇. 왜 저런 녀석들이 수험자인 거지? 제노아스나 미스미드로 들어가면 될 것을. 모집 조건이 너무 느슨해.〉

네 사람을 쫓아낸 남자가 내뱉듯이 그렇게 말했다.

〈브륀힐드는 이제 막 생긴 곳이라 인재가 부족한 거겠지. 그러니까 수인이든 뭐든 고용하려는 거야. 수인은 물론 마족도 있다니 가관이지.〉

〈단장도 수인이고 말이야. 수인도 단장이 될 수 있다니, 조금만 공적을 세우면 우리도 금방 귀족이 될 수 있을지도 몰라.〉

〈바보 같긴. 네가 귀족이면 난 장관이다. 국왕부터가 모험자 출신이잖아. 이 기사단은 전혀 기사단 같지도 않으니, 그냥 이름뿐이야.〉

그 자리에 있는 녀석들이 목소리를 낮추며 웃음을 참듯이 말했지만, 내 스마트폰에는 정확하게 그 목소리가 포착됐다.

〈그러지 마. 그러니까 우리가 들어가 진짜 기사단으로 만들자고. 저런 수인들이 활개 치다니, 기사단으로서 꼴사나우니까.〉

〈오? 기사단장이 목표인가요?〉

〈돼 볼까~? 제대로 된 기사가 늘어나면 아인들도 필요 없어질 테니까. 훈련 때 단장과 부단장을 이겨 버리면 쉽게 새 단장

이 될 수 있지 않을까? 역시 세상은 실력이 우선이지.〉

캬하하하하, 하고 바보처럼 장난치면서 그곳에 있던 몇 명의 남자들이 웃었다. 반대로 화면의 반대편에 있는 이쪽은 전혀 웃음이 나지 않았다.

"……저 녀석들은 필요 없어요."

"그러네요."

내가 중얼거리는 소리를 듣고 여우 수인인 니콜라 씨가 화면 안에서 계속 웃고 있는 남자들을 응시했다. 니콜라 씨는 단장레인 씨와 이 나라에 왔을 때부터 함께했다. 분노가 치밀고 있겠지. 주먹을 쥐고 화면의 녀석들을 노려보았다.

아직도 이런 착각을 하는 녀석들이 다 있구나. 인재가 부족해서 아인을 사용하고 있다니, 착각도 유분수다.

아인과 마족들은 미스미드나 제노아스에서 잘 나오지도 않고 수도 적어서 지방에 따라서는 그들과 별로 만나지 못하는 인간도 있다.

그래서 마족=마수의 동료, 아인=야만족처럼 한심한 이미지를 가지고 있는 인간이 아직도 가끔 있다.

수인은 더 나아가 과거에는 열등한 생물이라며 모멸적인 시선을 받았던 역사도 있다. 천박하고 야만적인 종족이라는 말을 들으며 노예처럼 다루어졌던 시대도 있었다고 하니까.

미스미드가 생긴 지금은 그런 생각을 지닌 사람들이 더 소수다.

마족은 볼 기회도 거의 없어 미지의 공포로 인한 차별이 있을 수도 있지만, 어느 쪽이든 간에 그런 녀석들은 우리 나라에는 필요 없다.

분명히 우리는 특수하다. 기사단답지 않다고 한다면 실제로도 그럴지 모른다.

하지만 그게 뭐 어떻다고? 국왕부터 왕답지 않은 녀석인데. 이제 와서 대체 무슨 소린지. 기사단다운 기사단이 좋다면 다른 나라로 가면 된다. 정말 어이가 없으려니.

확실히 처음에는 인재가 부족해서 레인 씨 일행 세 명에게 기사단을 떠넘기듯이 맡겼지만, 세 사람은 뼈를 깎는 훈련을 하고 다른 단원들과 한마음이 되어 이 기사단을 만들어 냈다.

모로하 누나에게 훈련을 받은 뒤로는 실력도 야에나 힐다에게 필적할 정도다. 어중간한 실력자는 우리 단장과 부단장에게 대적할 수 없다.

지금이라면 틀림없이 바바 할아버지 일행을 빼면 톱 스리 해당한다. 그 실력은 검의 신인 모로하 누나가 직접 인정해 주었다.

겉모습만으로 얕보는 녀석은 필요 없다.

"때려눕히겠다면 힘을 빌려줄게."

숲 안에서 새로운 도깨비 세 사람이 나타났다. 머리 모양을 보고 에르제, 야에, 힐다라는 사실을 바로 알아챘다. 듣고 있었던 건가.

"때려눕히다니……. 물론 그럴 생각이긴 했지만."

"동료의 험담을 듣고도 가만히 있을 수는 없습니다."

"네. 기사를 목표로 하는 데 어울리지 않는 근성을 고쳐 주죠."

아무래도 세 사람 모두 화가 난 모양이었다. 이 세 사람은 기사단의 단원이 아니지만, 항상 모두와 같이 열심히 훈련한다. 동료 의식은 다른 기사단원과 전혀 다를 게 없었다. 그건 나도 마찬가지다.

"그럼 저 녀석들은 퇴장해 달라고 할까."

내 말을 듣고 눈앞의 도깨비들이 일제히 고개를 끄덕였다. 이의는 없는 모양이다. 당연한가?

"일단 이 사람들 중에 누구를 배제할지 정하는 게 좋겠어."

"먼저 이 녀석들은 고려할 가치도 없겠어. 조금 전부터 주절주절 수다만 떨고 있거든. 긴장감이 부족해."

"이 녀석과 이 녀석은 주변 경계를 철저히 하고 있군. 이번에는 그냥 넘어가 주는 게 어떤가?"

"이 세 사람은…… 판단이 어렵네요. 싸우고 결정하죠."

누구를 그냥 보내주고 누구를 실격 처리할 것인가. 이 시점에 대충 결정해 두었다. 무조건 실격시켜야 할 사람, 또는 그냥 넘어가 줄 사람은 한 방에 쓰러뜨려도 된다. 나중에 배지를 빼앗을까 말까를 결정하면 되니까.

판단이 어려운 사람은 그럭저럭 싸워 보고, 최소 레벨을 넘으면 그냥 보내 주고 그 이하라면 실격이 된다. 어차피 최종적으로는 모두 기절시킬 심산이지만.

작전은 모두를 쓰러뜨리는 것으로.

특히 저 차별적인 녀석들은 봐줄 필요가 없다. 하지만 이건 시험이니까 너무 심하게 공격할 필요도 없고 얼른 퇴장시켜 버리자.

"그럼 갈까요?"

모두는 각각 특기인 검과 창 정도의 길이인 스턴로드를 손에 들고 가면을 쓴 채 자리에서 일어섰다.

회의한 대로 모닥불 주변의 숲 안에서 세 편으로 갈라졌다. 일제히 기습하여 먼저 이미 실격자로 결정된 사람들을 일격에 처리하기로 논의가 된 상태다.

각각 지정된 장소에 도착한 뒤 바바 할아버지, 니콜라 씨, 나, 이렇게 세 사람이 가지고 있는 스마트폰으로 시간을 맞춰 지정된 시간에 딱 세 방향에서 공격을 개시했다.

"……3, 2, 1, 0!"

우리는 단숨에 숲의 그늘에서 모닥불 근처에 있는 녀석들에게로 달려들었다.

"! 도깨비다!"

"습격! 습격이다! 맞서라!"

"이, 이쪽에서도 온다?!"

"저쪽에서도?!"

경호하던 자들이 일제히 목소리를 높였지만, 대부분 사람들은 바로 반응하지 못하고 어물거렸다.

자신의 검을 서둘러 빼려고 하는 수험자를 스쳐 가면서 스턴로드로 배를 때렸다. 늦어! 경계하던 자와 하지 않는 자는 이런 때 그 차이가 나타난다.

"크학?!"

"히익!"

"우억?!"

털썩털썩하고 수험자 십수 명 정도가 도깨비에게 쓰러져 갔다.

개중에는 여성 수험자도 있었지만, 이것도 일이라 미안한 마음을 뒤로하고 가차 없이 쓰러뜨렸다. 그래도 기분상으로는 약간 약한 타격으로. 남자는 정말 가차가 없었지만.

"큭!"

"오?"

호오. 힘을 빼기는 했지만 첫 번째 공격을 막다니. 그래 봐야 두 번째 공격 때는 쓰러뜨릴 거지만. 일단 번호는 기억해 둘까. 이 녀석은 남겨 두자.

그런 식으로 사람들을 쓰러뜨려 가는데, 저편에서 조금 전에 본 수인과 마족들을 내쫓았던 녀석들이 2미터 정도의 곤봉 스턴로드를 든 니콜라 씨와 대치하고 있었다.

"큭! 으랴랴!"

"……실력이 모자라."

덤벼든 녀석들의 배에 니콜라 씨의 가차 없는 찌르기가 들어갔다.

"크호오엑?!"

멀리 날아가 버린 남자는 흰자위를 드러내고 그 자리에 쓰러지며 기절했다. 저거, 스턴로드의 효과가 없어도 기절하는 게 아닌지…….

"큭……!"

니콜라 씨에게 압도된 것처럼 남자들이 슬금슬금 뒤로 물러섰다.

"……왜 그러지? 사람이 이렇게 많으면서 수인 한 명에게 대적할 수 없는 건가? 입만 살았네."

가면을 쓴 검은 복장 차림의 니콜라 씨. 머리 위로 나와 있는 여우 귀는 두건으로 간신히 숨겼지만, 폭신폭신한 꼬리까지는 숨기지 못했다. 당연히 상대도 수인이라는 사실을 알고 있었다.

우리 나라의 수인 중에 여우 계열은 니콜라 씨밖에 없으니 조사하면 누구인지는 금방 알 수 있다. 그럼 도깨비 모습을 해도 의미가 없는 것이 아니냐고 누가 묻는다면, 그거야 뭐, 형식미라고 대답할 수밖에.

"두, 둘러싸고 한꺼번에 공격해라!"

"호오."

니콜라 씨를 여섯 명 정도의 수험자가 둘러쌌다. 그 사실을 바바 할아버지나 에르제 일행, 다른 도깨비들도 눈치챘지만 일부러 도우러 가지 않았다. 필요가 없기 때문이다.

"흐아아아아아아아아아!"

"이거나 먹어라아아!"

일제히 공격해 오는 무기보다도 빠르게, 니콜라 씨는 막대를 지면에 대고 그것을 축으로 하여 바로 위로 뛰어올랐다.

그대로 둘러싼 녀석들의 밖으로 착지한 뒤, 필살 찌르기를 잇달아 선보이며 전투가 불가능하게 만들었다.

"컥?!"

"푸우웁?!"

배에 일격을 받은 한 사람은 식사를 한 뒤였는지 쓰러지기 전에 소화가 끝나지 않은 위장 속 내용물을 지면에 쏟은 뒤, 친절하게도 그 안에 얼굴을 묻었다. 우와.

니콜라 씨에게 한 방을 때리지 못하고 수험자들은 그 자리에 잇달아 쓰러졌다. 매우 무자비하게 싸우는 그 모습은 그야말로 도깨비였다. 도깨비가 있어.

마지막 한 사람을 향해 니콜라 씨가 발걸음을 내디뎠다.

"히익……!"

"브륀힐드의 기사단을 너무 얕보지 마라. 시야가 좁은 너희가 들어올 정도로 만만하지 않아."

"우와아아아아아아!!"

칼을 휘두르며 달려온 수험자를 쉽게 피하고, 막대로 목을 향해 일격을 날렸다. 경련을 일으키고 흰자위를 드러내며 마지막 한 사람이 땅에 쓰러졌다.

주변을 돌아보니 거의 해치운 상태였다. 나는 니콜라 씨에게 다가가 말을 걸었다.

"와, 수고했어요."

"……조금 발끈하고 말았습니다. 죄송합니다. 아직도 수행이 부족한 듯합니다……."

"뭐 어때요? 지금 우리는 도깨비인데. 저라면 알몸으로 만들어 모두 나무에 매달았을 거예요."

조금 풀이 죽어 있어 위로도 할 겸 농담을 했는데, 니콜라 씨는 뻣뻣한 웃음을 지을 뿐이었다. 어라? 진짜로 할 건데요?

"토야 님이라면 정말 하고도 남습니다……."

"아니, 넌 전에 시비를 걸던 깡패 모험자들을 정말로 벗겨서 길거리에 거꾸로 매달지 않았어?"

오래전 이야기를 하다니……. 그것들은 도리어 이쪽을 원망하며 너희를 인질로 삼으려고 했던 쓰레기잖아. 당연한 응보일 뿐이야.

"다 끝났습니다~."

힐다의 목소리가 들려 주변을 돌아보니 모닥불 주변에 모여 있던 수험자는 한 명도 남김없이 기절해 있었다. 나와 박사가 만든 스턴로드는 상대를 마비시킬 뿐 아니라, 의식을 제거할 수도 있다. 개인의 마력 저항 수치나 육체의 튼튼함에 따라 효과가 더 잘 나타나기도 하는 듯하지만.

도깨비 모두는 각각 자신이 쓰러뜨린 녀석에게서 배지를 빼앗았다. 괜찮은 점이 있었던 사람은 이번에 그냥 넘어가 주기로 했지만, 그래도 100명 정도 중에 10명도 남지 않았다.

일단 30분 정도면 눈을 뜨게 된다. 기절 중에 다른 수험자가 배지를 빼앗기는 일이 있어서는 안 되기 때문에 도깨비는 모두 숲 안에 돌아가 의식이 돌아올 때까지 멀리서 감시하기로 했다.

"이곳은 저희가 보고 있을 테니, 폐하는 다른 수험자가 있는 곳으로 가 주세요."

"그래요? 그럼 가 볼까."

"저희는 슬슬 성으로 돌아갈게요. 모두 걱정하고 있을 테니까."

역시나 힐다 일행에게 철야로 같이 일해 달라고는 할 수 없어서 【게이트】를 열어 성까지 바래다줬다.

니콜라 씨의 말을 고맙게 받아들여 나는 그 자리를 떠나 다른 수험자를 찾으러 가기로 했다.

밤중의 숲 안을 나뭇가지에서 나뭇가지 사이로 뛰어서 이동했다. 새삼스럽지만 이렇게 밤눈이 좋았던가? 집중하면 어두운데도 꽤 잘 보였다. 이상한 능력에 눈을 뜨고 있네…….

그날 밤은 수험자를 습격한 마수를 몇 마리인가 쓰러뜨리거나, (마수를 쓰러뜨릴 수 없는 레벨인 수험자도 쓰러뜨렸지만) 숲 안에 장치한 함정에 걸린 수험자들을 구하거나 하면서, (물론 걸린 녀석들은 실격) 겨우 아침을 맞이했다.

그런 서바이벌이 펼쳐진 3일간이 드디어 지나자, 수험자에게 붙여 두었던 배지를 통해 기사단장인 레인 씨의 목소리가 울려 퍼졌다.

〈시험 종료 시각이다. 축하한다. 현 시간을 기점으로 배지를 소지하고 있는 사람은 제2 시험 합격자다. 배지를 떼고 본진으로 전이해 오길.〉

숲 안에서 잇달아 합격자들이 본진으로 전이해 갔다. 물론 나도 배지를 떼고 본진으로 전이했다.

본진에는 이미 전이해 온 합격자들이 번호와 이름을 알리는 중이었다. 이후의 절차인 면접은 이틀 후에 열린다.

합격자 면면을 보니, 내가 점찍었던 닌자, 갑옷 남자, 뿌리채소 소년의 모습도 있었다. 뿌리채소 소년은 용케도 살아남았네……. 꽤 야위어 있는데, 계속 어딘가에 숨어 있었던 건지도 모른다.

그리고 그 모닥불에서 쫓겨났던 사자족 여성과 유익족 남성, 워독 청년, 아라크네 소녀도 합격했다. 다행이야, 다행.

일단 숲에 남은 사람은 없는지 검색 마법으로 확인했다. 응, 모두 귀환한 모양이다.

사사삭 하고 합격자인 척하며 나에게 접근한 츠바키 씨에게 은근히 합격자 수를 물어보았다.

"합격자 인원은 416명입니다. 이곳에서 이틀 후에 면접을 보아 대략 150명까지 줄일 생각입니다."

"유미나에게도 도와 달라고 할 테니 그때 수상한 녀석이나 의심스러운 생각을 하는 녀석은 떨어질 테지만, 150명이나 남을지 어떨지가 문제예요. 그렇다고 적합하지 않은 사람을 채용할 생각은 없지만요."

말하자면 여기서부터가 진짜였다. 우리 기사단에 어울리는 사람인지 어떤지 곰곰이 생각해 봐야 한다.

박사에게 거짓말 탐지기도 빌렸으니, 유미나의 마안과 조합하면 그 본성을 아는 것은 어렵지 않겠지.

참고로 거짓말 탐지기를 선보이자 약혼자들이 이런저런 질문을 쏟아냈다. 물론 위험한 질문에는 대답하지 않았습니다!!

거짓말인지 진짜인지 판단하는 아티팩트라 대답을 하지 않으면 반응을 하지 않으니까. 묵비권이에요!

가슴은 큰 편이 좋은지, 좋아하는 속옷 색은 무엇인지, 그런 것을 대답할 필요는 없잖아요?! 모두를 좋아하는가 하는 질문만큼은 대답하도록 강요받았지만.

"그러고 보니 합격자 중에 닌자 같은 사람도 있었는데, 츠바키 씨의 추천자인가요?"

기사단의 간부급 중에는 누군가를 추천할 생각이면 미리 알려 달라고 말했지만, 일단 시험은 같이 치르게 했다. 실력이 있으면 합격할 테니, 추천을 받은 사람이라고는 해도 면접 때 조금 유리하게 작용하는 정도에 불과하다.

"그중 한 명일지도 모릅니다. 제가 말을 걸었던 사람들은 이 셴의 닌자들이니까요. 얼마 전에 있었던 히데요시 사건 때, 몇몇 가문이 무너져 몇 명인가 갈 곳을 잃었기에 제안을 해 두었습니다."

"네? 몇 명이라니요? 한 명 아니에요? 전부 닌자인가요?"

"네. 코가와 이가, 그리고 후마에서 각 한 사람씩입니다."

코가와 이가? 그리고 후마라니. 유파가 다 제각각이네. 게다가 이가와 코가는 사이가 나쁘지 않았나?

츠바키 씨에게 그런 질문을 해 보니, 딱히 나쁘진 않다고 한다. 개인적으로는 서로 라이벌로 보는 사람도 있을 테지만, 그 둘은 아니라고. 원래 같은 집안을 섬겼던 연이 있어 집안이 무너진 뒤 이쪽으로 흘러왔다고 한다. 그 집안이 아무래도 하시바 쪽인 모양이다.

"으~음. 그 싸움에는 저도 참가해서 그런지 복잡한 기분이지만……."

"두 사람이 섬기던 사나다 가문을 떠나 새롭게 섬길 곳을 찾아 브륀힐드까지 온 것이니, 폐하가 부담을 느끼실 필요는 없으리라 생각합니다."

"아무리 그래도……… 사나다?"

사나다라면…… 사나다 가문? 사나다를 섬기던 코가와 이가의 닌자……라면, 설마.

"그 두 사람의 성이 혹시 사루토비랑 키리가쿠레인지…….'

"어? 그렇습니다만…… 어떻게 아시는지요?"

진짭니까?

"좋다. 결과는 모레, 성 앞에 붙여 놓겠다. 모두 물러가도 좋다."

"""""넷!"""""

기사단장인 레인 씨의 목소리를 듣고 면접을 끝낸 다섯 명이 대답을 한 뒤 방 밖으로 나갔다.

모두가 방을 나간 모습을 확인하자 먼저 유미나가 말했다.

"이 사람이랑 이 사람, 그리고 이 사람. 이렇게 세 명은 안 되겠어요. 그중 둘은 야심이 훤히 보여요. 언젠가 다른 사람을 밀어내겠다는 생각을 하게 되겠죠. 남은 이 사람은 반골 기질이 너무 강해요. 자신의 의사와는 다른 명령을 하면 허울 좋은 이유를 붙여 아무렇지 않게 어길 거예요. 공적을 올리면 명령을 무시해도 용서받을 것이라고 생각하는 듯해요. 조직력을 흐트러뜨릴 원인이 될지도 몰라요."

"저도 감이긴 하지만 그런 생각이 들었습니다. 게다가 세 사람 모두 말에서 오만한 뉘앙스가 느껴지는 것 같기도……. 몇 가지인가 거짓말도 했으니까요."

유미나와 레인 씨의 말을 들으면서 리스트의 명단에 있는 그 세 사람의 이름에 사선을 그었다. 실격이라서.

"나머지 두 사람은 어땠어?"

"그러네요. 대답을 조금 우물거리긴 했지만 솔직히 대답했고, 나쁜 기질이 느껴지지는 않았어요. 괜찮을 거예요."

"맞습니다. 너무 진지해서 다소 실패할 것 같기는 하지만 충분히 합격 기준을 넘지 않았을까 합니다."

그럼 이 두 사람은 합격이구나.

서바이벌이 끝난 지 이틀 후. 성의 한 방에서 수험자의 면접이 열렸다.

면접관은 나, 유미나, 기사단장 레인 씨였다. 나는 계속해서 【미라주】로 모습을 바꾸고 있었지만.

서바이벌 시험 합격자를 다섯 명씩 모아 순서대로 면접을 보았다. 한 번에 10분 정도이지만 80번을 넘게 면접을 봐야 해

서, 이틀로 나눴는데 그래도 엄청난 작업이었다.

그렇다고 해서 대충할 수는 없었다. 묘한 녀석을 기사단에 들이면 피해를 보는 사람은 내가 아니라 국민 모두다.

무엇보다도 우리 기사단원으로서 요구되는 것은 '나라를 위해'서가 아니라 '국민을 위해서' 일할 수 있는가 하는 것이니까. '왕을 위해서' 라든가 '명예와 긍지를 위해서' 같은 것은 필요 없다.

만약 내가 나쁜 정치를 펼쳐 국민을 고통스럽게 한다면, 나를 쓰러뜨릴 정도는 되어야 한다. 물론 그런 짓은 하지 않을 거지만.

"좋아. 그럼 다음 다섯 명을 불러 주세요."

"네."

내가 그렇게 재촉하자 문 옆에 대기하고 있던 다크엘프인 스피카 씨가 수험자들을 불렀다. 문 옆에는 라미아인 쌍둥이 뮤렛과 샤렛도 대기하고 있었다.

세 사람에게는 미안하지만 수험자의 판단 재료 중 하나로 이용하는 중이다.

방에 들어온 다섯 명 중 세 사람이 마족인 그 사람들을 보자마자 눈썹을 찌푸리는 모습을 우리는 다 지켜보았다. 나머지 두 사람은 놀라긴 했지만 모멸적인 표정은 찾을 수 없었다. 흥미는 가지고 있는 듯했지만. 스피카 씨는 미인이고, 라미아인 쌍둥이는 하반신이 뱀이니까.

이 시점에 이미 눈썹을 찌푸린 세 사람에게는 별로 관심이 가지 않았다. 그래도 일단은 모두에게 무난한 질문을 던졌지만, 개중에는 핵심을 찌르는 질문도 섞어 거짓말 탐지기의 반응을 확인했다.

거짓말을 하는 사람도 있는가 하면, 솔직히 대답하는 사람도 있었다. 나는 꼭 모든 것을 솔직히 말하라고 하는 것이 아니었다. 어느 정도의 거짓말은 어쩔 수 없는 면도 있다. 상대에게 호감을 주고 싶기도 할 테고 대답하고 싶지 않은 것도 있을 테니까. 거짓말도 진실과 함께 생각해 판단 재료로 활용할 뿐이다.

다섯 명을 퇴실시키고 유미나, 레인 씨와 이야기를 했는데 역시 얼굴을 찌푸린 녀석들은 뽑지 않아야 할 듯했다. 유미나가 말하길 오만함과 허영심이 강하게 느껴진다고. 나머지 두 사람 중 한 명도 출신지나 이력을 속이는 등, 거짓말이 많았다. 역시 이처럼 아무렇지 않게 많은 거짓말을 늘어놓은 사람을 채용하고 싶지는 않았다. 리스트에 있던 다섯 명 중 네 명에게 사선을 긋고, 남은 한 명만 합격으로 표시했다.

다시 스피카 씨가 다음 다섯 명을 불렀다. 어, 라?

들어온 다섯 명 중 두 사람은 내가 발견했던 갑옷 남자와 뿌리채소 소년이었다.

두 사람 모두 마족인 스피카 씨 일행을 보고 놀라긴 했지만 그뿐이었다. 뿌리채소 소년은 너무 긴장해서 몸이 굳은 탓에 그럴 겨를이 없었던 것뿐인지도 모르지만.

두 사람은 번호가 가까웠던 건지 왼쪽 끝과 그 옆에 나란히 앉았다.

으음…… 짧은 금발에 갑옷을 입은 청년이 란츠 템페스트. 뿌리채소 소년이 카론인가.

란츠 템페스트. 출신지는 기사 왕국 레스티아. 하급 기사 가문의 셋째. 레스티아 기사단에 형이 두 명 있다라.

"왜 우리 브륀힐드에 오셨나요?"

"넷. 일찍부터 공왕 폐하의 활약과 기사단의 소문을 들었습니다. 브륀힐드에서 용을 퇴치한 것은 레스티아에까지 소문이 퍼져 있습니다. 그런 기사단에서 저도 미력하나마 힘을 보태고 싶었습니다."

눈앞에 있는 내가 그 국왕이라는 것을 모를 테지만, 거짓말은 하지 않았네. 하지만 일단 물어는 볼까.

"레스티아가 아니라 브륀힐드의 기사가 되는 것인데, 그건 괜찮으신가요?"

"브륀힐드의 공왕 폐하는 레스티아 기사 왕국의 공주, 힐데가르드 님과 약혼하셨습니다. 브륀힐드는 레스티아의 우호국이고, 또 검을 바친 이상은 브륀힐드의 기사로서 최선을 다해 일할 생각입니다."

거짓말은 하지 않았다. 진심인 듯하지만 뭔가 딱딱하네. 기사 가문 출신은 이런 느낌인가?

다음으로 시선을 뿌리채소 소년인 카론으로 옮겼다.

카론. 출신지는 벨파스트 왕국인가.

"……도깨비 역할을 한 단원의 보고에 의하면 숲 안에서 다양한 음식을 채취했다고 하는데, 그런 기술은 어디에서 배웠나요?"

"기, 기술이라고 할 것은, 할 만한 것은 아니고, 집이 의사를 하고 있어서 자주 숲 안으로 들어갔기 때문입니다. 네."

긴장을 너무 많이 했다. 말이 어딘가 이상해.

아, 의사구나. 그래서 그렇게 식물에 대해 잘 알고 있었던 거였어. 괜찮은 것 같지?

"왜 기사단에 들어오려고 하죠?"

"브, 브륀힐드 기사단에서는 농지 개척에도 힘을 쏟고 있다고 들어서요. 그, 그거라면 저도 도울 수 있다고 생각했습니다. 앗, 싸, 싸움도 그럭저럭 잘합니다. 곰 정도라면 쓰러뜨릴 수 있습니다."

사냥꾼도 아니고. 그래도 그 서바이벌에서 살아남은 걸 보면, 나름대로 싸움 실력은 있는 건가. 손도끼 같은 게 어울릴 것 같은 느낌이기도 하고.

거짓말도 하지 않은 것 같으니, 이 두 사람은 괜찮을 것, 같지?

다섯 명이 퇴실한 후, 유미나와 레인 씨에게 의견을 물어보니, 역시 나와 마찬가지로 그 두 사람은 채용하지는 대답이 돌아왔다.

"란츠라고 하는 청년은 마을의 순찰대에 필요할 듯해요. 카론 소년은 나이토 님 밑에서 동쪽을 개척하는 데 안성맞춤인 인재가 아닐까 해요."

레인 씨도 나와 마찬가지 생각인 듯했다. 좋아, 둘 다 채용.

다음으로 입실한 사람은 그 서바이벌 때 쫓겨난 사자족 여성, 유익인 남성, 워독 청년, 아라크네 소녀였다. 그리고 또 한 사람은 가죽 갑옷을 남자가 있었지만, 그 녀석은 동석한 다른 네 사람에게 좋은 감정을 지니고 있지 않은 듯해서 내 마음속에서는 이미 흥미가 사라졌다.

사자족 여성이 애슐리.

유익인 남성이 바르스.

워독 청년이 딩고.

아라크네 소녀가 리폰.

각각 애슐리는 바르스와, 딩고는 리폰과 여행을 했는데, 다른 나라에서 소문으로 기사단을 모집한다는 소식을 듣고 곧장 브륀힐드로 왔다는 모양이었다.

혹시 몰라 월급이 짜다는 사실을 거듭 말해 두었지만, 불만은 없는 모양이었다. 거짓말 탐지기에도 반응은 없었다. 정말로 짠데요? 가까운 시일 내에 올릴 생각이기는 하지만.

그 후에도 몇 가지인가 질문을 하였는데, 네 사람 모두 브륀힐드를 위해서 일하겠다는 말은 모두 진심인 듯했다.

다섯 명을 퇴실시키고 유미나에게 확인해 봤는데, 문제는 없다는 듯해서 가죽 갑옷 남자를 제외한 네 사람을 합격시켰다.

다음 날에도 우리는 계속 면접을 보았다. 우리 잠입팀은 모두 면접을 포기했기 때문에 어느 정도는 인원이 줄기는 했지만 그래도 상당한 수였다. 게다가 대충할 수는 없었기 때문에 아주 힘들었다.

순조롭게 합격자를 결정해 꽤 좋은 인재가 모였다.

그리고 마지막 세 명이……

"사루토비 호무라, 키리가쿠레 시즈쿠, 후마 나기……."

눈앞에 앉은 세 사람의 닌자 복장을 한 소녀들. 이들이 츠바키 씨가 추천한 사람들이다.

각각 사루토비 사스케, 키리가쿠레 사이조, 후마 코타로의 딸이라고 한다.

딸이라……. 본인이 올 줄 알았어. 이야기를 들어 보니, 각각 아버지들도 나이가 나이라 은퇴한다고 한다.

나이는 세 사람 모두 나보다 두 살 아래인 열다섯 살이었다. 에르제나 린제와 같은 나이구나. 첫인상은 호무라가 밝고 건강한 아이. 반대로 시즈쿠는 차분하고 쿨한 인상. 나기는 멍~해서 종잡을 수 없는 느낌이려나.

머리 모양도 호무라는 쇼트커트, 시즈쿠는 롱, 나기는 세미롱 웨이브로, 각각 특징이 달랐다. 특기 분야도 호무라는 체술, 시즈쿠는 은형술, 나기는 투척술로 각각 달랐지만, 그게 특기일 뿐 전체적인 닌자 수업은 다 끝냈다는 모양이었다.

덧붙이자면 그때는 복면을 쓰고 있어 몰랐는데 나무 위에 있던 나를 본 사람은 호무라였다.

"알기 어렵지만, 저는 마안을 지녔습니다. 꽤 멀리까지 보는 것도 가능합니다. 작은 장애물이라면 그것의 너머를 보는 것도 가능합니다."

확실히 호무라의 오른쪽 눈은 왼쪽 눈보다 갈색이 더 진한 편이었다. 딱 봤을 때는 알기 어렵지만. 이 능력에 호무라는 '천리안'이라고 이름 붙였다고 한다. 내 【롱센스】를 시각에 특화시킨 거와 같다고 할 수 있으려나? 확실히 닌자에게는 편리한 능력일지도 모른다.

세 사람은 능력이 능력이니 채용되면 츠바키 씨가 이끄는 첩보 부대로 편입되겠지만, 그래도 되냐고 물어보니 문제없다고 대답했다.

"저는 변장술이 특기이니, 잠입 수사, 또는 마을 등에서의 정보 수집을 할 때 힘을 발휘할 수 있으리라고 생각합니다."

하고 시즈쿠가 대답하자.

"저는~ 발이 빠르니~ 술래잡기를 하면 절대 지지 않아요~."

하고 나기가 대답했다. 아무래도 이 아이는 발이 빠른 것을 앞세워 이번 시험을 통과할 생각인 듯했다.

그건 그렇고 나기라는 아이, 누굴 닮았나 했더니 우리 메이드인 세실 씨였다. 말투도 닮았고, 분명히 세실 씨도 나이프

던지기가 특기 아니었나? 원래 세실 씨도 벨파스트에 소속된 첩보 부대의 일원이었고 말이야.

〈처음 뵙겠습니다. 세실이에요~.〉

〈나기예요~. 잘 부탁드립니다~.〉

〈우후후~.〉

〈에헤헤~.〉

두 사람이 만나는 상상을 했더니 어딘가 모르게 몸에서 힘이 빠졌다. 두 사람 모두 실력이 좋긴…… 한데. 설마 생이별한 자매라거나 그런 건 아니겠지?

그 후에도 전체적인 질문을 한 번 쭉 한 뒤 세 사람의 면접을 마쳤다. 거짓말도 안 했고, 유미나의 마안으로 봐도 별문제가 없는 듯했다. 츠바키 씨의 추천도 있으니 세 사람 모두 합격.

이것으로 모든 사람의 면접이 끝났다. 제2 시험 합격자 416명 중, 면접 시험에 합격한 사람은 131명. 예정했던 수보다는 적지만, 나머지는 기사단원이 아니라 문관이나 서기관 같은 사람을 코사카 씨가 시험과 면접으로 뽑게 하자.

이제부터는 경비 기사, 순찰 기사, 은밀 기사 등, 본인의 특성에 맞게 배속을 정해야 하겠네. 몇 명인가는 이미 어디로 배속될지 정해졌지만, 그 이외의 사람은 대부분 정해지지 않았다.

아무튼 합격자는 정해졌으니, 일단은 입단식인가.

◇ ◇ ◇

"여러분, 합격 축하합니다. 국왕으로서 브륀힐드 기사단에 여러분을 맞이해서 기쁘게 생각합니다."

신입 기사들을 앞에 두고 단상 위에서 인사를 했다. 처음으로 나를 보는 사람은 조금 놀랐을지도 모른다. 항간에는 최고 랭크의 모험자로서 용을 죽이고, 고대 문명의 유산인 프레임 기어를 조종하고, 수정 마물을 쓰러뜨린 영웅이라는 소문이 퍼져 있었기 때문이다.

그런데 이런 애송이니, 당황하는 것도 무리는 아니다. 얕보지 않는 점을 보면 역시 유미나의 마안에 합격한 사람들이라고 할 만했다.

"자, 지난번 시험 때도 한 일인데, 여러분의 실력을 보여 주길 바랍니다. 이곳에 있는 모두 저와 싸워 주십시오."

순간, 내가 무슨 말을 하는지 이해하지 못하겠다는 표정을 짓는 신입들에게 지난번의 합격자들은 〈우아아…….〉하고 뭐라고 하기 힘든 목소리를 흘렸다.

"또 그걸 하는 건가……."

"내기할까? 몇 명이나 남을 거라 생각해?"

"이건 내기라고도 할 수 없는 거잖아……."

"트라우마가 생기지 않았으면 좋겠는데……."

넓은 제2 훈련장으로 옮겨 1 대 131의 싸움이 시작되었다. 신입들은 목검과 목도, 연습용 창 등, 각각 모의 싸움용 무기를 들었다. 진검을 사용해도 상관없었지만, 꺼림칙해서 나에게 진짜로 덤비지 못하면 곤란하니까. 물론 나에게는 아무것도 닿지 않게 할 거지만.

이 싸움도 사실은 신입들을 어디로 배속할지 결정하는 판단 재료가 된다. 기사단의 간부들이 눈을 반짝이고 있으니, 최선을 다해 덤벼 주길 바란다.

"그럼 시작할까. ——【액셀】."

나를 다가오는 신입들을 향해 나는 가속 마법을 발동했다.

지난번과 마찬가지로 서 있을 수 있는 사람은 아무도 없었다. 20분 후에는 131명의 쓰러진 신입들이 훈련장에 나뒹굴었다.

나는 신입들에게 【메가힐】과 【리프레시】를 걸어 모두 완전하게 회복시켜 주었다. 이대로는 곤란하니까.

그렇게 해 주자 고맙다고 인사하는 사람들도 있었는데, 인사를 하면 마음이 아프다. 다치게 한 사람은 나고, 신입들에게 있어선 최초의 시련에 불과하니까…….

"자, 이제부터는 내 차례구나."

나와 교대하듯이 훈련장에 모로하 누나가 들어왔다. 왜 그렇게 웃고 계신가요. 훈련을 시키면 그만큼 큰 보람을 느끼는 상대들이라 그렇겠지만.

"브륀힐드 기사단 고문 검술 지도역, 모치즈키 모로하다! 입단을 축하한다! 바로 이제부터 훈련을 시작한다!"

사실은 이제부터 일주일간, 모로하 누나가 마련한 지옥 훈련 일정이 신입들을 기다리고 있었다. 그 서바이벌 시험 때 자신도 참가하고 싶다는 누나를 말리기 위해서 교환 조건으로 제시했던 것이 이것이었다.

"그럼 먼저 성 주변을 달리기 바란다. 20바퀴만."

비명을 지르는 신입들. 이 성의 주변은 약 2킬로미터. 곱하기 20이니, 거의 풀마라톤이다. 처음부터 내달리네……

모로하 누나의 재촉을 받고 성을 나가는 신입들을 보면서, 부디 무사하길 신에게 빌 수밖에 없었다……라니, 내몰고 있는 사람도 신이잖아…….

모로하 누나 일행은 신의 힘을 이용해 지상에 참견하는 것은 금지되어 있다. 그래서 어디까지나 인간의 범위 내에서만 힘을 사용한다고 하는데, 그게 초인 수준이라는 게 문제다.

저건 인간이 1000년 정도 수행하면 도달할 수 있는 경지잖아. 보통은 그 전에 수명이 다해 죽거든요. 시간을 완전히 무시하다니. 엘프라든가 마족, 요정족이라면 그 수준까지 도달할 수 있을지도 모르지만.

그래도 뭐, 이걸로 저 신입들은 확실히 강해진다. 이 나라를 위해서도 열심히 해 주길 바란다.

"하앗!"

"약해! 더 강하게 파고들어!"

신입 기사 란츠의 일격을 힐다가 목검으로 받아넘겼다. 란츠는 이미 30분이나 검을 휘둘러 다리가 후들거렸다.

옆에 있는 모로하 누나에게 슬쩍 시선을 보냈지만 말릴 생각은 없어 보였다.

기사단원의 훈련은 모로하 누나나 단장인 레인 씨, 상담역인 바바 할아버지에게 맡겨 두고 있으므로 나는 참견하지 않는 것이 좋다고 생각하지만…….

"크훗!"

"왜 그러지?! 레스티아에서는 그렇게 미적지근한 검을 가르쳐 준 적이 없을 텐데!"

란츠의 등을 강하게 때리며 힐다가 목소리를 높였다. 힐다는 누군가를 따르게 할 때, 또는 지도할 때는 기사 공주 모드가 되는 듯했다. 말투도 매우 딱딱하게 바뀌어서, 평소보다 더욱 늠름한 분위기가 감돈다.

레스티아에서는 부대 하나를 이끌었던 듯하니, 부하에게 명령할 때는 그런 말투가 더 효과적이었던 건지도 모른다.

"컥……!"

란츠의 배에 힐다가 옆으로 휘두른 목검이 적중했다. 앞으로 낙법도 구사하지 못한 채 란츠가 쓰러졌다.

"거기까지."

모로하 누나의 목소리가 훈련장에 조용히 울려 퍼졌다. 두 사람의 모의전을 숨죽이며 바라보던 기사단 모두가 일제히 안도의 한숨을 쉬었다.

비틀비틀 검을 지팡이 삼아 간신히 일어난 란츠가 직립 부동이 되어 힐다에게 고개를 숙였다.

"지도해 주셔서 감사합니다!"

"그래."

힐다가 작게 고개를 끄덕이자, 란츠는 실이 끊어진 것처럼 지면에 주저앉았다.

란츠와 같은 동기인 신입 기사들이 란츠에게로 달려갔다. 란츠는 괜찮다는 듯이 작게 손을 들었지만, 일어설 수는 없는 모양이었다.

"【빛이여 오너라, 활기찬 숨결, 리프레시】."

란츠와 힐다, 두 사람에게 체력 회복 마법을 걸어 주었다. 꽤 체력을 소모한 것 같으니까. 그런데 너무 지나친 것 아닌가?

"레스티아류 검술은 체력을 깎고 깎아서 쓸데없는 움직임을 없앤 다음부터가 진짜 훈련이에요. 언제나 체력의 한계를 알고 얼마나 낭비 없이 움직일 수 있는가. 그리고 쓰러지기 직전에 얼마나 날카로운 일격을 날릴 수 있는가. 극한의 상태에서 싸우는 것은 100번의 훈련보다 나으니까요."

엄격해……. 역시 기사 왕국이라고 불리는 데는 다 이유가 있다.

"부, 분명히 레스티아에 있던 시절 같은 분위기에 휩싸여 조금 무리를 하게 만들었을지도 모르지만……."

쑥스럽다는 듯이 힐다가 변명을 하듯 말했다. 그게 조금이라고? 레스티아도 꽤 스파르타식인가 보네.

기사단에 입단한 지 얼마 안 된 신입들은 모로하 누나가 제공하는 지옥 훈련을 맛보았다. 훈련을 제대로 쫓아가지 못하는 사람도 많았지만, 역시 채용 시험에 합격한 사람들답게 포기하려고 하는 사람은 한 명도 없었다.

신입들은 각각의 부서에 배속되어 곧장 브륀힐드의 기사로서 선배들에게 첫 번째 지도를 받았다.

시찰……이라고는 할 수 없지만, 신입들이 제대로 하고 있는지 견학을 온 건데, 첫 번째 부서에서 상당히 하드한 장면을 보고 말았다.

이곳에 있는 기사들은 성 아랫마을을 순찰하는 순찰 담당과 성 안의 경비를 담당하는 경비 담당 기사들이다. 양쪽 모두 강하지 않으면 안 된다. 그러니 하드해질 수밖에 없는 건가.

일단 순찰 기사의 상관은 부단장인 니콜라 씨다. 그 아래에 실동 부대의 대장으로 로건 씨가 있다. 로건 씨는 산드라의 사막에서 내가 구한 모험자인데, 그때는 신흥국에서 출세하게 될 거라고는 생각도 못 하지 않았을지.

경비 기사 쪽 역시 부단장인 노른 씨의 아래에 레베카 씨가 있었다. 레베카 씨도 로건 씨와 마찬가지로 산드라에서 내가 구한 모험자다. 지금은 우리 여성 기사들의 언니 같은 입장이 되었다.

이쪽도 신입 기사의 육성에 여념이 없는 듯했다. 지금도 레베카 씨가 신입 여성 기사들을 상대로 계속 훈련을 했다.

옆에 있던 힐다에게 땀을 닦을 수 있도록 타월을 건네면서 그 훈련을 바라보았다.

"새로 들어온 사람들도 열심히 하고 있는 모양이네요."

"네. 무엇보다 모두 솔직합니다. 강해지고 싶다고 바라며, 그것만을 위해 노력을 아끼지 않는다는 마음가짐을 가지고 있습니다. 그 마음만큼은 훈련으로 기를 수 있는 것이 아닙니다."

'지켜야 할 국민을 위해 싸울 수 있는가?' 그것이 면접 때에 중요시된 부분이었다. 유미나의 마안과 박사의 거짓말 탐지기로 그 마음을 지니고 있지 않은 녀석은 실격시켰으니 당연한 일이다.

자, 다음은 나이토 아저씨가 있는 개척 부대인가. 그쪽은 전투보다도 그 성과이니, 바로 어떻게 되는 것은 아니겠지만.

힐다도 따라가고 싶다고 해서, 같이 동쪽의 개척지로 가 보았다.

마을의 개척은 기사가 할 일이 아니라고 말하는 사람도 있지만, 이 나라에서는 가장 중요한 부서일지도 모른다.

농작물의 실험적인 육성부터, 토지의 개간, 가옥 건축, 도로의 정비 등, 마을의 발전에 힘을 쓰는 부서다.

이곳의 책임자는 재상인 코사카 씨다. 하지만 실제로 현장에서 지휘하는 사람은 전(前) 타케다 사천왕인 나이토 마사토요였다.

개척지에 들어가 보니, 바로 그 본인과 마주쳤다.

"응? 폐하와 힐다 님. 사이가 다정해 보여 아주 보기 좋습니다."

외모는 여전히 멍해 보이지만, 실제로는 상당한 수완가다. 다양한 문제를 척척 해결해 가는 그 수완을 보면 역시 라는 말이 절로 나왔다. 실제로 이 사람이 없었으면 이 나라가 이렇게까지 발전할 수 있었을지 어땠을지.

"오늘은 무슨 일이신지요."

"그냥 이쪽에 배속된 신입 기사들은 어떻게 지내는지 궁금해서요. 문제없이 잘 되고 있나요?"

"네. 저희 개척 부대 쪽은 다른 곳과는 달리 엄격한 훈련 등은 거의 없으니까요. 대신에 외워야 할 것이 산더미처럼 많습니다만."

나이토 아저씨가 시선을 돌린 곳을 보니, 신입 기사들이 무언가 막대기와 막대기에 붙은 줄 같은 것을 사용해 지면을 측정하고 있었다. 측량……인가?

그런 일을 하는 기사들 중에는 내가 서바이벌 시험 때 봤던 뿌리채소 소년──이름이 분명 카론이었다──도 있었다.

새로운 농지 개발도 이 부대의 임무다. 그 외에도 다양하게 해야 할 일이 많고, 나라에 도움이 되는 중요도가 높은 것들이었다. 그래서 이 부서의 기사들은 다른 부서의 기사들보다 월급이 높았다. 정말 아주 조금뿐이지만. 가난해서…….

"기사가 솔선해서 괭이를 들고 개간을 하다니……. 대단해요. 레스티아의 왕도에서는 볼 수 없는 광경이에요."

"그런가요? 이셴에서는 의외로 평범하게 장군이 논밭을 경작하기도 합니다만."

"그렇군요……."

힐다는 기사 왕국 레스티아라는 동쪽에 있는 대국의 공주다. 기사도를 중시하는 그 나라에서 검술을 계속 갈고닦고, 영재 교육을 받은 힐다에게 농업을 하는 장군은 잘 상상이 안 될지도 모른다.

레스티아에서도 왕도에는 없을지 모르지만, 조금 지방으로 내려가면 밭을 경작하는 기사도 꽤 많을 것 같은데 말이지.

"이번 신입들 중 몇 명인가가 흙 마법을 사용할 수 있어 작업이 잘 진행되고 있습니다. 이셴 출신인 저희는 어째서인지 마법 적성을 별로 지니고 못했고, 있어도 불 속성이나 바람 속성이 많으니 말입니다."

그렇다. 이셴 사람들은 이유는 모르겠지만 마법 적성을 지닌 사람이 극단적으로 적다. 야에도 야에의 가족도 지니고 있지 않았다.

그 대신 이셴에는 마법이 아니라 독자적으로 발전한 간이 마술…… 부술(符術)이나 인술 등이 있다. 다음으로 갈 곳이 그 인술을 다루는 츠바키 씨가 이끄는 은밀 부대였다.

나이토 아저씨에게 인사를 하고 우리는 은밀 부대가 훈련하는 서쪽 숲으로 가 보았다.

그곳에는 기사단의 훈련에도 사용되는 필드 애슬레틱 시설이 마련되어 있다. 최근에 츠바키 씨의 탄원으로 초급, 중급, 상급 코스보다도 단계가 높은 초월급 코스라는 것을 만들었다. 다양한 트랩과 장애물 등이 설치된 매우 어려운 코스다.

츠바키 씨가 이끄는 은밀 부대는 오늘 이 코스를 메인으로 훈련을 하는 중인데…….

"흐하아아아아아아아악?!"

숲 안에서 불꽃을 쏘아 올린 것처럼 날아간 사람이 우리 눈앞에 있던 연못에 첨벙 하고 떨어졌다. 엄청난 물보라를 일으키며 가라앉은 사람은 곧장 푸핫! 하고 수면 위로 얼굴을 내밀었다.

구불구불한 쇼트커트의 머리카락에서 물이 뚝뚝 떨어졌다.

떨어진 사람은 신입인 여자 닌자 세 사람 중 한 명인 사부토비 호무라였다.

"한 번 더 다시! 호무라, 주의력이 산만해졌습니다. 방금 그 것이 적의 함정이라면 이미 죽었을 겁니다. 항상 실전이라고 생각하고 도전하세요."

"네~에……."

나무 위에 서 있던 츠바키 씨가 평영으로 연못가로 돌아오는 호무라에게 말을 걸었다. 그 타이밍에 다시 〈효에에에에에에 에에에?!〉 하고 또 한 사람이 날아와 호무라와 똑같은 연못에 다이빙했다.

그 사람도 세 여자아이 중 한 명이구나. 후마 나기였던가?

"무, 무척 과격한 훈련이네요……."

그렇게 하드한 훈련을 했던 힐다도 약간 소름이 끼치는 듯했 다. 갑자기 사람이 떨어져 왔으니 깜짝 놀랄 수밖에 없으려나?

"저희의 임무는 주로 첩보 활동입니다. 수많은 현장에서 정 보를 수집하기 위해서는 어떤 상황이든 간에 반드시 대처할 수 있어야 합니다. 어떤 때에도 주의를 기울이고 작은 변화를 놓치지 않는 관찰력이 필요한 것이죠."

나무 위에서 내려온 츠바키 씨가 그렇게 말했다.

츠바키 씨가 이끄는 첩보 부대는 주로 정보 수집을 다루는 부대다. 좋든 나쁘든 브륀힐드라는 나라는 다른 나라의 주목 을 받고 있다. 당연하지만 좋지 않게 생각하는 사람들과 나라도 있다. 이미 망했지만 유론 같은 곳 말이다.

그 외에도 나라 자체나 국왕과는 사이가 좋다고 하더라도, 그곳에 있는 유력 귀족 등이 나에게 악의를 품기도 하므로 상당히 복잡하다. 벨파스트나 레굴루스의 귀족들 중에는 아직도 유미나나 루와의 약혼에 반대하는 사람들이 있다는 모양이기도 하고 말이지.

그런 녀석들이 이 나라에 무언가 위해를 가하려고 작전을 꾸밀지도 모른다. 그런 움직임을 한 발 먼저 감지하고 그 정보를 수집하는 것이 츠바키 씨를 비롯한 은밀 부대의 역할이었다. 대원의 대부분이 이셴의 닌자 출신자로, 그 외에는 몇 명인가의 어둠 속성 마법사가 있었다. 전투에는 어울리지 않는 작은 동물밖에 소환하지 못하는 사람도 있지만, 그 힘은 첩보 활동에 안성맞춤이다.

츠바키 씨의 은밀 부대는 냥타로의 고양이 순찰대와도 밀접히 연락을 하여 마을에 있는 수상한 사람을 발견해 내기도 했다.

실제로 다른 나라의 귀족들이 보낸 파괴 공작원으로 보이는 녀석들을 몇 명인가 잡기도 했다. 그 녀석들의 목적은 프레임 기어의 탈취인 듯했지만……. 참, 사서 고생들을 하다니.

"다들, 열심히 하고 있네요."

"정말 고마운 일이야. 우리도 힘내야겠어."

"그럼 내일부터 토야 님도 같이 훈련하실래요? 야에 씨도 기뻐할 거예요."

"아, 아니. 왕은 이런저런 일이 많으니……."

생글거리며 제안하는 힐다에게 나는 뻣뻣한 웃음을 지으며 그렇게 대답했다.

솔직히 말하면 모로하 누나와 훈련해 강해진 힐다나 야에를 상대로는 적당히 봐주면서 대결할 수도 없고, 최악의 경우에는 질 수도 있다. 검술만이라면 두 사람이 위이니까.

게다가 두 사람 모두 권속화도 됐고……. 마법을 사용해도 된다면 별 상관없지만.

아무튼 이것으로 시찰은 끝이다. 땀을 흘리고 오겠다는 힐다와 헤어져 성으로 돌아가 보니, 복도 너머에서 스우가 이쪽을 향해 달려왔다. 뒤에서는 시중을 드는 레임 씨도 잔달음으로 달려왔다.

"토야!"

"안녕. 왔었어? 스우. 레임 씨도 어서 오세요."

"실례합니다, 공왕 폐하."

나에게 돌격해 온 스우를 안으며 받아 내자, 레임 씨도 작게 고개를 숙였다.

이 성에는 약혼자인 스우를 위한 개인실이 마련되어 있다. 그곳에 설치된 커다란 거울에 【게이트】를 부여해서 스우는 언제든 브륀힐드를 찾아올 수 있다.

약혼자 중 스우만은 아직 부모님과 같이 살고 있어, 그런 형태가 되었다. 물론 기본적으로 거울을 통과할 수 있는 사람은 스우뿐이다. 스우가 허가해서 같이 통과하면 레임 씨처럼 다른 사람과 같이 이곳으로 오는 것도 가능하다.

"오늘은 무슨 일이야?"

"레네한테 놀러 온 참이네. 오늘은 일을 쉬는 날이라고 하더이. 이보게, 토야. 유희실을 사용해도 되나? 레네에게 나의 오버로드를 보여 주고 싶어서 그래."

응? 오버로드라면 프레임 기어의 '오르트린데 오버로드'를 말하는 건가? 유희실······. 아, 프레임 유닛으로 보여 주려는 거구나.

프레임 기어의 훈련기, 프레임 유닛에는 스우 일행의 전용기도 입력해 두었다. 물론 일반 기사들은 사용할 수 없지만.

"좋아. 레네한테 보여 줘."

"그래! 고맙네!"

나에게 다가왔을 때와 마찬가지로 스우가 레네의 방을 향해 달려갔다. 여전히 힘이 넘친다.

"그럼 실례합니다."

레임 씨가 다시 그 뒤를 잔달음으로 따라갔다. 큰일이야, 레임 씨도.

내가 쓴웃음을 짓고 있는 사이에 품 안에 넣어 둔 스마트폰이 울렸다. 로제타였다.

"네, 여보세요."

〈마스터이신가요? 전의 그 테스트 작품을 만들어서 이제부

터 실험하려고 하는데요, 어디서 할까요?〉

"아, 그건가? 그럼 북쪽의 대훈련장 쪽에서 시험해 보자. 사쿠라한테는 내가 연락해 둘게."

〈알겠습니다.〉

로제타와의 통화를 끊고 나는 사쿠라의 번호를 호출했다. 바쁘구나, 정말로.

"……임금님, 이건 뭐야?"

"이건 마이크라고 해서, 소리를 증폭시키는 거야. 물론 이건 그것뿐만이 아니지만."

사쿠라가 눈앞에 놓인 스탠드 마이크를 보면서 고개를 갸웃했다.

박사 일행이 개발한 마도구의 실험을 하기 위해 성의 북쪽에 있는 대훈련장에 사쿠라와 사쿠라의 보디가드로 활동하는 다크엘프인 스피카 씨를 불렀다.

"좋아, 준비 완료입니다."

로제타가 조정하던 스탠드 마이크에서 멀어졌다. 관측수인 모니카도 OK 사인을 냈다. 좋아, 그럼 시작해 볼까.

"으~음. 그렇지……. 일단은 경쾌한 곡이 알기 쉬우려나? 마이크의 타깃은 스피카 씨에게 맞출 테니, 조금 그쪽 편에 서 주시겠어요?"

"네. 이곳이면 될까요?"

검과 특제 방패를 든 스피카 씨가 나에게서 떨어져 훈련장의 중앙에 섰다.

"그럼 사쿠라는 경쾌한 노래를 한번 불러 줘. 아, 마이크에 마력을 흘리면서."

"……뭘 하려는 건지는 잘 모르겠지만, 알았어."

사쿠라는 순순히 고개를 끄덕이더니, 스탠드 마이크를 향해 노래를 부르기 시작했다. 어? 이 곡을?

일본에서 유명한 프렌치 팝의 스탠더드 넘버……. 물론 경쾌하다면 경쾌하지만.

분명히 이 곡의 '셸리'는 여자 이름이 아니라 프랑스어로 '사랑하는 사람'이라는 의미였던가?

"스피카 씨, 그럼 움직여 주시겠어요?"

"네. 어?!"

조금 달렸을 뿐인데 엄청난 속도로 이동했다. 달리던 스피카 씨도 깜짝 놀랐다. 그 자리에 멈춰 서서 도약하자, 3미터 가깝게 뛰어올랐다.

"몸이 굉장히 가볍습니다! 날개가 달린 것 같습니다!"

이리저리 뛰는 스피카 씨를 그대로 두고 사쿠라에게 노래를

그만해 보라고 말했다.

"아."

스피카 씨의 달리는 속도가 눈에 띄게 줄어들었다. 흐음. 역시 노래하는 사이에만 효과가 나타나는군. 그리고 곡조에 따라 효과가 변하는 것이 확실한 모양이다.

"임금님, 이건……."

"부여 마법의 일종이에요. 박사님이 '가창 마법'이라고 이름을 붙였어요. 이 마이크를 통하면 사쿠라 님의 마력과 노래를 촉매로 넓은 범위에 보조 마법을 걸 수가 있어요. 노래에 따라 어떤 효과가 있는지는 아직 확실치 않지만, 어디까지나 아군을 지원하는 마법이니, 상대의 목숨에는 위험이 없을 거예요."

나 대신 로제타가 으쓱한 얼굴로 설명했다. 원래는 고대 마법 시대의 어떤 민족이 사용했던 마술을 기초로 한 것이라는데, 나는 잘 모른다.

간단히 말해서 소리로 지원 효과를 내는 마법이라는 모양이다.

"그럼 다음은 사쿠라가 좋아하는 곡을 다양하게 불러 봐."

"응."

스피카 씨를 향해 잇달아 노래를 하는 사쿠라. 으으음, 뭐라고 해야 할까. 선곡이 수수하네…….

서양 음악이 많은데, 전부 60~80년대 곡들이다. 내 음악 취향, 특히 서양 음악은 할아버지의 영향을 받은 거라 어쩔 수 없다고 한다면 어쩔 수 없지만. 뭔가 사쿠라의 마음을 자극한 것이 있었던 거겠지.

마법 효과는 공격력 상승, 방어력 상승, 민첩성 상승, 마법 내성 상승, 속성 부여 등인가. 아직 다양한 효과가 있는 듯하지만, 오늘은 이 정도면 충분하다.

이 마법의 장점은 노래가 닿는 범위라면 효과가 미친다는 것이었다. 실제로 우리가 있는 곳까지 효과가 미쳤다. 이 정도라면 아무리 대상이 많아도 소비 마력이 한 곡 정도에 불과해서 좋다.

단, 노래가 끝나면 효과가 사라지기 때문에 연속해서 노래하면 그만큼 사쿠라에게 부담이 간다는 것이 문제인가.

이 마법을 발동시키는 기능을 탑재한 기체를 현재 박사가 제작 중이다. 통신기를 통해서도 효과가 있다고 하니, BGM처럼 흐르게 하는 것이 이상적이라고 생각한다.

하지만 오른쪽 진영은 공격력을, 왼쪽 진영은 방어력을 상승시키는 것처럼, 효과를 분산시킬 수 없다는 것은 좋지 않은 점이다. 동시에 다른 곡을 부르는 것도 불가능하고 말이야. 녹음한 것으로는 효과가 없는 것 같고.

즐겁게 노래를 계속하는 사쿠라를 보면서 나는 그런 것들을 이것저것 생각해 보았다.

실험을 끝내고 로제타 일행과 바빌론으로 전이해 보니, 박사가 '연구실'의 제2 랩에서 이쪽 세계의 지도를 모니터에 비추고 고개를 갸웃했다.

책상 위에는 다양한 서류와 책, 펜이 흐트러져 있었고, 마시다 만 차나 먹다 만 비스킷 등도 놓여 있었다. 정리 좀 해라. 벌레 생겨.

"뭐 해?"

"음? 아, 토야인가. 아니, 조금 이상한 것을 깨달았거든."

"이상한 것?"

박사가 손 근처의 콘솔로 모니터에 비치는 세계지도의 오른쪽에 같은 세계지도를 비추었다. 으음? 어라? 이 지도, 다른 건가? 비슷하지만 세세한 부분이 다른 듯한…….

"이건 내가 살던 5000년 전의 세계지도야. 프레이즈와 싸우기 이전 거지. 지형을 바꿀 정도의 대규모 마법과 지각 변동으로 인해 지금과 비교하면 상당히 변했다는 것을 알 수 있지?"

그렇게 말하며 좌우의 세계지도를 겹쳤다. 아아, 그러네. 해안선이 깎인 곳이나, 육지가 연결된 부분도 보였다. 와아, 리프리스와 리니에. 5000년 전에는 땅이 연결되어 있었구나. 가우의 대하가 라밋슈까지 뻗어 있기도 하고.

지형이 변한 것은 마법으로 날아가 버렸기 때문일까? 설마 우주 콜로니가 떨어진 것은 아닐 테니.

"프레이즈에게는 직접적인 마법이 효과가 없었으니 말이

야.【대지폭산(大地爆散)】처럼 지면을 통째로 폭발시키는 등의 바보 같은 짓을 한 나라도 있었어."

지면을 폭발시켜 그 바위로 대미지를 주는 마법인가. 물론 그 정도는 해야 상급종과 간신히 겨룰 수 있었을지도 모르지만⋯⋯. 지형도 바뀔 수밖에.

고차원적인 흙 속성에는 넓은 범위의 지형을 융기시키거나, 함몰시킬 수 있는 것도 있는 모양이었다.

완벽한 자연 파괴이지만, 그런 것에 신경 쓰고 있을 때가 아니었을 테지. 인류 멸망의 위기였으니까.

"이곳이 내가 살았던 신성 제국 파르테노. 지금의 벨파스트에서 레굴루스, 브륀힐드, 라밋슈, 로드메어, 펠젠, 레스티아, 호른 왕국의 일부에도 도달할 정도로, 대륙의 거의 3분의 1을 차지하는 대제국이었지."

표시된 파르테노의 지배 영역을 보았다. 이거 굉장한걸. 확실히 대제국이다. 서쪽에서 동쪽까지, 거의 대부분의 지역이잖아. 내가 원래 있던 세계로 따지면 유럽에서 중국까지 전부 뒤덮는 듯한 느낌이었다.

"우리 시대 때는 프레이즈가 제노아스 부근부터 공격해 와서 지금의 유론, 노키아, 하노크 부근에 있던 나라부터 먼저 멸망했었어. 그래서 이 부근은 지형도 변화가 많은 거야."

확실히 제노아스나 유론 쪽에는 호수가 많은데, 그건 그러한 싸움을 했던 흔적이었던 건가.

고대 왕국도 프레이즈에게 전력으로 저항했을 테니, 싸움은 매우 치열했겠지? 어떤 싸움이 있었을지 상상도 되지 않았다.

　"그런데? 뭐가 이상하다는 거야?"

　"응. 이…… 조금 전에 말한 엘프라우 북쪽에 있는 섬 말인데."

　5000년 전의 지도에는 엘프라우 왕국에 해당하는 장소에서 북쪽의 해역에 라밋슈 교국과 비슷할 정도의 섬이 있었다. 하지만 현재의 지도에는 그 섬이 없었다. 침몰한 건가?

　"이 섬은 당시에 '마도(魔島)'라고 불렸거든. 주변 해역에는 바다의 마물, 세이렌이 있어서 전혀 배를 타고 접근하지 못했고, 비행정으로 다가가려고 해도 와이번 등에게 습격당해서 추락하기 일쑤였지. 깊은 안개와 구름에 뒤덮여 많은 마수가 사는 그 섬을 사람들은 매우 두려워했어."

　꽤 무시무시한 섬이었구나. 즉, 마수의 섬이었다는 건가?

　"그 섬이 현대에는 어째서인지 존재하지 않아. 가라앉아 버린 건가 하고도 생각했지만, 조금 신경 쓰여서 말이야. 이쪽 일대를 마력 탐지해 봤어. 그 결과가 이거야."

　모니터에 비친 엘프라우 북쪽 해역에 마력 반응을 나타내는 붉은 안개 같은 것이 펼쳐졌다. 이건…… 결계인가?

　위치상으로는 5000년 전에 존재한 마도와 일치했다. 설마 지금까지 결계로 그 존재를 계속 감추어 왔다는 건가?

"내 바빌론도 비슷해. 5000년 사이에 하늘을 계속 부유해 왔으니까. 불가능한 것은 아니야. 단, '누가', '무엇을 위해서'라는 의문은 남지."

"……어떤 나라의 마법사나 마공학자가 프레이즈에게서 도 망쳐 그 '마도'로 건너가, 아무에게도 발견되지 않도록 결계를 친 게 아닐까?"

"그런 가능성도 없는 것은 아니지만……. 이 정도 규모의 결계라면 웬만한 사람이 아닌 이상 치는 것은 불가능해. 당시, 나 외에 그런 일이 가능했던 사람이라면 '시간의 현자'라고 불린 전설의 마도사 정도이지만, 그 사람은 프레이즈의 침공 전에 나이가 들어서 죽었으니……."

박사가 팔짱을 끼고 의자에 등을 기댔다. 겉모습이 어린 여자아이라서 별로 멋져 보이지는 않았다.

"'시간의 현자'?"

"말 그대로야. 그 사람은 시공 마법을 조종했지. 미래시, 순간이동, 시간 정지, 시간 역행, 공간 절단……. 터무니없는 할아버지였어. 물론 조종한다고는 해도 자유자재로 조종할 수 있었던 것은 아니지. 다양한 조건과 준비가 필요했던 듯하고, 전부 매우 짧은 시간이었지만……."

"시간 정지라니……. 시공마법이란 건 진짜 엄청나구나……."

"무슨 소리야. 네가 사용하는 【게이트】나 【텔레포트】, 【스토리지】도 시공 마법의 하나잖아. 물론 그 사람의 대단한 점은 그것을 하나의 계통으로 정리했다는 것이지만, 누구나 습득할 수 있는 것은 아니었어. 그 결과, 쇠퇴해 가게 되었지.”

아. 무속성 마법처럼 개인만 사용할 수 있는 것이 아니라, 다른 속성 마법처럼 더 많은 사람들이 사용할 수 있게 하였던 거야. 진짜 엄청난 할아버지구나…….

그런 시공 마법을 다룰 줄 아는 할아버지라면 저 정도 규모의 결계도 어렵지 않다. 바깥 세계와의 교류를 차단하는 결계의 본질도 시공 마법과 통하는 것이 있고 말이지.

“그 할아버지의 제자 같은 사람이 펼쳤을지도 모르잖아.”

“제자…… 제자라. 이 섬에 가 보면 그런 점도 알 수 있을지 모르지만, 비행정인 궁니르를 타고 간다고 해도 자칫하면 결계의 영향으로 추락해 버릴 수도 있으니, 어떻게 하면 좋을지.”

확실히 그렇게 되면 곤란하다. 【플라이】로 날아간다고 해도 ‘황금결사’ 때처럼 ‘마력차단’ 결계라면 떨어질 테고…….

마력을 사용하지 않는 것을 타고 가면 되는 건가?

“루리나 코교쿠를 타고 가면 괜찮으려나?”

“아, 그런 수가 있었나? 그래, 소환수라면 떨어질 걱정은 없을 거야. 단, 이 결계가 침입자를 헤매게 하는 타입이라면 섬과는 전혀 상관없는 곳으로 유도될 우려가 있어.”

일단 갈 수 있을 것 같아서 곧장 섬으로 가 볼까 했지만, 박사가 말렸다.

무슨 일이 있을지 모르니, 일단은 정찰을 보내는 편이 좋다

고 해서 코교쿠의 부하인 새들을 그 섬으로 먼저 보내 보기로
했다.

결계가 펼쳐져 있는 이상, 누군가가 살고 있을 가능성이 컸다.

하지만 고대 문명 시대에도 사람을 들여보내지 않았던 섬이
다. 갈라파고스 제도는 아니지만, 바깥과 완벽하게 차단되었
으니, 우리가 전혀 상상도 못 했던 독자적인 진화를 이루었을
가능성도 있다.

대체 저 섬에는 무엇이 있을까?

황야에 놓인 철기병의 잔해에 무수히 많은 탄환이 쏟아졌다. 오른쪽 암에 장비한 개틀링포로 1초에 몇백 발이나 하는 탄환을 쏜 것은 린의 검은 기체 '그림게르데'.

니콜라 씨의 흑기사(나이트 바론)와 같은 컬러링이지만, 외형이 꽤 달라서 문제는 없다.

그림게르데의 흉부 장갑이 펼쳐져 내부에 장착된 두 개의 개틀링포가 불을 뿜었다.

이어서 양쪽 어깨가 걸윙(gull wing)처럼 열려 여섯 개의 미사일 포드가 발사되었고, 마찬가지로 열린 다리 부분에서도 미사일이 발사되었다.

또 왼손의 손끝 모두에서도 탄환이 발사되었고, 허리 부분에 있는 기관포에서도 탄환이 쏟아져 나왔다. 그야말로 빗발치는 탄환이다.

"우와~……. 무시무시해……."

표적으로 사용하려고【스토리지】에서 꺼낸 부서진 철기병이 순식간에 벌집, 아니, 산산조각이 나 철 부스러기가 되었다.

탄환을 다 쏜 그림게르데가 움직임을 멈췄다. 전신에서 피어오르는 흰 연기는 기체가 상당히 열을 띠고 있음을 나타내 주었다.

"방금 잠깐 사이에 몇 발을 쏜 거야?"

"대략 5만 발 이하로는 내려가지 않을 거예요."

그렇게나. 옆에 서 있던 로제타의 대답에 나는 뭐라고 말을 잇지 못했다. 그 정도라면 사실상 무적이나 마찬가지 아니야?

에르제의 게르힐데나 야에의 슈베르트라이테도 저 공격을 받으면 단숨에 당해 버리는 게 아닐지……. 정재 장갑이라 어느 정도는 방어할 수 있어도 큰 대미지를 입는 것은 확실하다.

스우의 오르트린데 오버로드로 간신히 막을 수 있지 않을까 싶다.

"하지만 나름의 약점도 있어요. 일단 전송되는 바빌론의 탄창이 텅 비지 않는다면 기본적으로 탄환 공급이 끊기진 않지만, 기체는 연속 발사를 견디지 못해요. 전력을 다해 다 쏘게 되면 저렇게 몇 분간 냉각 모드에 들어갈 필요가 있어 틈이 생기죠."

"그리고 기체 자체가 마력을 상당히 소비하는 구조라, 탑승자의 피로도 상당할 거야. 린이나 토야 외엔 린제 정도가 간신히 활용할 수 있는 수준이겠지."

로제타와 박사의 이야기를 듣고 이해가 되었다. 그거야 그렇다. 쏘는 사이에 계속 【익스플로전】을 발동하는 것이나 마찬가지이니까.

"더워!"

명치의 개폐 해치를 열고 린과 폴라가 뛰쳐나왔다. 나무 기세 좋게 나오는 바람에 폴라가 콕핏에서 굴러떨어져 지면에 격돌했다. 폴라, 괜찮아?

"대체 뭐야?! 꼭 한증막처럼 덥잖아!"

"아~. 콕핏 주변 냉각을 깜빡하고 말았네요."

으으음, 하고 로제타가 팔짱을 끼었다. 그건 치명적인 실수잖아. 콕핏에 열 차단 마법을 펼쳐야 하지 않을까?

"그리고 저래서는 폭발음이 너무 커서 통신을 들을 수 없어."

"그렇군. 방음 장벽도 필요하겠어. 자유롭게 전개 · 해제할 수 있는 편이 좋으려나?"

콕핏의 바로 위의 가슴 부분에 개틀링포 두 개가 있으니 그렇지. 시끄러울 수밖에.

넓은 범위를 파괴할 수 있다는 점에서는 현재 프레임 기어 중 단연 으뜸이다. 단, 아군도 말려들 위험이 있어서 집단전(集團戰)용은 아니지만. 따지자면 일 대 다수나 섬멸전(殲滅戰)에 사용하는 기체다.

"상당히 내 취향에 가까운 기체야. 조금 움직임이 둔하다는 것이 난점이지만."

일제사격의 충격에 버티기 위해 스우의 오르트린데에 이어 이것도 중장갑을 입혔으니, 그건 어쩔 수 없다.

키이이이이이이이이이이이잉······.

"응?"

비행음이 나서 상공을 올려다보니, 파란 전투기가 날아왔다.

전투기는 속도를 늦추고 이쪽으로 하강해 오더니, 공중에서 변형을 시작해 호리호리한 사람 형태로 그 모습을 바꾸고 착지했다.

린제의 가변형 프레임 기어 '헬름비게' 다.

기체의 가슴 부분 해치가 열리고 린제가 내려왔다. 헬름비게는 예각 라인의 프레임 기어다. 전투기로 변형하는 구조는 로봇 애니메이션에 나오는 주인공 기체를 참고했다.

"어때? 하늘을 나는 데 익숙해졌어?"

"그러네요. 간신히요. 아직 그다지 속도를 못 내고, 있지만요."

린제가 쓴웃음이 섞인 듯한 표정을 지으며 대답했다. 헬름비게에 타는 데 익숙해지면 린제와 【플라이】로 하늘을 나는 것도 괜찮아지려나?

"린 님과 린제 님의 기체는 거의 완성되었지만, 나머지 사쿠라 님과 루 님, 유미나 님의 기체는 어떻게 할까요?"

로제타가 나에게 물었다.

"박사는 뭐부터 하기로 결정했어?"

"당장은 사쿠라려나? 전의 그 가창 마법을 사용할 수 있는 기체를 말이야. 프레이즈는 마법이 통하지 않아. 하지만 아군의 프레임 기어에 마법을 거는 것은 가능해. 기체 속도를 높이거나 각 개체에 장벽을 펼치거나 말이지. 소리에 실어 넓은 범위에 그런 작용을 부여할 수 있는 기체를 만들려고 해."

"집단전 지원형이군요."

그건가. 내 【멀티플】처럼 다중 전개되는 구조로 만들 건가? 군가를 불러 사기를 고양하는 것처럼, 노래를 활용한 효과는 옛날부터 있었다고 들었는데, 이 경우에는 정말로 효과를 발휘하니까.

"그럼 사쿠라의 기체부터 부탁할게."

"알았어."

그림게르데와 헬름비게와 함께 박사와 로제타를 바빌론으로 전이시키고 나는 린, 린제와 함께 성으로 돌아갔다.

하지만 곧장 황야로 돌아왔다.

폴라를 깜빡했다.

전이하여 성의 훈련장 앞을 지나니, 시체가 겹겹이 쌓인 것처럼 신입 기사들이 굴러다녔다. 오늘도 훈련이 참 격렬한 모양이다.

모로하 누나가 시작한 신입을 위한 부트 캠프는 이미 끝났지

만, 당연히 아침저녁으로 하는 훈련은 매일 계속된다.

일부 사람들은 면제되었지만, 그래도 대부분은 아침과 저녁에 모로하 누나에게 이렇듯 강도 높은 훈련을 받았다. 그 시험에 합격해서 그런지 아무도 도망을 가지 않았다는 것은 역시나 대단하지만.

"【메가힐】, 【리프레시】."

지나가다가 훈련장에 굴러다니는 기사단 모두의 상처와 체력을 회복시켜 주었다.

부상과 피로가 회복된 모두는 내 존재를 겨우 깨닫고 일제히 고개를 숙였다.

"좋아, 그럼 아침 훈련은 여기까지. 각자 순서대로 목욕하고 옷을 갈아입은 뒤, 아침을 먹고 담당 장소로 가도록."

""""넷!""""

모로하 누나의 말을 듣고 모두가 기사단 남녀 숙소에 마련된 목욕탕으로 갔다.

이 성에 있는 욕실 등의 물은 벨파스트의 산속 깊은 곳에 있는 온천에서 전이 마법을 부여한 파이프를 통해 끌어오고 있다.

물론 국왕 폐하의 허가는 받았다. 같은 시설을 벨파스트 성에도 만들어 달라는 부탁을 받긴 했지만.

그리고 보니 가까운 시일 내에 국영 공중목욕탕을 만들자고 코사카 씨와 나이토 아저씨가 말했었지?

신입 기사들은 이미 각각 배속이 결정되어 일을 배우는 단계에 들어갔다. 성의 경비에 해당하는 사람은 손님을 맞이하는 방법이나 만에 하나 도둑이 들었을 때의 대처를, 성 아래의 순찰을 담당하는 사람은 순찰 루트나 문제 해결 방법을, 첩보 활동을 하는 사람들은 서로 연락하는 방법, 정보를 모으는 법 등을 배운다.

신입들은 그에 더해 프레임 유닛을 사용한 프레임 기어 훈련도 받는다.

현재 기사단원은 200명을 넘지만, 그중 라미아족인 뮤렛과 샤렛 자매, 오거족인 자무자처럼 콕핏에 타는 것이 어려운 사람을 제외한, 거의 모두가 일단은 전체적인 조종을 배웠다. 싸울 예정이 없는 농지 개척이나 사무 관련의 사람들도 모두.

프레이즈는 언제 출현할지 알 수 없다. 미리 대비해 두어서 나쁠 것은 없으니까. 할 수 있는 일은 모두 다 해 두자.

"어업 활동, 말인가요?"

"네."

성으로 돌아가 보니, 집무실에서 재상인 코사카 씨가 그런 말을 꺼냈다.

어업이라면 생선을 잡는 그거겠지, 물론. 왜 또 그런 말을 꺼낸 거지? 그야 우리 나라에서는 생선을 먹을 기회가 적긴 하지만.

"우리 나라에 흐르는 강에서 생선을 더 잡자는 말인가요?"

브륀힐드에는 바다가 없다. 생선이라고 하면 민물 생선을 말한다.

"강이 아닙니다. 어부가 바다에서 생선을 잡게 하여, 그것으로 이익을 얻자는 말입니다."

"네? 우리 나라에 바다는……."

"있지 않습니까. 전이문을 넘어가면."

"앗."

그렇구나. 전이문 너머의 미궁이 있는 일곱 개의 섬들. 그쪽도 우리의 영토였다.

거기서 생선을 잡게 하여 이쪽으로 가지고 오면 된다. 이 근처에는 바다가 없으니 신선한 생선은 꽤 잘 팔리리라 생각한다. 언제나 회를 먹을 수 있을지도 모른다.

"그렇군요. 좋은 생각이네요. 그래서 그 섬의 일부를 개발해 항구로 만들자는 건가요?"

"네. 섬 자체가 작으니 항구 마을로 개발할 수야 없겠지만 말입니다. 그러면 섬에도 바다에도 위험한 마수가 있으니 그걸 어떻게 할 것인가가 문제이군요."

으~음. 내가 다 사냥해 버려도 되지만, 그런 마수의 소재는 꽤 높은 금액에 팔 수 있으니 모험자들의 생계 수단을 내가 다 제거해 버리는 것도……. 그렇다고 위험한 장소에서 어업을 하고 싶어 하는 사람이 있을지는…….

"항구에 마수가 오지 못하게 결계라도 펼쳐 놓을까요?"

"그게 타당해 보입니다. 그쪽은 저희가 어떻게든 하겠습니다. 그리고 바다에 어떤 마수가 있는지 조사해야 할지도 모르겠습니다."

그렇다. 생선을 잡는 배가 습격당해서는 말이 안 된다.

물론 그런 것은 내가 크라켄이나 수룡 등을 소환해서 섬 주변에 있는 사람을 습격할 만한 마수를 사냥하라고 명령하면 괜찮을 거라 생각하지만.

"어부가 모일까요?"

"그 점에 관해서라면 제가 어떻게든 하겠습니다. 아직 어획량이 어느 정도일지 모르니, 뭐라고 말하기 힘들지만 손해는 보지 않으리라 생각합니다.

그렇다면 한번 해 볼까. 일단은 시험적으로 고기잡이를 허가해 두었다.

내일이라도 섬에 가서 크라켄이든 수룡이든 소환해 두자.

바빌론의 유적에 갔을 때 찾아간 이그리트 왕국을 지키던 해룡. 그런 수호룡 같은 용을 불러서 지키라고 할까? 루리의 권속 중에서 딱 알맞은 녀석을 불러 달라고 하자.

겸사겸사 이상한 배가 섬 가까이 다가오지 못하게 하라고 할까? 이전처럼 노예 매매선이 올 수도 있으니까.

코사카 씨가 퇴실한 후, 책상에 쌓인 보고서를 확인했다. 성 아래에 사는 사람들의 목소리나 중요 안건도 훑어봐야 한다.

나라의 내부 정보는 이런 방식으로 살피고, 세계 정보 같은 것은 대부분 길드 마스터인 레리샤 씨에게서 메시지나 '게이트 미러'를 통한 서류로 받아 본다.

"원래 있던 세계라면 인터넷 뉴스면 충분했을 텐데."

그래도 각국의 임금님에게서 다양한 정보가 메시지로 전달되긴 한다. 레굴루스 황제에게 온 제2 황녀와 펠젠 국왕과의 약혼 발표라든가, 벨파스트 국왕이 보낸 야마토 왕자가 기어 다닌다는 이야기라든가. 이건 사진까지 첨부되어 전달되었다.

이런 교류가 있어서 동서 동맹의 나라들은 별로 충돌하는 일이 없었다. 서로 타협점을 찾고, 그래도 결정되지 않을 때는 나에게 이야기가 돌아오기도 한다.

지금 벨파스트와 미스미드는 이전보다 훨씬 교류가 활발해졌고, 레굴르스와 로드메어의 관계도 개선되었다. 라밋슈 교국도 폐쇄적인 교류를 그만두었고, 리니에도 북쪽의 파르프 왕국과 우호적인 관계를 맺기 시작했다. 좋은 일이다.

그런 생각을 하면서 보고서를 계속 읽는데, 그중에는 레리샤 씨가 작성한 각국에 나타난 프레이즈의 보고도 꽤 많았다. 출현한 것은 대부분이 하급종이어서 빨간색 랭크 이상의 모험자가 토벌한 듯하지만.

우리가 처음으로 프레이즈를 쓰러뜨렸을 때는 분명히 길드 랭크가…… 어라? 그러고 보니…….

나는 스마트폰의 사진 파일 중에서 처음으로 프레이즈와 만났을 때 찍었던 사진을 불러와 공중에 투영시켰다. 유적이 무너져 이제는 없어져 버렸지만, 1000년 전에 써 놓았던 것으로 추정되는 그림문자였다.

그때는 해독하지 못했지만 지금이라면 【리딩】으로 해독할 수 있지 않을까?

그러려면 이 그림문자의 종류를 알 필요가 있는데, 팜므라면 알 수 있지 않을까? 팜므는 '도서관'의 관리자이니 알 수 있을지도 모른다.

단, 5000년 전에는 없었던 문자라면 알 수 없을 가능성도 있겠구나. 1000년 전의 벨파스트에서 사용된 문자도 아니라고 하니, 그 유적을 만든 것은 1000년 전의 벨파스트인이 아닐지도 모른다.

그렇다고 한다면 대체 누가 뭘 위해서……. 게다가 같이 봉인되어 있던 그 프레이즈도 기묘했다.

이런, 생각하기 시작하니 마구 신경이 쓰여.

나는 팜므를 찾으러 '도서관'에 가 보기로 했다.

◇　◇　◇

"본 적 없는 문자이네요."

'도서관'에 틀어박혀 독서를 계속하고 있던 팜므에게 그 그림문자를 보여 주었는데, 그런 대답이 돌아왔다.

"어딘가 아르테마 비문자와 비슷하기도 하지만 아무래도 다른 것 같아요. 이 문자는 파르테노…… 마스터들이 말하는 고대 문명 붕괴 전에 존재했던 문자가 아니라고 생각합니다."

"그렇다는 건 고대 문명 붕괴 후에 생긴 문자이면서 현대에는 이미 상실된 문자라는 걸까?"

'도서관'에 여전히 눌러앉아 있던 린이 내가 복사해 온 그림문자를 보면서 팜므에게 물었다. 폴라는 어디 다른 곳에 갔는지 근처에서는 보이지 않았다.

"그렇게 생각할 수밖에 없겠지만, 1000년 정도 전의 것인데 전혀 알려지지 않은 문자라는 것도 이상해요. 추측하건대, 소수 부족만이 사용했던 문자가 아닐까 합니다."

그 유적이 있던 장소는 벨파스트의 옛 왕도였다. 하지만 이 문자는 벨파스트의 것이 아니었다. 혹시 그 소수 부족이 프레이즈에게 파괴된 옛 왕도에 있는 그 지하 유적을 만든 걸까? 대체 뭘 위해서?

"그 비슷하다는 아르테마 비문자는 읽을 수 있어?"

"못 읽어요. 왜냐하면 아르테마 비문자를 사용했던 부족은 무슨 이유에선지 서적을 남기지 않는 부족이었고, 저도 다른 참고 문헌에서 그 비문자가 그려진 벽화의 일부를 봤을 뿐이 거든요."

흐음. 그 아르테마 비문자를 사용한 소수 부족의 자손이 옛 왕도의 유적을 만들었을지도 모르겠어. 일단 【리딩】으로 확인해 볼까.

"【리딩/아르테마 비문자】."

마법을 발동시키자 부분적으로 알 것 같은 느낌으로 번역되었다.

그거다. 중국어가 한자라서 어렴풋이 의미를 알 것 같은 느낌.

하지만 나라가 다르면 같은 문자라도 의미가 다른 일도 있으니까.

예를 들어 '가련(可憐)'이라는 말은 일본에서는 '가련한 소녀'처럼 '작고 사랑스럽다'라는 의미이지만, 중국에서는 '가련'이라는 말을 '가엾다'라든가 '불쌍하다'라는 의미라고 할아버지가 말했었다.

아마 이 그림문자도 아르테마 비문자와 그런 느낌의 차기가 있는 거겠지. 문장까지는 아니고, 단어를 군데군데 알 수 있는 수준이었다.

"우리 붉은…… 빛나는 악마…… 제물…… 도시…… 으~음, 작은? 검은색과…… 기사? 흑기사? ……시간과 공간, 달혔다……. 돌아간다, 아니, 떠난다, 인가? 다시…… 시체? 쏟는다……?"

"붉은색이라든가 검은색이라든가 하는데, 무슨 말인지 모르겠네."

으음. 확실히 뭐가 뭔지 잘 모르겠다. 아마 빛나는 악마=프레이즈, 도시=옛 왕도, 일 거라고 생각하지만. 흑기사라면 설마 프레임 기어인 흑기사를 말하는 건가? 그럴 리가.

'우리' 는 이 그림 문자를 적은 녀석이 아닐까 했는데, '우리' 라고 복수형으로 적은 것을 보면 개인이 아니라 그 소수 부족을 말하는 걸까?

'우리 붉은' 이라는 것은 '붉은색' 이라는 명칭일 수도 있고, '붉은 털 부족' 처럼 말이 이어지는 것일 가능성도 있다…….

하지만 '닫혔다' 라는 것은…… 혹시 세계의 결계에 난 구멍을 복원했다는 것일까?

그렇다고 한다면 '붉은' 이라는 부족은 그런 능력, 혹은 기술을 지니고 있었던 건지도 모른다. 무언가 아티팩트 같은 것일지도 모르지만.

"결국 아무것도 모른다는 건가."

"그런 것 같네요."

1000년 전에 프레이즈가 다시 나타나 옛 왕도를 멸망시켰다. 그건 확실하다. 그런데 누군가가…… 쓰러뜨렸거나, 격퇴하거나 해서 세계를 회복시켰다……는 것이 아닐까 하는데.

그걸 알고 싶단 말이지.

"린은 뭐 들은 거 없어? 아, 요정족의 장로라면 1000년 전의 벨파스트를 알까?"

"공교롭게도 나는 잘 몰라. 요정족은 원래 대수해의 숨겨진 마을에서 거의 밖으로는 나가지 않는 종족이었고, 밖의 부족과 교류하기 시작한 것도 최근 백수십 년 정도에 불과하니까. 지금의 장로들도 아마 모를 거야. 5000년 전과는 달리 벨파스트의, 그것도 옛 왕도만의 사건이니까."

글렀나. 수명이 긴 일족이라면 알고 있지 않을까 생각했는데. 5000년 전은 너무 오래되어서 안 되더라도, 1000년 정도라면 아슬아슬하게 살아 있는 사람이 있을지도 모르니까.

단, 요정족뿐만이 아니라 용인족, 목인족, 마족 등, 수명이 긴 종족은 자신들의 토지에 틀어박혀 있는 경우가 많으니. 속세를 떠나 있다고 해야 할지, '우리와는 상관없다'며 다른 종족에는 신경 쓰지 않는 스타일을 고수한다고 해야 할지.

마왕국 제노아스가 그 전형적인 패턴이다. 아무래도 이야기를 듣는 것은 어려울 듯했다.

어쩔 수 없다. 내가 나대로 해야 할 일을 하는 수밖에.

그렇긴 하지만 프레임 기어는 박사 일행에게, 기사단 쪽은 레인 씨나 모로하 누나에게 맡겨 두고 있으니……. 지금 내가 할 수 있는 일이라고 하면 오르바 씨에게 신상품을 만들게 하여 자금을 버는 정도인가? 으으음. 돈은 중요하지만 그것도 좀.

그런 생각을 하는데, 품에 넣어 둔 스마트폰이 진동했다. 길드 마스터인 레리샤 씨다.

"네, 여보세요."

〈바쁘신데 죄송합니다. 긴급 사태입니다.〉

"무슨 일인가요?"

〈거수가 나타났습니다.〉

거수. 마수의 갑작스러운 변이종. 가끔 나타나는 이상할 정도로 거대화한 마수를 말한다. 이전에 꼬리가 두 개 있는 전갈인 스콜피너스라는 거수와 싸운 적이 있다. 물론 프레임 기어를 이용해서였지만.

〈출현한 곳은 엘프라우 왕국의 스노라 설원. 개체는 아마도 눈늑대인 스노라 울프입니다.〉

거수는 특수한 능력을 익힌 개체가 많다. 거수화했기 때문에 몸에 익힌 건지, 능력을 익혔기 때문에 거수화한 건지는 모르지만.

내가 이전에 쓰러뜨린 거수인 스콜피너스도 강한 산성을 꼬리 끝에서 내뿜었다. 평범한 스콜피너스라면 약한 독액만을 낸다는 사실을 나중에야 들었다.

이번 스노라 울프라는 것도 무언가 이상한 능력을 지니고 있을 듯한데……

〈엘프라우 왕국의 여왕 폐하가 이 스노라 울프의 토벌에 나섰지만, 스노라 울프의 힘이 엄청나 엘프라우 병사들이 큰 피해를 보았습니다. 길드에서도 빨간색 랭크의 모험자 몇십 명과 은색 랭크 모험자 한 명이 희생되었습니다. 이틀 전에 작은 마을 하나가 파괴되는 등, 피해는 계속 확대되고만 있는 상태입니다.〉

"은색 랭크 모험자도요……?"

세계에 몇 명밖에 없는 은색 랭크. 나도 '드래곤 슬레이어', '골렘 버스터', '데몬즈 킬러'라는 칭호 세 개를 손에 넣은 뒤에야 승격했을 정도다.

그리고 꼬리가 두 개인 전갈, 스콜피너스를 쓰러뜨려 금색 랭크가 된 것인데, 그때는 프레임 기어로 싸웠었다.

어쩌면 그 당했다는 은색 랭크 모험자도 거수를 쓰러뜨려 세 번째 금색 랭크를 얻으려고 했던 것인지도 모른다.

〈그래서 엘프라우 여왕 폐하께서 브륀힐드 공왕 폐하께 스노라 울프를 토벌해 달라고 의뢰하셨습니다. 어떠신가요?〉

"그건 금색 랭크 모험자로서인가요?"

〈그렇습니다. 명목상은 금색 랭크 모험자라면 누구나 의뢰를 받을 수 있습니다. 보수는 왕금화 100닢. 그에 더해 보물 창고에서 좋아하는 것을 하나 드린다고 합니다. 물론 거절하셔도 상관없습니다. 하지만 엘프라우 왕국으로서는 따로 의지할 만한 사람이 없는 상태입니다.〉

으음. 확실히 굳이 내가 나설 필요는 없다. 엘프라우와는 아무런 연고도 없고, 금색 랭크는 일단 나 외에 한 명 더 있으니까. 은퇴한 변태 할아버지지만.

단, 이대로 내버려 두면 엘프라우의 사람들이 점점 더 희생된다.

사실 내가 가지 않더라도 프레임 기어에 탄 우리 기사, 두세 명이 나서면 쓰러뜨릴 수 있지 않을까 하는 생각마저도 들었다.

하지만 그렇게 하면 '금색 랭크 모험자'가 아니라 '브륀힐드의 공왕'이 쓰러뜨렸다…… 아니, 기사에게 명령해 쓰러뜨린 셈이 된다.

엘프라우에게 있어서는 양쪽 모두 그게 그거일지도 모르지만, 이번에는 내가 직접 가자. 조금 시험해 보고 싶은 것도 있으니까.

게다가 '금색 랭크가 된 것은 프레임 기어가 있었기 때문이다'라는 인식이 퍼지는 것도 마음에 안 들고 말이지. 이쯤에서 한번 거수와 맨몸으로 부딪쳐 보고 싶다. 모로하 누나와 대결하면 강해졌는지 어떤지 잘 모르겠으니까…….

"알겠습니다. 그 의뢰를 받아들이겠습니다. 정확한 장소를 메시지에 첨부하여 보내 주세요. 바로 가겠습니다."

〈감사합니다. 그럼 말씀대로 하겠습니다.〉

레리샤 씨가 전화를 끊자마자 나는 곧장 코사카 씨에게 전화를 해서 엘프라우에 가겠다고 전달했다. 언제나 그렇듯 어이없어했지만 이제는 이미 익숙해진 모양이었다.

망나니 같은 영주님이 성을 빠져나갔을 때, 한숨을 내쉬는 측근인 궁중보좌 직책을 연기한 영감님이 문득 떠올랐다. 할아버지랑 자주 재방송을 봤었지.

우리 관계도 그것과 가깝다는 생각이 들어, 나는 쓴웃음을 지었다.

"스노라 울프 거수……. 재미있을 것 같아. 나도 갈게."

"어? 린도?"

일단 이건 금색 랭크 모험자로서 일을 받은 건데. 하지만 즐거워 보인다……라고 해야 할지, 대담하게 웃는 린에게 따라오지 말라고 말을 할 수 있을 리가 없었다.

음, 상관없으려나? 린의 실력이라면 아마 금색 랭크 수준일 테니 전혀 불만이 없다.

띠롱, 하고 메시지가 왔다는 소리가 들려 확인하니, 레리샤 씨가 자세한 정보와 스노라 울프의 장소를 표시해서 보내 준 것이었다. 아무래도 감시를 위해 엘프라우 병사들이 접근해 있는 모양이었다. 냄새로 감지될 우려가 있어 상당히 거리가 떨어져 있었기는 했지만.

이전에 바빌론을 찾으러 다녔을 때, 엘프라우 왕국에는 가 본 적이 있다. 일단 【게이트】로 그곳까지 전이한 뒤, 거기서 【플라이】로 목적지를 향해 갈까?

"【게이트】."

팜므를 '도서관'에 남겨 두고, 우리는 엘프라우로 전이하였는데…… 추워어어어어어어어어!

"앗……! 여,【열이여 오너라, 온기의 방벽, 워밍】!"

바로 린이 온난 마법을 걸어 주어서 간신히 몸을 에는 듯한 추위를 피할 수 있었다. 후우~……. 죽는 줄 알았네.

역시 극한의 동토. 여전히 추위가 장난 아니다! 완전히 깜빡 잊고 있었어!

"참 나……. 너는 어딘가 얼이 빠진 것 같아."

"린도 무방비한 상태로【게이트】를 통과했잖아……."

"……자, 스노라 울프는 어디에 있을까?"

음, 자신도 얼이 빠졌다는 사실을 인정하지 않을 생각이구나?

시치미를 떼는 린을 지그시 바라보며, 지도를 불러 현재의 위치와 목적지를 확인했다.

"앗, 그 전에 엘프라우 병사를 검색해 보자."

엘프라우 병사를 본 적은 없지만, 겉보기에 병사 같은 모습이라면 검색이 되겠지……했는데, 빙고. 이게 감시병인가?

린을 안고【플라이】로 단숨에 날아가 보니, 설원이 되어 가는 숲 안에서 병사 몇 명의 모습을 발견했다.

우리는 병사들 가까이에 착지했다.

"?!"

갑자기 하늘에서 내려선 우리를 보고 러시아 모자 '우샨카' 같은 털가죽 모자를 쓰고, 두꺼운 방한복을 입은 엘프라우 병사들이 일제히 무기를 겨눴다.

"브뢴힐드 공국의 공왕, 모치즈키 토야입니다. 엘프라우 왕국의 여왕 폐하의 의뢰를 받고 눈늑대 스노라 울프를 토벌하러 왔습니다. 이쪽은 궁정 마술사인 린입니다. 이 부대의 책임자는 누구인가요?"

"브륀힐드의 공왕이라고?!"

정강이까지 파묻힐 정도의 눈을 보고 부츠라도 신고 올 걸 하고 후회하며, 나는 품에서 길드 카드를 꺼내 보여 주었다.

"황금 길드 카드……. 부, 분명히……."

"뭐하면 프레임 기어를 이곳으로 불러 올까요?"

"아, 아닙니다. 여왕 폐하께서 도움을 부탁했다는 이야기는 위에서 들어서 알고 있습니다. 제가 부대를 이끄는 알렉세이입니다."

열 명 정도 되는 병사 중에서도 머리가 하나 더 클 만큼 키가 크고 몸이 탄탄해 보이는 거한이 이름을 밝혔다. 안 믿어 줄줄 알았는데, 쉽게 믿어 주었네.

나중에 들은 이야기지만, 알렉세이의 아버지는 모험자 길드의 직원으로 금색 랭크가 된 내 얘기를 자주 해 주었다고 한다. 좋은 나쁘든 주목을 받는 모양이다.

일단 길드 카드가 진짜인지 아닌지 확인은 당했지만.

"그래서 스노라 울프는 이 앞에 있나요?"

"네. 설원에서 불드보어를 몇 마리인가 먹어서 당분간은 움직이지 않으리라 생각합니다."

불드보어……. 아, 한랭지대에 사는 희고 큰 멧돼지를 말하는 건가. 딱히 인간에게만 적의를 드러내지는 않는 모양이지만 먹을 수 있다면 뭐든 좋은 것 같다. 내버려 두면 피해가 확대될 뿐이니 쓰러뜨릴 수 있으면 쓰러뜨리는 편이 좋다.

"대, 대장! 스노라 울프가 이쪽을 향해 오고 있습니다!"

"뭐라고?!"

간이 망원경으로 감시하던 병사 한 명이 앞쪽을 가리켰다. 눈보라를 일으키면서 키 10미터 정도는 될 듯한 흰늑대가 이쪽을 향해 달려왔다.

"어머? 의외로 작네? 더 클 줄 알았는데."

린의 말대로 확실히 거수화가 되기는 했지만 그렇게 큰 편은 아니었다. 프레임 기어를 꺼내지 않아도 될 듯했다.

"그럼 상대해 볼까?"

린이 엘프라우 병사들의 앞으로 나서 다가오는 눈늑대 스노라 울프를 향해 손을 뻗었다.

"【바람이여 오너라, 세차게 부딪치는 돌풍, 에어임팩트】."

순간, 바람의 고대 마법이 발동되어 린을 향하던 스노라 울프의 거대한 몸이 뒤로 날아가 버렸다. 이 마법은 린이 '도서관'에서 습득한 것이다.

"처음으로 마수에게 사용해 봤는데, 바람의 칼날을 날리는 감각이 아니라, 공기의 덩어리를 부딪쳐 뒤로 밀어내는 감각이랑 비슷해. 방어할 때도 사용할 수 있을 것 같아."

설원을 뒹굴던 흰늑대는 자세를 바로잡고 황금 눈동자를 우리에게 향하더니, 낮은 자세로 으르렁거리며 입에서 엄니를 드러냈다.

〈크가아아아아아아아!〉

포효와 함께 입안에서 얼음 덩어리가 모여들었다. 저게 거수가 된 스노라 울프의 특수 능력인가?

굉음을 울리며 그 얼음 덩어리가 이쪽을 향해 발사되었다. 음, 위험해.

뒤에 병사들이 있어서 피할 수는 없었다. 이번엔 내 차례다.

"【오너라 풍염(風炎), 화염의 선풍, 이그니스 허리케인】."

불꽃의 용오름이 일어나 날아온 얼음 덩어리를 순식간에 증발시켰다. 【파이어 스톰】과 비슷한 마법이지만 이쪽의 위력이 더 강하다.

이것도 고대 마법 중 하나로, 불 속성과 바람 속성을 융합한 합성 마법이라고 불리는 것이었다. 이것이 퇴화해 불 속성인 【파이어 스톰】이 된 것이 아닐까 하고 린이 말했었다.

불과 바람, 두 속성을 지니지 않으면 사용할 수 없는 마법이니까. 사용할 수 있는 자도 한정되어 있었겠지. 당연히 쇠퇴할 수밖에.

"【오너라 뇌빙(雷氷), 백뢰(百雷)의 빙무(氷霧), 볼틱미스트】."

〈크아아아아아아아!〉

눈늑대의 주변에 눈을 머금은 안개가 발생했다. 안개에 닿으면 몸에 전기 충격을 받기 때문에 그 자리에서 움직일 수가 없다. 린이 방금 사용한 것도 합성 마법 중 하나로 포획 계열 의 마법이다.

자, 쓰러뜨린다고 하더라도 불꽃 계열의 마법으로 통구이를 만들면 아마 소재로서는 가치가 떨어질 텐데⋯⋯.

시험해 보고 싶은 마법이 있었지만, 손대지 않으면 효과가 없으니 일단 린에게 전기 충격 안개를 없애 달라고 하자.

몸을 묶어 두었던 마법을 린이 거두자, 몸이 자유로워진 스 노라 울프는 곧장 설원을 박차고 내가 있는 쪽으로 달려들었 다. 엄청난 속도지만 정말 단순한 녀석이다.

【텔레포트】로 눈늑대의 측면으로 전이해, 【파워라이즈】를 이용해 뛰어오른 힘으로 배때기를 때렸다.

〈커헉, 카아악?!〉

키가 10미터는 되는 거대한 몸에서 우드득 하는 소리가 들 렸다. 뼈가 부러진 건가. 그대로 쓰러진 스노라 울프에게 손 을 대고 어둠 속성인 고대 마법을 발동시켰다.

"【어둠이여 빼앗아라, 그 생명을 나에게 주어라, 에너지 드 레인】."

〈크르르가악?!〉

스노라 울프에게서 내 몸속으로 기세 좋게 생명력이 흘러들 어 왔다. 【리프레시】 같은 감각이지만, 이쪽은 조금 시간이 걸리는 것 같네. 아무래도 거수화한 탓에 생명력이 강해서 그런지 단숨에 흡수할 수 없었다.

〈카아악!〉

"앗."

물어뜯으려고 하는 스노라 울프를 백스텝으로 피했다. 쓰러뜨리지 못한 건가. 이 이상 몰아붙이면 위험하다.

"그럼."

허리의 브륀힐드를 빼고 스노라 울프의 머리에 신기를 담은 총알을 쏘았다.

〈컥…….〉

작은 비명을 지르면서 사람들을 공포에 떨게 한 마랑(魔狼) 스노라 울프는 설원에 쓰러졌다.

확인을 위해 다가갔지만 틀림없이 죽은 상태였다.

"상대의 생명력을 빼앗는 어둠 마법【에너지 드레인】…… 무시무시한 마법이야."

"닿지 않으면 효과가 없고, 시간도 꽤 걸려서 활용하기가 어렵지만 말이지. 아마 살상 목적인 마법이 아니라【패럴라이즈】처럼 쇠약하게 만들어 붙잡기 위한 마법이 아닐까?"

린은 적성이 없어서 어둠 속성의 마법만은 사용할 수 없다. 약혼자들 중에서는 유미나와 사쿠라가 사용할 수 있을 테지만, 그 두 사람은 이런 수수한 마법에는 별로 흥미가 없을 것 같다.

하지만…… 이건 뭐지?! 엄청나게 촉감이 좋은 털가죽이야!

밍크조차도 당해내지 못할 정도 아닐까?! 아니, 밍크의 털가죽은 만져 본 적 없지만! 이건 굉장히 비싸게 팔 수 있을 것 같은데?

"고, 공왕 폐하……. 스노라 울프는……."

"아, 죽었습니다. 이제 괜찮아요."

조심조심 다가온 알렉세이 일행에게 안심하라고 말하자, 몇 명인가가 그 자리에 주저앉았다. 당연하다면 당연한 일인가.

자, 그럼. 토벌했다는 보고도 하고 인사도 할 겸, 의뢰인에게 가 봐야겠어. 그리고 이 사람들을 돌려보내 주기도 해야 하고.

스노라 울프를 【스토리지】에 저장하고, 알렉세이 일행에게 【리콜】 마법으로 엘프라우의 왕도, 슬라니엔의 기억을 건네받았다.

왕성 앞으로 【게이트】를 열고, 우리는 단숨에 엘프라우 왕국의 왕도 슬라니엔의 왕성으로 전이했다.

새하얗고 아름다운 성이 우리를 맞이해 주었다.

"슬라니엔이다……."

"설마 순식간에 돌아오게 될 줄이야……."

알렉세이 일행의 안내를 받아 우리는 순백의 성문을 지나갔다.

엘프라우 성은 어딘가 고딕 양식을 생각나게 하는 성으로, 크기 자체는 그다지 크지 않았다. 물론 말이 그렇다는 거지 브륀힐드 성보다는 컸지만. 섬세한 이미지가 떠오르는 우아한

성이었다.

　성으로 들어가 안뜰로 이동한 뒤, 토벌한 증거를 확실히 보여 주기 위해 【스토리지】에서 스노라 울프의 시체를 꺼냈다.

　쿠웅 하고 놓인 거대한 몸을 보고 모인 성의 병사들이 눈을 휘둥그렇게 떴다.

　토벌한 사실을 길드 마스터인 레리샤 씨에게도 전달해 두려고 품에서 스마트폰을 꺼내려는데 뒤에서 목소리가 들렸다.

　"브륀힐드의 공왕 폐하이신가요?"

　돌아보니 시중드는 병사를 좌우에 각각 한 명씩 데리고 긴 금발의 여성이 서 있었다. 흰색을 바탕으로 한 품위 있는 털가죽 예복을 두르고, 이마에는 녹색 보석이 배합된 서클릿이 빛났다.

　그리고 그 머리 위에는 티아라라고 하기엔 너무 화려했지만, 왕관이라고 하기엔 작은 것이 다이아몬드로 장식되어 빛나고 있었다.

　나이는 20대 초반. 녹색인 두 눈동자가 나를 바라보았다.

　"……네. 브륀힐드 공국의 공왕인 모치즈키 토야입니다. 이쪽은 궁정 마술사인 린입니다. 엘프라우 왕국의 여왕 폐하이신가요?"

　"네. 엘프라우 왕국의 여왕 포르투나 티에라 엘프라우입니다. 이번에 저의 바람을 들어주셔서 감사합니다."

　감사의 인사를 했지만 내 시선은 여왕 폐하의 한 점에 쏟아졌다. 길고 뾰족한 귀. 길드 마스터인 레리샤 씨와 똑같았다.

엘프라우 왕국의 여왕 폐하는 엘프였다.

엘프는 숲에 사는 사람 아니었던가? 내 변변찮은 판타지 지식으로는 확실히 그랬던 것 같은데…….

어? 혹시 엘프라우 왕국의 이름은 엘프에서 따온 건가?

그런 것치고는 성 안에는 엘프가 별로 없는 듯한데……? 아니, 마을 안을 걸어 다녀 본 것이 아니니 아직 모르는 일이지만.

"일단 이쪽으로 오시지요. 차를 준비해 두었습니다."

"앗, 네."

여왕 폐하의 안내를 받아 우리는 엘프라우 성 안으로 발을 내디뎠다.

엘프라우 성은 온난 마법을 사용해서인지, 적당한 온도가 유지되어 있었다. 그래서 안내된 객실도 꽤 넓었는데도 불구하고 난로가 따로 없었다. 에어컨, 바닥 난방 완비인가. 좋은걸?

나는 벨파스트나 미스미드, 레굴루스 같은 성을 몇 개인가 봐 왔지만, 엘프라우 성은 그 어떤 성보다도 아름다웠다. 호화롭기만 하지 않고, 자제한 듯하면서도 세세한 세공품과 디자인이 어우러진 인테리어가 화려함과는 또 다른 멋이 느껴졌다.

황금이 아닌 백은의 아름다움이라고 해야 할까.

권하는 대로 우리가 소파에 앉자, 메이드들이 차를 가져와 주었다. 작은 그릇에 붉은 잼과 작은 스푼이 함께 나왔다.

러시안티 같은 거려나? 분명히 어딘가에서 읽었는데, 홍차 안에 잼을 넣는 것이 아니라 입에 머금어 잼을 맛본 뒤에 홍차를 마셔 같이 즐기는 거였던가? 여왕 폐하도 마찬가지로 마시고 있으니 아마 그런 거겠지.

로마에 가면 로마의 법을 따라라. 그 방법으로 마셔 보니 잼의 달콤함과 홍차의 떫은맛이 뒤섞여 꽤 맛있었다. 린도 나와 마찬가지로 마셔 보고 만족스러운 표정을 지었다.

"먼저 스노라 울프를 토벌해 주셔서 감사합니다. 갑작스러운 부탁이었는데도 신속하게 대처해 주신 것도 아울러 감사드립니다. 물론 보수는 약속대로 드리겠습니다."

"아, 네. 그래 주시면 감사하죠."

마주 앉은 여왕 폐하가 깊게 고개를 숙여서, 나는 얼빠진 대답을 하고 말았다.

그 모습을 본 여왕 폐하가 미소를 지었다.

"레리샤에게 들은 그대로의 분이군요."

"어? 길드 마스터인 레리샤 씨와는 아시는 사이인가요?"

둘 다 엘프고, 나름대로 안면이 있는 걸까? 그러고 보니 왜 엘프가 여왕님이지? 물어봐도 괜찮을까?

그런 생각을 하면서 잼을 입에 넣고 그대로 홍차를 한 모금 마셨다.

"아는 사이라고 해야 할지, 조카예요. 여동생의 딸입니다."

절로 홍차가 역류하려고 했지만, 나는 억지로 홍차를 집어

삼켰다. 조카?! 레리샤 씨는 엘프라우의 왕족이었어?!

그렇게 놀라는 모습을 눈치챈 것인지, 여왕 폐하가 키득키득 웃었다.

"레리샤는 분명히 저의 조카이지만 엘프라우와는 관계없답니다. 음…… 폐하는 엘프라우의 여왕이 왜 엘프인 저인지 의문스럽게 생각하지 않으셨나요?"

"어? 네, 그거야 뭐……."

숨겨 봐야 좋을 것도 없어서 순순히 고개를 끄덕였다.

"엘프라우는 1200년 정도 전에 건국된 왕국인데, 당시에 이 땅은 도저히 사람이 살 수 있는 땅이 아니었답니다. 하지만 그때 나라가 멸망해 흘러온 프라우족과 한 모험가의 힘으로, 이 땅은 개척되어 엘프라우라는 나라가 건국되었습니다."

"모험자요?"

"네. 그 모험자의 이름은 엘 카르테레드. 이 나라의 초대 국왕이자 저의 남편이었습니다."

""네?!""

남편?! 1200년 전에 건국됐다니……. 설마 여왕 폐하는 그 당시부터 살아 있었던 거야?!

린보다 연상이라니……. 겉보기에는 20대 초반으로밖에 안 보이는데…….

"엘프라우라는 나라 이름은 남편과 남편을 따르던 일족의 이름에서 따온 것입니다. 남편이 죽은 후, 이 나라를 떠받칠 수 있는 사람은 아내이자, 같은 모험자인 저 혼자뿐이었습니다. 프라우족 족장의 추천도 있어, 여왕으로서 이 자리에 앉게 된 것이지요. 그리고 현재까지 계속 이 나라를 지켜 오고 있습니다."

"실례지만, 국왕님과의 사이에 자녀는……."

"없습니다. 만약 있었다면 좋았을 거라는 생각은 몇 번이나 했지만요."

수명이 매우 긴 엘프니 왕위 계승 문제는 꽤 나중으로 미룰 수 있겠지만. 제노아스의 마왕 폐하와 같구나. 그쪽은 바보 같은 후계자가 일단은 있다는 모양이지만.

……우리는 과연 어떻게 될까. 옆에 앉아 있는 린을 보면서 나는 문득 생각했다.

이대로 내가 신화(神化)하여 수명이 없어진다고 하더라도 몇천 년이나 왕좌에 앉아 있는 것도 좀 그렇다. 역시 평범하게 아들한테 왕위를 물려주고 바빌론에 은거할까?

아홉 명인 색시들 중, 누구의 아들인지는 모르겠지만. 물론 그 아들, 또는 손자가 나쁜 정치를 펼치면 혼내 주러 갈 거지만 말이지.

"1200년이나 나라를 통치하다니 정말 큰일이네요."

"그렇지도 않답니다. 프라우족 사람들은 원래 온화하고 예의 바르며 착한 사람들이고, 기본적으로는 매우 대범하니까요. 그래서 큰 분쟁은 없었고, 다른 나라도 눈과 얼음으로 둘러싸인 이 땅을 공격하지 않았습니다. 작은 다툼은 있었지만, 1000년 이상이나 여왕을 하다 보면 금방 익숙해진답니다. 주변에 있는 유능한 사람들이 도와주기도 하고요."

건국 당시부터 존재하는 이 사람은 이른바 이 나라의 상징이자, 살아 있는 사전이자, 절대적인 존재인지도 모른다.

엘프라우는 국토가 라밋슈 교국과 비슷할 정도이지만, 그 대부분은 사람이 살기 어려운 땅이다. 그것은 이 땅에 사는 얼음 정령 탓이었지만, 이 얼음 정령과 교섭을 하여 엘프라우는 사람이 살 수 있는 영토를 부여 받았다.

그리고 그 교섭을 한 인물이 모험자 시절의 여왕 폐하라고 한다. 린이 말하길, 엘프는 정령과의 궁합이 뛰어나다는 모양이었다.

여왕 폐하가 얼음 정령에게 부탁하면 이 땅은 1200년 전처럼 굳게 닫힌 얼음 동토로 되돌아가게 될지도 모른다. 그러니 당연히 거역할 수 없겠지.

그건 그렇고 정령이라. 어둠의 정령, 대수의 정령에 이어서 세 명째네.

나중에 한번 만나 보고 싶다.

"그런데 그 스노라 울프 말인데, 우리 나라에 팔아 주실 수는 없을까요?"

"그것을요?"

"네. 스노라 울프의 털가죽은 매우 질이 좋은데, 그 정도의 털가죽은 좀처럼 손에 넣기가 힘들답니다. 괜찮으시면 양도해 주실 수 없을까요? 시세에 맞는 값은 치르겠습니다."

"상관없어요. 이쪽 나라에 더 많은 수요가 있을 테니까요."

순간적으로 아깝다는 생각이 들었지만, 지금 당장 털가죽이 필요한 것은 아니다. 스노라 울프의 고기는 단단해서 별로 맛이 없다고도 하고.

"감사합니다. 그럼 돈을 준비할 테니 잠시 기다려 주셔야 하는데, 그 사이에 하나 더 보수를 선택해 주셨으면 합니다."

"알겠습니다."

보물 창고에서 무언가 하나를 준다고 했었던가?

일어난 여왕 폐하에게 안내를 받아 지하의 보물 창고에 들어가 보니, 그곳에는 딱 봐도 보물이라고 알 수 있는 것도 있고, 왜 이런 것이? 하고 고개를 갸웃하게 만드는 것도 보기 좋게 정돈되어 선반에 늘어서 있었다.

하나하나 관심이 가는 물건을 어떤 물건인지 물었는데, 솔직히 말해 가지고 싶은 것은 없었다. 그도 그럴 게, 바빌론의 '창고'에는 이곳에 있는 것보다 훨씬 등급이 높은 것이 마구 굴러다니고 있으니까.

나보다도 굳이 따지자면 린이 더 관심이 있는 듯했다.

대충 적당한 물건을 받아 물러갈까…… 하고 생각했을 때, 린이 내 손을 끌었다.

"이것 좀 봐."

"응? 이건……."

린이 가리킨 것은 겉보기엔 아주 평범한 도끼였다. 아니, 배틀 액스인가. 가공할 때 히히이로카네라도 사용했는지, 전체적으로 붉은빛을 띠었다.

하지만 신경 쓰인 것은 그런 것이 아니었다. 그 도끼의 측면에 새겨진 것.

그것은 벨파스트의 옛 왕도에서 발견한 그림문자였다. 아르테마 비문자와 비슷하지만 약간 다른 그것. 틀림없었다.

"여왕 폐하, 이건 뭔가요?"

"아, 그건 이 나라가 건국되고 얼마 안 되었을 때, 어느 부족이 보내온 것입니다."

"어느 부족?"

"아르카나족(族)이었습니다. 스스로를 '붉은 민족'이라고 칭했었지요. 그들은 붉은색을 신성한 색이라고 생각했습니다."

'붉은 민족'. 확정이다. 그 유적의 서문에 있던 '우리 붉은……'이라는 것은 '우리 붉은 민족'이라고 이어지는 것이다.

린이 나를 팔꿈치로 쿡쿡 찔렀다. 알았어.

"【리딩/아르테마 비문자】."

슬쩍 번역 마법을 걸었다. 해 질 녘…… 재판? 잘 모르겠네. 짧은 문자여서 알 수 있을 거라 생각했는데, 안 되네. 참고로

'아르카나 비문자'로 번역했더니 전혀 읽을 수 없었다. 그런 명칭의 문자는 없는 거겠지. 아르카나와 아르테마……. 명칭이 변한 건가?

"이 도끼에 뭔가 이름 같은 건 있을까요?"

"분명히 '황혼의 단죄'였을 겁니다. 들고 있는 손의 힘을 몇 배나 올려 주는 효과가 있다고 합니다."

'황혼의 단죄'. 오호라, 그렇게 번역되는구나. 확실히 쓸 만한 도끼이긴 하지만, 나에겐 별로 필요 없으려나?

"그 아르카나족 말인데, 지금도 자손이 살아남아 있을까요?"

"글쎄요. 당시에 그들은 유랑 부족이었으니……. 어딘가에 안주할 땅을 찾았다면 그 후예가 살아남아 있어도 이상하지는 않을 겁니다."

실제로 아르카나족과 만난 사람은 여왕 폐하가 아니라, 돌아가신 국왕 폐하였다고 한다. 일단 물어는 봤는데, 여왕 폐하는 1000년 전의 벨파스트 왕도 함락에 대해서는 전혀 모른다고 말했다. 엘프라우와 벨파스트 사이에는 레굴루스가 있기도 하고, 머니까…….

으음. 아쉽지만 '붉은 민족'이라는 존재라는 것을 알았다는 것만으로도 만족할까?

"그 도끼로 하시겠나요?"

"아~. 아니요. 그냥 좀 신경이 쓰였을 뿐이라……. 앗, 이건 뭔가요?"

도끼 옆에 걸려 있던 펜던트 비슷한 물건을 집어 들었다. 3 센티미터 정도의 계란형으로 돌이 무지갯빛으로 빛났다. 다이아몬드 같은 보석이 아니라, 진주 같은 돌이었다.

"그건 '생명의 축복'이라고 불리는 마도구로, 여성이 몸에 지니고 있으면 남녀 사이에 아이가 생길 확률을 올려 준다고 합니다. 저희 부부의 경우 어째서인지 효과가 없었지만, 신하들에게 빌려주어 보니 꽤 높은 확률로 임신하였습니다. 어떤 적성이 필요할지도 모르겠군요."

여왕 폐하가 임신하지 못한 것은 혹시 돌아가신 임금님 쪽에 문제가 있었던 걸까…… 하고 생각했지만, 물론 말은 하지 않았다.

그건 그렇고…… 이건 어떻게 보면 꿈의 아이템 아닌가? 아이를 원하는 부부에게는 그야말로 바라마지 않는 물건이다. 어디까지나 확률을 높일 뿐이라고 하는 듯하니, 반드시 생긴다고는 할 수 없겠지만.

이것이 흔하게 판매되는 것이라면 수상해서 사기가 아닐까 의심했겠지만, 마력도 잘 포함되어 있으니 마도구라는 것은 틀림없는 듯했다. 효과가 어떤지는 잘 모르겠지만.

"공왕 폐하는 약혼자가 많다고 들었습니다. 후계자는 빨리 만드시는 편이 좋을 거라 생각합니다만."

경험에서 우러나와 여왕 폐하가 그렇게 말했다. 저어, 그 한 사람이 옆에 있는데요…….

린은 웬일로 얼굴을 붉히며 관심이 없는 척 고개를 다른 곳으로 돌리고 있었다.

으으음……. 혹시 미래에 내가 아이를 많이 낳게 되는 것은 이것 때문 아닐지……. 아니, 색시가 아홉 명이나 있잖아. 그건 필연일지도 몰라.

눈앞의 펜던트를 노려보았다. 자신의 아이가 태어나지 않는 편이 좋다고는 생각하고 있지 않고, 아홉 명의 색시들과의 사이에서 각각 한 명씩은 아이가 있었으면 하고 생각하지만.

"그것으로 하시겠나요?"

으으으으음…….

"그렇게 해서 받아 온 것이 이거예요."

"호오호오."

테이블에 놓인 '생명의 축복'을 흥미롭게 바라보는 오르트린데 공작.

결국 나는 엘프라우 보물 창고 안에서 이것을 받아 바로 이곳, 벨파스트 왕국의 오르트린데 공작 저택을 찾았다.

린은 먼저 성으로 돌아갔지만, 아마 모두에게도 이 마도구를 받았다는 사실은 전달되겠지.

물론 우리는 당장 필요한 상황은 아니지만 말이야.

"그래서 이걸 나에게 빌려 주겠다고?"

"네. 여왕 폐하도 제가 마음대로 사용해도 좋다고 하셔서, 먼저 그 효과를 확인해 보려고요."

"하하하, 나는 실험 대상이라는 말이군."

직접적으로 말하면 맞지만. 지금까지 몇십 명이나 사용해 왔지만 특별히 인체해 해는 없다고 하니 문제는 없다고 생각한다.

스우가 나와 결혼을 하게 되면, 이 집에는 완전히 후계자가 사라지고 만다. 속죄라고 할 것까지는 없지만, 어쨌든 나쁜 일은 아니다.

"얼마 전에 드린 정력제는 아직 있죠?"

"그래, 아직 있네. 지인에게 몇 알인가 줬지만 말이야. 다들 놀라더군."

그거야 그렇겠지. 힘이 다해 가는 할아버지도 힘이 넘치게 해 주는 물건이니까. 반대로 젊은 사람에게 줬다간 터무니없는 짓을 할까 봐 무서울 정도다. 3일 밤낮 동안 계속할 수 있지 않을까?

"그건 판매하지 않을 건가?"

아직 건국한 지 얼마 지나지도 않았는데 '정력제 하면 브륀힐드'라는 평판을 듣고 싶지는 않다. 이미지가 나쁘니까. 에로 공국이라는 별명이 붙으면 큰일이다.

"아무튼 일단 이건 빌려 드릴게요. 여성이 지니고 있으면 효과가 있다고 하네요. 이상한 부작용은 전혀 없다고 하니, 1년 정도 상황을 보죠."

"그런데 브륀힐드의 보물을 받아도 되나? 시험해 볼 거라면 내가 아니라도 괜찮을 텐데."

"으~음……. 솔직히 저는 정말인지 아닌지 의심스러워서요. 지금은 아직 보물이라고 할 정도는 아니에요. 스우에게 남동생이나 여동생이 생기면 보물로 치겠습니다. 게다가 오르트린데 공작 가문에는 지금까지 신세도 많이 졌으니까요."

만약 생겼다고 하더라도 그게 이 아이템 덕분인지는 증명되지 않지만. 역시 사기 아이템인 걸까? 으으음.

반드시 생긴다, 라고 한다면 이야기는 별개겠지만. 이건 증명하기 어려우려나?

기뻐하는 공작을 보면서 나는 그런 생각을 했다.

성으로 돌아가 복도를 걷고 있는데, 코교쿠가 날갯짓을 하며 다가왔다. 나는 오른팔을 들어 그곳에 앉게 했다. 지금은 작은 앵무새 정도의 크기라 그다지 무겁지 않다.

〈전의 그 섬으로 보낸 권속에게서 연락이 왔습니다. 일단 섬에 들어가는 데는 성공했다고 합니다만…….〉

"무슨 일 있었어?"

〈네, 섬 전체가 거수(巨獸)투성이라고 합니다.〉

"뭐?!"

거수투성이?! 그건 또 참……. 다르게 진화하지 않았을까 하고 생각했는데, 그럴 줄은 예상하지 못했다.

"사람은 살아?"

〈거수도 들어가지 못하는 몇몇 결계 영역에서 각각 집단으로 나뉘어 생활하는 듯합니다. 이른바 도시국가 정도의 규모입니다만. 각각 동서남북으로 네 개. 섬 안의 중앙 지역에는 신전 같은 것도 세워져 있습니다.〉

사람이 있구나. 게다가 도시마다 결계를 펼쳐 두었다는 것은 박사가 말했던 '시간의 현자'와 관련이 있을 확률이 더 높아졌다는 거야.

"결계는 '마력 차단'이야?"

〈아닙니다. 하늘은 '마력 확산'이고, 바다는 '침로 유도'가 아닐까 합니다.〉

그렇구나. 아티팩트의 마력을 확산시켜서 공급을 멈추거나, 배의 방향을 혼란스럽게 하는 결계라. 마력으로 움직이는 비행선은 추락하고, 배는 침로를 바로 잡지 못한다는 거다.

그럼 일단 그곳으로 가기만 하면 【게이트】를 열 수는 있을 것 같아.

수수께끼의 섬이 현재도 있다는 사실을 알게 되었다. 사람도 산다. 자, 그걸 어떻게 다뤄야 할까.

거수투성이라는 특수한 진화를 이룬 이세계의 갈라파고스니까.

확실히 신비한 섬이다. 신경 쓰인다. 하지만 간섭해도 좋을지 어떨지.

그 섬 사람들은 바깥 세계를 전혀 모를 가능성도 있다. 우리가 방문하는 것을 좋아하지 않는 사람들일지도 모른다.

"자, 어떻게 할까……."

야심에 불타는 왕이라면 '정복이다! 영토 확대다!!' 하고 말하며 공격하려고 하려나? 아니면 국교를 맺고 무역을 재촉할까. 흑선과 함께 내항한 페리 제독처럼.

그러고 보니 그 연표를 외우는 방법, '일본 '이야데고자루요(싫습니다) 페리 씨' 였던가? 으~음. 아무래도 미움을 받을 것 같은 기분이 들어.

아마 나 혼자 가서 '저는 바깥 나라에서 온 왕입니다. 국교를 맺읍시다' 라고 말해 봐야 상대도 안 해 주겠지. 자칫하면 수상한 녀석이라고 하면서 살해할지도 모른다.

상대가 '굉장한 녀석이 왔다' 라든가 '제대로 이야기를 해 볼 수밖에 없겠군' 하고 생각하게 하지 않으면 대화 테이블에조차 앉을 수 없다.

프레임 기어를 100기 정도 가지고 갈까?

이러면 꼭 페리랑 하는 짓이 똑같은 것 같은데······. 위협할 생각은 없지만, 이야기를 들어 주지 않으면 뭘 어떻게 해 볼 도리가 없다.

게다가 우리만의 생각으로 결정해도 괜찮은 걸까? 위치상 무역을 한다고 하면 하노크, 엘프라우, 파르프일까? 제노아스는 교류할 생각이 없을 테니까.

우리 나라에 별 이득도 없는데 개국을 하라고 재촉하는 것도 좀 그렇다. 으으음. 아직 판단하기 어려워······.

"어쩔 수 없다. 일단 그대로 정찰을 계속해 줘. 다양한 정보를 모아서 어떤 문화나 사회를 구축하고 있는지 조사하는 거야. 물론 안전을 가장 우선적으로 생각하면서."

〈알겠습니다.〉

'시간의 현자'라는 사람이 남긴 마법이 있다면 도움이 될 텐데······.

또는 그 비법이 그 섬에 남아 있을지도 모른다.

완벽한 헛수고로 끝나 버릴 수도 있지만, 조금이라도 가능성이 있다면 앞으로 나아가 볼 수밖에.

그게 세계를 구하는 데 필요하다면 쓸데없는 짓이 되지는 않을 거라 생각한다.

나는 남몰래 결의하며 다시 복도를 걷기 시작했다.

"그렇게 해서 이게 신제품이에요."

"호오. 이건 대체 뭡니까? 안에 뭔가가 들어가 있는 것 같은데……."

오르바 씨의 스트랜드 상회 브륀힐드 지점 앞에 놓인 것.

위쪽에는 안이 가득 찬 커다란 상자, 그 아래에는 돈을 넣는 투입구와 돌리는 핸들, 그리고 상품을 꺼내는 입구.

이른바 캡슐 토이라고 하는 것이다. 안에 들어 있는 것은 구체의 캡슐이 아니긴 하지만.

"추첨식 완구 구입기, 라고 하면 될까요? 아무튼 한번 해 보세요."

오르바 씨는 내 말을 듣고 투입구에 청동화 한 닢을 넣고 핸들을 찰각찰각 돌렸다. 그러자 상품을 꺼내는 입구로 직경 10센티미터 정도에 길이 15센티미터 정도의 둥근 원통이 떨어졌다.

"이건 뭐죠?"

"안을 열어 보세요."

오르바 씨가 끈으로 묶여 있는 가죽 뚜껑을 열자, 안에서 프레임 기어의 미니어처가 나왔다. 중기사다. 마수의 뿔을 녹이면 생기는 경질 고무와 비슷한 소재로 만든 미니어처로, 꽤 정교하게 만든 상품이었다.

"호오! 이건 꽤 잘 만든 물건이군요! 하지만 이 정도 완성도라면 그냥 가게 안에서 평범하게 팔아도 되지 않을지요?"

"이 안에는 중기사뿐만이 아니라, 여러 가지 물건이 들어 있어요. 이게 그 리스트예요."

오르바 씨는 내가 건네준 리스트를 보고 그 다양함에 조금 놀란 듯했지만, 아직도 제대로 파악하지 못한 듯했다.

"으으음. 역시 이 상자에 들어가 있어야 할 이유가 좀처럼……. 가게 안에서 이걸 각각 하나씩 팔면 되는 것이 아닌지요?"

"그러네요……. 예를 들어 그 리스트의 상품 중에 흑기사를 오르바 씨가 가지고 싶다고 해 보죠. 진열되어 있으면 평범하게 청동화 한 닢으로 사겠죠? 하지만 이 상자에 들어가 있으면……."

"……! 그렇군! 한 번에 나올 거라고는 할 수 없겠습니다! 몇 번이나 돌릴 필요가……. 오호라! 그만큼 많이 벌 수 있다는 말이군요!"

사행심을 자극하는 상품이지만 그만큼 금액은 싸다. 그에 더해 들어가 있는 통 10개를 모아 가게에 가지고 가면 청동화

한 닢과 교환할 수 있다. 상품을 다시 넣어서 재이용할 수 있다는 것이다.

【스토리지】를 열어 같은 캡슐 토이를 하나 더 꺼냈다.

"그리고 이쪽은 조금 더 고급 상품이에요. 한 번에 동화 한 닢짜리죠. 열 배의 금액이네요. 하지만 나오는 상품은 금속제로 상당히 좋은 겁니다."

이른바 어린이용과 어른용이다. 물론 어느 쪽을 사든 별로 상관은 없지만.

오르바 씨가 이쪽도 돌려 보았다. 나온 상품은 금속제의 청기사^{블 루 문}였다. 부단장인 노른 씨의 기체다.

조금 전의 녀석보다 조금 크고, 중량감이 있고, 장식품으로 놔둬도 더 보기가 좋은 물건이다.

참고로 라인업은.

게르힐데(에르제의 전용기).

슈베르트라이테(야에의 전용기).

지그루네(힐다의 전용기).

오르트린데(스우의 전용기).

헬름비게(린제의 전용기).

그림게르데(린의 전용기).

백기사^{사인카운트}(단장기).

흑기사^{나이트바론}(부단장기).

청기사(부단장기).
블 루 문

중기사(일반 기사기).
슈 발 리 에

용기사(엔데 전용기).
드 라 군

각종 무기 세트.

프레임 기어 종류와.

블랙 드래곤.

와이번.

스노라 울프.

미스릴 골렘.

스콜피너스.

데몬즈 로드.

블러디 크랩.

우드 골렘.

킹에이프.

소형 마수(3종 합본).

마수 종류로 나뉘었다.

몬스터 종류를 넣은 것은 적 캐릭터도 필요하다고 생각한 것
도 있고. 프레임 기어만 있으면 겹쳤을 때, '뭐야~. 또 중기
사야?!' 하고 불평이 나오는 것도 좀 그렇다고 생각했기 때문

이었다.

물론 각각 나올 확률은 조금 다르므로 그런 일은 반드시 일어나게 되어 있지만.

그리고 【스토리지】에서 구입기를 한 대 더 꺼냈는데, 실은 이쪽이 메인이었다. 이쪽 녀석에는 마수 종류는 들어가 있지 않았고, 사이즈도 더 컸다.

"이쪽은 돈을 넣고 돌리는 것이 아니라, 오르바 씨의 가게에서 일정액을 구매했을 때 덤으로 돌리는 용이에요. 그래서 내용물의 소재는 비룡의 뼈이고, 꽤 정교하게 채색된 것은 물론, 팔다리도 움직일 수 있어요."

이른바 액션 피규어 같은 것인데, 린제의 기체가 변형되는 것까지 재현한 매우 좋은 상품이다.

"일정액이라고 하면 은화 한 닢 정도인가요?"

"으~음. 대충 그 정도 아닐까요. 솔직히 이런 금액은 문외한이라 오르바 씨가 알아서 이래저래 변경해도 돼요."

은화 한 닢이면 1만 엔 정도인가? 이건 어디까지나 구매한 후에 주는 덤 같은 거니까.

생산 자체는 아마 어렵지 않다. 가동 피규어는 기술이 필요하지만, 오르바 씨의 연줄 중에는 드워프 직인(職人)도 있는 모양이니, 괜찮겠지.

곧장 청동화를 사용하는 판매기를 가게 안에 설치하자 (아무래도 밖에 두면 도둑맞을 염려가 있어서) 아이들이 와서 돌리기 시작했다. 오, 용기사가 나왔다. 그건 일단 레어한 거야.

"확실히 이건…… 인건비도 절약을…… 안을 바꾸면……."

아이들이 잘각잘각 핸들을 돌리는 모습을 보면서 오르바 씨는 머릿속으로 다양한 계산을 시작한 듯했다.

오르바 씨에게 피규어 금형 등을 건네주고 가게를 나왔다. 나머지는 맡겨 두면 오르바 씨가 알아서 잘 벌어다 주겠지.

그대로 성 아랫마을의 메인 스트리트를 걷고 있는데, 앞쪽이 뭔가 소란스러웠다. 구경꾼들 사이로 엿보니, 누군가를 한창 붙잡으려고 하는 중이었다.

"제압해라! 체포다!"

기사 네 사람이 날뛰는 남자 두 사람을 붙잡고 있었다. 밧줄로 재빨리 손을 뒤로 묶자 기사 세 명이 남자를 연행해 갔다.

"소란스럽게 해서 미안하다. 이제 괜찮다."

남은 기사가 주변의 주민들을 안심시키듯이 말을 걸었다. 어라? 저 사람은…….

"여. 수고가 많아."

"응? 폐, 폐하 아니십니까!"

짧은 금발의 기사는 그 자리에서 무릎을 꿇었다. 란츠 템페스트. 기사 왕국 레스티아 출신인 신입 기사 청년이었다.

"아~ 됐으니까 그냥 서. 공식적인 자리가 아니면 그러지 않아도 되니까. 성가시기도 하고."

"네, 네에……."

당황한 모습으로 란츠 청년이 일어섰다. 기사 왕국 출신인 그에게 있어 기사란 그런 것이라고 각인이 된 모양이니 어쩔 수 없는 건가.

"그런데 무슨 일이 있었던 거지?"

"네. 방금 그자들이 음식점 안에서 여성 점원을 괴롭혔습니다. 급사를 도와주는 아이가 대기소로 달려와 출동한 것입니다."

그렇구나. 웨이트리스를 성희롱했다는 건가. 무거운 죄는 아니지만 확실히 반성하게 해야 한다.

그건 그렇고 밧줄로 체포하다니, 그야말로 시대극이다. 수갑 같은 게 있으면 편리할 텐데. 쇠고랑 같은 것은 있지만. 아무래도 그렇게 무거운 걸 항상 가지고 있을 수는 없다.

"음……. 역시 수갑이 필요한가?"

"네?"

그 자리에서 【스토리지】를 열어 강철 잉곳(ingot)을 꺼내 인터넷으로 조사한 대로 모델링을 하여 변형시켰다.

앗, 열쇠도 만들어야 해. 몇 분 후, 둔하게 빛나는 수갑이 완성되었다.

"폐하, 이것은 무엇인지요?"

"이건 수갑이야. 쇠고랑을 작게 만들어서 가지고 다니기 쉽게 만든 거지. 잠깐 손을 내밀어 보겠어?"

란츠가 손을 내밀어 양쪽 손목에 수갑을 채우고 순식간에 구속해 버렸다.

"이, 이건 굉장하군요. ……게다가 튼튼합니다."

란츠가 양팔에 힘을 주어 분리하려고 했지만 당연히 꿈쩍도 하지 않았다. 내가 작은 열쇠를 사용해 수갑을 벗기자 란츠는 또 놀랐다.

"이건 그냥 줄게. 체포할 때 활용해 줘. 나중에 순찰 기사의 표준 장비로 만드는 게 좋겠어. 열쇠를 잃어버리면 열 수 없게 되니 조심하고. 아, 스페어…… 비상 열쇠도 줄게."

"네엣!"

딱딱해, 너무 딱딱해. 순찰 기사 대장은 분명히 로건 씨였지? 나중에 이야기해서 세세한 사항을 결정해야겠다.

"이쪽 생활에는 익숙해졌어?"

"네. 이 나라는 보이는 것도 들리는 것도 모두 신선하고 자극적이어서 굉장합니다. 사람들도 친절하고 활기차고요."

그렇게 말해 주니 무척 기뻤다. 다른 곳에서 온 사람에게 칭찬을 받으면 역시 기쁜 법이다.

"어? 토야 아니야? 앗, 란츠 씨도."

그곳을 지나가던 사람은 숙소 '은월' 의 브륀힐드 지점 점장, 미카 누나였다. 손에는 물건을 가득 들고 있었다. 장을 보고 온 건가?

"오랜만이네. 잘 있었어? 밥은 잘 먹고?"

"먹고 있어요. 잘 있고요."

평소와 다름없는 누나를 보니 무심코 미소가 새어 나왔다.

그러고 보니 요즘에는 '은월' 에서 밥을 먹지 않았네.

"미, 미카 님! 폐하께 그런 태도는……!"

"아아, 괜찮아, 괜찮아. 미카 누나는 에르제보다도 더 오래 전부터 알고 지낸 사이거든. 상관없어."

나는 당황해하는 란츠를 진정시켰다. 미카 누나보다도 더 오래 알고 지낸 사이라고 하면 '패션 킹 자낙' 의 자낙 씨밖에 없구나. 불과 몇 시간 정도의 차이지만.

"미카 누나, 우리 쪽 란츠와 아는 사이였어요?"

"응. 요즘 매일같이 오거든. 단골손님이야."

"앗, 그, 그건! 미카 씨의 요리는 매우 대단해서 무심코 발걸음을 옮기고 맙니다! 먹어도 질리지 않는 맛이라고 할까요, 가정의 따뜻한 맛이라고 할까요!"

갑자기 당황한 듯 말이 많아지며 직립 부동자세가 된 란츠. 어딘가 모르게 얼굴이 빨갰다. 응? 이건 혹시 그런 건가?

"즉, 란츠는 포로가 됐다는 말이구나."

"앗! 폐, 폐하. 무, 무, 무슨 말씀을!"

"……미카 누나의 요리의."

"?! 말씀대로입니다!"

재미있다. 미카 누나는 뭐가 뭔지 잘 모르겠다는 듯이 고개를 갸웃했지만.

"미카 누나. 짐이 무거워서 힘들죠? 란츠, 미카 누나의 짐을 '은월' 까지 들어 줄 수 있을까?"

"어머. 그럼 고맙지."

"네……! 맡겨 주십시오!"

란츠는 빨개진 얼굴로 미카 누나에게서 짐을 건네받아 같이 걸어갔다. 나는 그 모습을 보고 가볍게 손을 흔들어 주었다.

분명히 미카 누나는 스무 살이고 란츠는 스물두 살이었던가? 딱 좋은 느낌인데 란츠, 미카 누나의 아버지는 근육이 우락부락한 붉은 수염의 거한이야. 과연 대항할 수 있을까?

"꽤 재미있게 됐는걸?"

"우왓?! 깜짝이야!!"

어느새 내 옆에서 히죽히죽 흥미롭다는 듯이 미소를 지으면서 카렌 누나가 서 있었다. 왜 이런 곳에 있는 거지?!

"홋홋홋. 사랑이 있는 곳에는 내가 있노라. 연심이 있는 곳에도 내가 있노라. 그게 사랑의 신, 모치즈키 카렌이야!"

처억! 하고 포즈를 잡으며 이쪽을 향해 손가락을 뻗었지만, 나는 누나를 째릿 하고 바라보았다.

"……그냥 구경한 것뿐이잖아요?"

"그렇게도 말하지!"

그러다가 험한 꼴을 당할지도 몰라요. 아무튼 연애의 신이라는 이름대로 카렌 누나가 조언을 해 준 사람들은 잇달아 커플이 된 모양이지만.

물론 나중에 헤어진 사람도 있고, 별로 전망이 없으면 포기하도록 타이르기도 한다. 카렌 누나가 말하길 그런 것도 포함해 연애라는 모양이다.

"쓸데없는 참견은 하지 말아 주세요?"

"실례되는 말을. 상대가 상담하러 오지 않는 한 조언할 생각은 없어. 기본적으로 사랑은 스스로 개척해야 하는 거니까."

아주 지당한 말을 하고 있지만, 어디까지가 진심인지 수상하다.

이 사람은 기본적으로 자제하지 않으니까.

"그런데 이런 곳까지 뭐 하러 온 거예요? 설마 저 두 사람을 따라온 건 아니겠죠?"

"아, 그렇지. 조금 신경 쓰이는 일이 있어서 왔어. 이곳에서 동남쪽 부근에서 신기(神氣)가 살짝 느껴지거든."

"네?!"

설마 종속신이?! 나도 신기를 느낄 수 있지만, 카렌 누나나 모로하 누나처럼 작은 기척까지는 느낄 수 없다.

"그건 종속신……."

"아니, 달라. 이 기척은 분명히 우리와 똑같은 신족이야. 설마 싫지만……."

어? 그게 뭐야. 불길한 예감이 팍팍 드는데.

"세 명째……. 다른 신이 내려온 모양이야."

제발 좀 봐주세요. 무슨 신이 온 거지……?

◇　◇　◇

"그런데 장소는 어디쯤이죠?"

"대략 이 근처야. 금방 사라졌으니 자세한 장소까지는 모르겠지만."

나는 성으로 돌아가 안뜰에서 지도를 불러내 카렌 누나에게 신기가 느껴진 장소가 정확히 어디인지 알려 달라고 했다. 카렌 누나가 가리킨 장소는 이곳에서 동남쪽으로, 라밋슈 교국을 넘어 라일 왕국에 가까운 대수해 안이었다.

으~음. 범위가 넓어. 과연 발견할 수 있을까? 그러고 보니 모로하 누나도 대수해에 있었지? 대수해에는 내려와도 좋다는 표식이라도 있는 걸까?

"그런 것보다 이 사람…… 아니, 신이구나……는 이쪽 세계에서 신력을 써도 되는 거예요?"

"정확하게 말하면 '신의 힘을 사용해서 이 세계에 간섭해서는 안 된다'니까, 예를 들어 자신의 신력으로 '사람화'를 하는 것은 괜찮고, 신의 힘을 사용하지 않으면 간섭해도 문제없어. 도망칠 길은 얼마든지 있는 거지."

느슨해. 그게 뭐야. 물론 누나들도 종속신이 나타났을 때 외에는 신력은 사용하고 있지 않지만, 모로하 누나는 정말로 사용하고 있지 않은지 의심스러울 정도로 무쌍을 펼치고 있다.

"어쩌면 이쪽도 신기를 찾으려고 했을지 모르지만, 전과는 달리 토야의 신기는 잘 억누르고 있으니, 이 장소를 몰랐던 게 아닐까 생각해."

우으음. 그렇다는 것은 이쪽이 맞이하러 가야만 한다는 건가? 별로 내키지 않지만.

굳이 맞이하러 갈 필요는 없는 거 아닐까……? 성가신 사람들이 더 늘어나는 건…… 아야야야야!

"뭔가 실례되는 생각을 하고 있지?"

"아파효, 이거 놔 주세요!"

카렌 누나가 뺨을 꼬집었다. 이 사람의 이 날카로운 감은 거의 신들린 수준이야! 신이지만!

"너희, 지금 뭐 하는 거야……."

"앗, 모로하."

그런 생각을 하는데, 어디에선가 또 한 명의 누나가 다가왔다. 카렌 누나가 신기를 느꼈으니 모로하 누나도 눈치채는 것이 당연한가.

"카렌 언니도 감지한 모양이네."

"응. 그래서 지금 맞이하러 가자는 이야기를 하던 참이야."

"물론 나도 흔쾌히 만나러 갈 생각이야. 누가 왔는지 흥미도 있으니까. 파괴신이 아니었으면 좋겠는데."

불길한 소릴?! 그런 녀석이라면 당장 돌아가 달라고 부탁하고 싶다!

"일단 세계신의 허가가 없으면 내려오지 못하니, 부적절한 신은 오지 않을 거라고는 생각해. 대장장이신이나 농경신, 상업신 정도가 아닐까?"

"으으음……. 대장장이신이나 농경신이라면 그나마 좋지만 상업신은…… 성가셔."

"카렌 언니는 상업신과 잘 맞지 않지?"

두 사람의 신 이야기를 듣는 한, 역시 신들도 사이가 좋은 신과 나쁜 신이 있는 모양이었다.

"나로서는 외날검의 신이라든가 창의 신, 무예의 신 정도가 와 주면 따분하지 않을 것 같은데 말이야. 요즘엔 토야가 상대를 안 해 주니까."

아니, 제발 좀 봐주세요. 모로하 누나의 훈련 상대를 하면 진짜로 녹초가 돼요. 그날 하루 동안 아무 일도 못 할 정도로. 진심으로 베어 버릴 기세로 오니 그럴 수밖에요!

참고로 검만으로 승부했을 때의 전적은 52전 52패입니다만, 그게 뭐요?

외날검의 신이라든가 창의 신이라든가는 잘 모르지만, 어차피 비슷한 신들이겠지. 그 신들과도 상대해야 한다면……. 아니, 그 신들이 모로하 누나의 상대를 해 준다면, 고마운 일……인가?

"아무튼 좋아. 일단 현장에 가 보죠. 거기서 제가 신기를 내뿜으면 뭔가 반응을 보이지 않을까요?"

"그러네. 상대는 토야를 알고 있을 테니까. 아마 그렇게 하면 될 거야."

우리 세 사람은 바로 【게이트】를 열어 라일 왕국 쪽으로 이동했다. 이곳에는 거수 전갈 스콜피너스를 토벌하러 온 적이 있었다. 이곳에서 대수해로 가 보자.

"누나들은 날 수 있었던가요?"

"날지 못할 것은 없지만 조금 귀찮으려나?"

모로하 누나가 대답했다. 걸어서 대수해까지 가는 것도 귀찮은데……. 아, 얼마 전에 '창고'에서 발견한 그걸 사용해 볼까?

나는 【스토리지】에 넣어 두었던 '그것'을 꺼내 지면 위에 펼쳤다. 크기는 다다미 네 장 반 정도.

"토야, 이건 뭐야?"

"마법의 양탄자, 라고 할 수 있을까요? 아무튼 일단 앉으세요, 어서."

아직 잘 이해를 못 한 카렌 누나와 모로하 누나를 양탄자 위에 앉히고, 그 앞에 나도 앉았다. 그러자 양탄자가 둥실 하고 1미터 정도 떠올랐다.

"좋아, 출발."

천천히 양탄자가 앞으로 나아가기 시작했다. 참고로 양탄자가 움직이기 시작하면 주변에 방벽이 펼쳐져 실수로 떨어질 일도 없다. 그리고 당연히 바람을 직접 맞는 일도 없었다. 그에 더해 내가 【인비저블】을 부여해 두었기 때문에 주변 사람에게 들킬 염려도 없다.

"와아. 편하네."

"문제는 조종사에게 상당한 마력이 없으면 오랫동안 날지 못한다는 거지만요."

두 사람 모두 익숙해진 모양이라 고도와 속도를 올렸다. 아무래도 공중돌기라든가 하는 아크로바틱한 움직임은 자제했다.

이윽고 대수해 상공에 도착해 일단 양탄자를 멈추고 공중에 정지했다.

"이 근처에서 살짝 신기가 느껴져."

가볍게 【신위해방】을 하자 먼 숲에서 같은 신기가 발산되었다. 저건 자신의 장소를 우리에게 알려 주는 건가? 이쪽으로 오라는 그런 의미?

"으음?"

"어라?"

양탄자 뒤에 낮은 카렌 누나와 모로하 누나가 조금 의아한 표정을 지었다.

"왜 그래요?"

"아니, 방금 신기 말인데……."

"여러 개가 느껴졌어."

……뭣이라?!

나는 그렇게까지 파악하지 못했는데……. 그럼 뭐야? 저곳에는 여러 신이 있다는 말?

"무슨 말이죠?"

"글쎄……. 아무튼 가 보면 알겠지. 토야, 발진!"

애매한 의견이지만, 가 보면 안다는 말은 확실히 맞는 말이다. 일단 양탄자를 신기가 느껴지는 쪽으로 날아가게 했다.

상공에서 보이는 숲의 확 트인 장소에 누군가가 있는 모습이 보였다. 아니, 몇 명인가 있는 모습이 보였다.

그 근처에 내려 보니 떠들썩한 음악 소리가 들려왔다. 즐거운 웃음소리와 맛있는 냄새도 났다.

"……뭐지?"

"이건, 이건……."

"아차……."

연회. 그래, 연회다.

숲 안에서 만돌린 같은 악기를 연주하는 청년과 빨개진 얼굴로 술을 마시는 어린 소녀, 모닥불 위의 고기를 굽는 여성, 그리고 웃으며 나무 열매와 과일을 먹는 장년 남성.

이게 뭐야?

양탄자에서 내려서 나는 뒤의 카렌 누나에게 시선을 내던졌다.

"음악의 신에 술의 신, 수렵의 신에 농경의 신이야."

뭐?! 신이 넷이나 내려왔다고?!

내가 화들짝 놀란 표정을 짓고 있는데, 이쪽을 눈치챈 어린 소녀가 크게 손을 흔들었다.

"오오오~! 연애의 신과 검의 신이다! 같이 마시자~!"

스우보다도 작아서 대여섯 살 정도로밖에 보이지 않는, 투명한 듯한 푸르고 긴 머리카락의 어린 소녀가 아무리 봐도 술병으로밖에 보이지 않는 큰 도쿠리 병을 흔들었다. 어? 괜찮은 건가?! 저 아이가 술의 신이라고?!

만돌린 같은 것을 들고 있는 사람은 당연히 음악의 신이겠지. 스무 살 전후의 잘생긴 금발 청년이었다. 이쪽을 보고 부드러운 미소를 띠고 있었지만, 악기를 연주하는 손은 멈출 줄을 몰랐다.

저 사람, 악기로 감정을 나타내고 있는 걸까? 실제로 우리를 눈치챈 뒤로 곡조가 바뀌기도 했고 말이다.

과일을 먹고 있던 장년 남성은 계속 웃고 있는 모습처럼 보였다. 실눈이다. 소박하고 입이 무거운 분위기와 수수한 갈색 머리의 조용한 느낌. 이 사람이 농경신이려나?

그렇다면 남은 저 녹색 포니테일 여성이 수렵신인가? 옆에는 급조한 듯한 활도 있고 말이지.

고기를 굽고 있는데, 자신이 직접 사냥한 건가? 그전에, 그 만화 고기 같은 건 대체 어떤 동물의 어떤 부위죠? 신경 쓰여!

"왜 이런 곳에 모여 있는 거야? 겨우 종속신이 상대인데 아무리 그래도 너무 많아."

"음냐, 아니. 우리는 종속신 담당이 아니야."

구운 고기를 쫘아악 뜯어 먹으면서 포니테일을 한 수렵신이 카렌 누나에게 대답했다. 상당히 와일드한 사람…… 신이다. 종속신 담당이 아니라고? 무슨 말이지?

"우리 담당은 당신입니다. 모치즈키 토야."

"저요?!"

실눈 농경신 중년…… 아니, 아저씨가 나를 가리키며 말했다. 무심코 나도 스스로 자신을 가리키고 말았다.

"토야가 담당이라니 무슨 말이지?"

모로하 누나가 나 대신에 의문스럽게 생각했던 것을 물어보았다.

"네. 토야는 사람이면서 세계신의 신기를 받아 그 권속으로 신화(神化)하려고 하는 중이잖아요? 그 젊은 새로운 신이 올바른 길을 걸을 수 있도록 이끌고 지원하는 것이 선배인 우리의 일……."

"이라고 해 두자고 조금 전에 결정됐어! 놀러 온 거야!"

이보세요들! 술의 신이여, 너무 솔직해!

뭐야? 남을 핑계 삼아 지상으로 내려온 건가? 신들이 그렇게 한가해?!

그 말을 듣고 수렵신이 깔깔 웃었다.

"후우~. 지상에 내려온 건 수만 년 만이라서 '사람화' 해도 몸이 익숙해지지 않네. 슬쩍 마수를 두세 마리 사냥해 봤는데, 신력을 사용하지 않고 사냥하는 것도 재미있더라고."

"나도~! 신주(神酒) 이외의 술은 정말 오랜만이야! 취하는 구나! 멋져~!"

"저도 모처럼 대지의 은혜를 느끼고 있습니다. 정말 맛있군 요."

"……."

세 사람에게 동의하듯이 음악신이 악기를 경쾌하게 뜯기 시 작했다. 이 사람, 말 못하는 거야?

"어이가 없네. 어떻게 세계신이 허락한 거야?"

"이건 말야, '가고 싶다'고 말했더니 '괜찮겠지'하고 꽤 순 순히 허락해 줬어. 분명히 저 아가를 잘 지원해 주라는 말을 듣기는 했지만."

"아가라니, 그런 호칭은 쓰지 말아 주세요……."

우우우. 세계신이 배려해 준 것일지도 모르지만, 모두 상당 히 만만치 않을 것 같은 신들인데…….

"워~워~. 신경 쓰지 마. 뭘 그렇게 신경 써?! 자, 어서 마 셔!"

수렵신 누나가 나무 컵에 들어간 술을 마구 들이댔다. 아니, 못 마시는 것은 아니지만, 너무 강제적이야!

"그런 것보다, 술은 어디서 구한 거죠?"

"응~? 숲 안에서 마수에게 습격당한 부족을 구해 줬더니 고 맙다며 주던걸~? 신계의 술은 쓸데없는 것이 안 들어가 있어 서 조금 맛이 심심하거든~. 이쪽 술은 좋아! 특징이 강해서

'이게 내 맛이다, 불만 있냐?!' 같은 느낌이야~!"

니시시시시. 하고 웃는 술의 신. 취한 건가? 잘 모르겠다. 겉보기에는 어린 여자아이이니 괜히 걱정된다. 얼굴이 새빨간데 정말 괜찮을까?!

그 술의 신이 비틀거리며 나에게로 오더니 꽈악 다리에 매달렸다. 뭔가요……?

"토야 오빠~. 나, 술안주가 있었으면 좋겠어~. 말린 오징어, 풋콩, 야키토리. 가지고 있지~?"

흠칫. 어떻게 그걸 아는 거지……?! 분명히 【스토리지】 안에 들어 있긴 하지만! 이게 신의 힘이라는 건가……!

"오, 좋네~. 먹을 게 있으면 내놔 봐. 안 그래도 조금 뭔가가 부족해서 곤란하던 참이었거든. 신족 일동, 긴장을 풀고 떠들어 보자고."

"좋군요. 저도 이 대지에서 수확한 음식을 먹어 보고 싶습니다."

"……."

수렵신의 말을 듣고 농경신이 고개를 끄덕였고, 음악신이 띠로로로롱 하고 악기를 연주했다. 카렌 누나와 모로하 누나가 다 포기했다는 듯이 한숨을 내쉬었다.

"이것 참, 어쩔 수 없네."

"이제 됐어. 토야, 먹을 게 있으면 꺼내 줘."

누나들의 말을 따라서 【스토리지】 안의 음식과 음료를 같이 꺼내 테이블 위에 늘어놓았다.

수렵신은 와구와구, 농경신은 맛보듯이, 술의 신은 술안주 삼아 먹으면서, 각각 지상의 음식을 먹어 치웠다. 음악신만은 악기를 손에서 놓지 않고 슬픈 음색을 연주했지만. 보다 못한 술의 신이 야키토리를 입에 물려 주자, 곡조가 밝아졌다. 역시 저건 감정이랑 연동되어 있는 건가? 그런 것보다 악기 좀 내려놔.

그러는 사이에 누나들도 술에 취해 버려서 정말로 연회처럼 되어 버렸다. 신들의 연회다.

이게 뭐지?

"대체 어떻게 된 거죠?"

〈그 신들도 오랫동안 일을 했으니 말이야. 이쯤에서 휴가를 줄까 생각한 게지.〉

이 세계는 신들의 위안 여행지가 아닐 텐데요?

아직까지 연회를 계속하는 강림한 신들에게서 떨어져 세계신에게 전화를 했더니, 그런 대답이 돌아왔다.

그렇게 쉽게 신들이 내려와도 되는지 궁금했지만, 신화 등을 떠올려 보면 지구의 신들도 꽤 쉽게 지상으로 내려왔었다.

〈아무튼, 방해는 되지 않을 터이니 잘 부탁하네. 귀찮을지도

모르지만.〉

지금 귀찮다고 말했죠?! 말한 거 맞죠?! 귀찮아지는구나!!

〈이렇게 말하긴 뭐하지만, 언젠가 자네의 신격(神格)은 그 신들보다 위가 될 게야. 미리미리 익숙해지는 것이 좋을 거라 생각하네만?〉

뭐지?! 부모님이 경영하는 회사의 차기 사장인 아들이 '일에 적응해야지!' 라는 말을 듣고 신입사원으로서 내던져진 영상이 떠오르는데.

전화를 끊고 나는 크게 한숨을 내쉬었다. 어떻게 하지~……?

"토야 오빠~! 그런 곳에서 어두운 표정 짓지 말고 다 같이 마시자~! 술은 근심 걱정을 단숨에 날려 주는 도구, 먼저 한 잔 마시면 극락이 펼쳐질 거야!"

냐하하하하, 하고 술의 신이 참견해 왔다. 술주정이 너무 심해, 어린 여자애 주제에! 게다가 쭉쭉 나를 끌어당겼다. 힘이 세?! 설마 취하면 취할수록 강해지는 그 취권 사용자 같은 건 아니겠지?!

억지로 테이블까지 끌려간 나를 보더니 카렌 누나가 내 컵에 술을 콸콸 따라 주었다. 아~아~. 다 젖었어…….

"그래서~? 토야는 그 아이들과 어디까지 갔을까냥~? 누나한테 이야기해 보렴~."

카렌 누나가 새빨개진 얼굴로 히죽히죽 웃음을 지었다.

"……취했군요, 카렌 누나?"

"취하긴 누가 취행~! 저언혀 안 취해어~. 무후후~."

취했잖아! 완벽하게 취했어! 취한 사람들은 다들 그렇게 말해. 혀도 막 꼬이고 있고.

모로하 누나에게 도움을 청하려고 했는데, 이미 테이블에 엎드리고 잠을 자는 중이었다. 약해?! 검신, 술이 너무 약해!!

취해서 칼을 막 휘두르는 것보다야 몇 배는 낫지만, 나를 도와준 다음에 쓰러지길 바랐다.

술의 신은 벌꺽벌꺽 술을 마셨고, 수렵신은 깔깔 웃었고, 농경신은 요리를 맛보았고, 음악신은 악기를 계속 연주했다. 아군은 없었다.

아~참~. '건드리지 않는 신에 탈이 없다' 라는 말의 의미를 이제야 잘 알겠어!

새로운 신들은 일단 내 삼촌과 그 아이들, 즉, 사촌 가족이라고 해 두기로 했다. 아무래도 더 이상은 형제가 늘면 곤란하니까.

게다가 마흔에 가깝게 보이는 농경신을 형이라고 하는 것도 좀 무리가 있는 이야기고, 왕의 아버지라고 하는 것도 성가신 일이다.

그래서 삼촌과 그 아이들 세 명이라고 하기로 한 것이다.

숙부, 모치즈키 코스케. (농경신)
장남, 모치즈키 소스케. (음악신)
장녀, 모치즈키 카리나. (수렵신)
차녀, 모치즈키 스이카. (술의 신)

연령대로 봤을 때, 나보다 아래는 술의 신뿐이라, 호칭은 코스케 삼촌, 소스케 형, 카리나 누나, 스이카, 정도면 될까.

먼저 내 친척이라는 것보다 헤롱헤롱 취한 스이카를 보고 모두 깜짝 놀랐지만. 결국 나온 말이 '술을 마시지 않으면 수수께끼의 발작이 일어난다' 라는 알코올 의존증과 거의 차이가 없는 변명이었다. 그런데 다들 믿어 줬다.

나중에 린에게 물어보니, 드워프의 아이는 그 정도의 나이에 술을 마시는 일도 흔하다고 한다. 스이카는 드워프가 아니지만, 어머니가 없었기 때문에 혹시 어머니가 드워프가 아닐까 하고 생각한 것인지도 모른다.

"또 단숨에 늘었네요……."

"미안. 이런저런 사정이 있어서."

성의 동쪽, 농경지로 가는 길을 걸으면서 나는 옆에 있는 유미나와 대화를 나누었다.

유미나 일행은 나와 누나들이 피가 이어지지 않은 것도, 내가 이세계에서 왔다는 것도 안다. 그러니 삼촌과 사촌들이라고 했지만 이번에도 '피가 이어졌다' 라는 의미가 아니라는 사실은 알고 있으리라 생각한다. 신족이라는 것은 모른다고 하더라도.

"그런데, 저어…… 숙부님 일행도 형님과 마찬가지로……."

"아~……. 응, 한 가지 뛰어난 능력이 있다고 해야 하나? 전투 쪽은 아니지만 말이야. 사냥…… 카리나 누나는 활 실력이 보통이 아니야."

사냥감을 절대 놓치지 않는 사냥의 신이니까. 활 이외에도 함정이나 총 같은 것도 사용할 수 있는 것 같고, 손도끼라든가 도끼라든가…… 어라? 검밖에 사용하지 못하는 모로하 누나보다 훨씬 만능 아닌가? 아니, 단순한 강함이라는 측면에서는 전투에 특화된 모로하 누나가 더 강한가?

네 사람 모두 이미 이 나라에 익숙해져 자신들이 하고 싶은 것을 시작했다. 나를 도와준다고 하는데, 뭘 하고 있는지 오늘은 이렇게 확인하러 온 참이다.

"앗, 숙부님 아닌가요?"

유미나가 가리킨 곳을 보니 밭에 괭이를 푹 찌르는 농경신, 아니, 코스케 삼촌이 보였다. 밀짚모자를 쓰고 장갑을 끼고, 농업 작업복을 입은 채 땀을 흘리며 일했다. 너무 잘 어울리잖아. 아니, 어울리는 게 당연한 거지만. 농업의 신이니까.

"여어, 토야. 유미나 씨. 안녕하세요."

여전한 실눈으로 웃으며 인사를 했다. 뭐라고 해야 하나……
수수하다.

"직접 밭을 경작하고 계신 거예요? 사람을 고용하면 되는 게
아닐지…… ."

"아니요. 일하지 않는 자는 먹지도 말라……는 정도는 아니
지만, 스스로 직접 하고 싶은 것뿐이니까요. 개간해서 농지를
확장하면, 그게 사람들의 새로운 양식이 되다니 멋지지 않습
니까."

아무래도 신의 힘을 사용하면 단숨에 수확까지 할 수 있다는
모양이지만, 그래서는 애착도 생기지 않아 시시하다고 한다.
애초에 금지되어 있어 사용할 수도 없지만.

그래도 농경신이라 그런지, 그런 쪽의 지식은 이 세계에서
도 매우 유용하게 사용하고 있는 모양이었다.

조금 전에도 뭔가를 뿌렸는데, 들어 보니 마수의 뼈를 곱게
빻은 것이라고 한다. 마수의 뼈에 포함된 마소가 이러니저러
니 하고 설명을 했지만 잘 이해는 안 됐다. 조수로 붙여 준 알
라우네인 라크셰만은 굉장히 감탄했지만.

밭뿐만이 아니라 논 쪽도 봐 준다고 하니, 솔직히 큰 도움이
된다. 너무 수수해서 신족이라는 사실을 의심하고 싶은 광경
이지만.

농경 시찰을 한 뒤 마을 쪽으로 돌아와 보니, 시계탑에 있는
중앙 광장이 뭔가 떠들썩했다.

"무슨 일이 있었던 걸까요?"

유미나와 내가 그쪽으로 가 보니, 즐거운 음악 소리가 들려왔다. 이건 설마…….

사람들 틈을 가르고 가 보니, 중앙 광장의 분수 앞에서 기타를 멋지게 연주하는 음악신, 아니, 소스케 형의 모습이 보였다.

그런 것보다, 저 기타는 사쿠라의 부탁을 받고 내가 만든 악기 중 하나잖아. 성에서 가지고 나온 건가?

피아노를 만들었던 나는 기세를 타고 그 외에도 플루트와 트럼펫, 캐스터네츠에 이르기까지 얼추 생각나는 악기를 시험 삼아 만들어 보았다. 하지만 연습을 하지도 않고 기사단 숙소에 계속 맡겨 뒀었다. 몇 명인가 흥미를 보이며 연습을 하고 싶다고 말을 해서.

소스케 형의 연주가 끝나자 관중들이 우레와 같은 박수를 쳐 주었다. 그중에는 감동의 눈물을 흘리는 사람도 있었다. 그렇게 좋았나?

"굉장한 연주였어요!"

"그래. 저 연주에 이길 수 있는 사람은 없을 거야……."

관객에게 인사를 하고 다시 연주를 시작한 소스케 형을 두고 우리는 길드가 있는 거리로 향했다. 길드의 옆에는 술집이 있었는데, 술집 하면…….

"이건 뭐야……?"

술집 입구에 술에 취해 쓰러진 남자들 몇 명이 굴러다녔다.

그 남자들을 피해 가게 안으로 들어가 보니, 아니나 다를까, 스이카가 술집의 테이블에서 술을 마시고 있었다.

스이카의 맞은편 자리에는 유리잔을 쥔 남자가 술에 취해 쓰러져 있었다.

"아~. 토야 오빠! 오빠도 술 마시기 대결할래~? 내가 이기면 술값은 오빠가 내는 거야~."

"누가 할 줄 알고……?"

깔깔 웃으며 유리잔을 든 스이카에게 나는 그렇게 말했다.

가게 안에는 그 외에도 술에 취해 쓰러진 손님이 있어, 점원이 그 사람들을 질질 끌고 밖에다 늘어놓았다. 이 사람들이 전부 스이카에게 술 마시기 대결에서 패해 쓰러진 건가. 대체 언제부터 마신 거야?

"워워, 일단은 후래삼배를……."

"난 마시러 온 거 아냐. 이쯤에서 그만 마셔."

"아으~."

스이카가 들고 있던 술병을 내가 빼앗았다. 이번에 온 네 사람의 신들 중에서는 이 녀석이 제일 질이 나쁘지 않을까?

스이카를 일으켜 세우고 우리는 술집 주인에게 사과했다. 황송해 하면서도 상대로서는 매상이 올랐기 때문인지 웃으면서 대해 주었다.

"참나……. 너무 많이 마시지 마."

"오랜만이라 너무 흥을 낸 건가~? 평소에는 더 느긋하게 마셔~! 유미나 언니. 성에서 같이 마실까~?"

"아니요, 저는 술을 안 즐겨서……."

유미나는 뻣뻣한 웃음을 지으면서 손을 흔들었다.

뭐라고 해야 하나……. 겉보기에는 어린아이로밖에 보이지 않는 이 아이에게 술을 내놓는 가게도 문제가 있는 것 아닌가 하고 생각했는데, 스이카가 멋대로 내 이름을 내세운 모양이었다.

수상한 어린 여자아이가 하는 말을 왜 믿었는가 하면 대기소에서 기사단원을 끌고 와서 증명하게 했다는 듯했다. 나중에 그 단원에게도 사과해야겠어…….

"어? 토야잖아?"

술집에서 나오자, 마찬가지로 옆의 길드에서 카리나 누나가 나왔다.

이 사람은 빠르게도 모험자 길드에 등록해 사냥꾼으로 활약하기 시작했다. 주로 토벌 의뢰를 맡는 듯, 아직 던전에는 가지 않았다. 이유를 들어 보니, 먹을 수 없는 것을 사냥할 생각은 없다고.

이번에도 의뢰를 끝내고 온 참이겠지. 손에는 커다란 들새가 들려 있었다.

"마침 잘됐다. 이 녀석은 오늘 저녁이야. 요리사인 클레아한테 전달해 줘."

"알았어요."

실제로 카리나 누나가 이런저런 사냥감을 가지고 와서 요즘의 식탁은 메뉴가 매우 다양해졌다. 나는 카리나 누나에게 들새를 받아【스토리지】에 넣어 두었다.

　"이제는 더 큰 사냥감을 사냥해 보고 싶어. 이 근처에는 별로 없는 것 같으니, 가까운 시일 내에 다른 사냥터에 좀 데리고 가 줘."

　"네. 미스미드 근처라면 갈 수 있도록 한번 타진해 볼게요."

　브륀힐드에는 대형 마수가 거의 없다. 미스미드 근처라면 꽤 있을 거라 생각하지만. 그곳은 대수해도 가깝고 말이지.

　아무튼 네 명 중, 스이카 이외에는 이래저래 많은 도움을 받을 수 있을 듯해.

　"으음. 뭔가 실례되는 생각을 한 것 같은데~?"

　날카로워. 카렌 누나도 그렇고, 역시 신은 얕볼 수 없다.

　"그런데 달링. 그 섬을 조사해서 뭘 알게 됐어?"

　"음, 문화 수준은 이쪽과 큰 차이가 없어. 단지 생활권이 굉장히 좁아. 거수가 여기저기에 있으니 당연하다면 당연하지만. 그래서 한정된 결계 안에서만 마을이 발전한 상태야. 그 외에는 정말 드문드문 마을이 있는 정도고."

식당에서 클레아 씨가 만들어 준 라멘을 먹으면서 린의 질문에 대답했다. 사진이나 자료, 만드는 법을 인터넷에서 자세히 조사해 가르쳐 줬더니, 클레아 씨가 멋지게 음식을 재현해 주었다. 국물의 맛이 조금 연한 것도 같지만, 충분히 맛있다고 할 만한 수준이었다. 소용돌이 오뎅까지 재현해 줄 줄이야, 정말 놀랍다.

이번엔 만두에 도전해 본다고. 체인점을 만들 수 있지 않을까?

식당에는 나와 에르제, 린제 자매, 야에, 린밖에 없었다. 유미나는 남동생인 야마토를, 힐다는 오빠인 레스티아 기사왕을 만나러 갔고, 스우는 오늘 오지 않았다.

루는 클레아 씨를 도와 식후의 행인두부를 만드는 중이다. 사쿠라는 학교에서 어머니인 피아나 씨를 돕고 있는 모양이었다.

"그런 섬에, 살고 있다면, 결계를, 사용할 수 있을 것, 같은데……."

후우후우 입김을 불면서 린제도 라멘을 먹었다. 린제는 젓가락 사용이 그다지 능숙하지 못해 포크를 사용 중이다.

"아무래도 그 거대 결계는 섬 전체와 동서남북의 도시, 그리고 중앙의 신전에만 펼쳐져 있는 것 같아. 아마도, 그 자체가 '시간의 현자'의 유산이 아닐까 해."

즉, 아티팩트라는 거다. 그러니까 새로 결계를 치지 못하는 것이다. 생활할 수 있는 안전지대가 한정되어 있으니 참 큰일이다. 결계의 밖이라고 해서 쉽사리 거수가 공격하지 않겠지만. 그 정도 크기의 거수라면 인간을 먹어도 배가 부르지 않으니까.

다른 대형 마수라든가 더 배가 부를 만한 것을 노리지 않을까 한다.

하지만 결계 밖에 집을 세워도 기껏해야 몇 채 정도의 집을 세워 마을 같은 것을 만드는 것이 고작이겠지. 거수가 지나가는 것만으로도 초토화될 테니 말이다.

"그 사람들은 거수 퇴치를 왜 안 하는 거지? 어느 정도 희생을 각오하고 싸우면 이기지 못할 것도 없잖아."

"아니, 싸우고는 있는 모양이야. 도시에 커다란 이동식 투석기가 있었다고 하거든. 거수가 다가왔을 때는 결계 밖으로 나가 그것으로 내쫓거나 하지 않을까?"

그러지 못했다면 아무리 그래도 5000년이나 살아남지 못했을 테지. 거수에 대처하는 법은 대륙에 사는 우리보다 더 앞서 있을 듯했다. 결계의 방어 장벽을 의지하는 면은 있을 테지만.

"종족은 인간뿐입니까?"

이쪽은 린제와는 달리 솜씨 좋게 젓가락을 사용해 라멘을 먹는 야에. 이셴에도 메밀국수나 우동은 있으니 익숙한 것이다. 덧붙이자면 지금 야에가 지금 먹고 있는 라멘은 세 그릇째다.

그렇게 먹는데도 살이 찌지 않으니 정말 신기하다. 먹은 만큼 운동을 하고 있으니 당연한 것일까?

"아니. 인간이 많은 것은 맞지만 미묘하게 아인이나 마족도 섞여 있나 봐. 이쪽과는 달리 편견은 없는 모양으로, 하나의 도시에 같이 살고 있어."

그런 점은 이쪽도 배웠으면 하는 바람이다. 좁은 생활권에서는 서로 사이좋게 살 수밖에 없는 것인지도 모른다. 가혹한 환경에서 살아남기 위해서는 서로 협력할 수밖에 없는 건가.

"그리고 국토의 면적에 비해 인구가 놀라우리만치 적어. 그건 농업이나 어업을 하기 힘든 환경이랑 관계가 있을지도 몰라."

아무리 넓은 토지가 있어도 논밭을 만들면 바로 파괴되어 버려서는 도저히 견딜 수가 없다. 1년간 고생해 경작한 작물이 수확 전에 모두 엉망이 되는 경우도 있을 테고 말이다. 그러면 울고 싶어질 수밖에.

생각에 따라서는 결계 내에 논밭을 만드는 편이 나은 것도 같다. 결계 주변에 집을 짓고 거수가 습격해 오면 결계 안의 밭으로 도망치는 것이다.

집은 부서질지도 모르지만 식량은 남는다. 이쪽이 종으로서는 더 살아남을 가능성이 크다고 생각하는데…….

"그건 그렇고 거수의 섬이라……. 왜 그렇게 진화한 걸까? 거수는 쉽게 나타나지 않는데."

"마소 농도와 관련 있다고 했었어. 박사가 한 말이긴 하지만."

"마소 농도?"

익숙지 않은 말을 듣고 에르제와 야에가 고개를 갸웃했다.

마수는 평범한 동물이 대기의 마소를 들이쉬어 진화한 종도 꽤 많다. 그래서 마법과 비슷한 능력을 지닌 것도 많은 것이다. 번개를 날리는 번개곰이라든가 말이지.

그중에서도 특히 농도가 짙은 마소를 계속 들이쉰 것이 거수가 되는 것이 아닐까 하는 이야기였다.

보통, 마소는 확산되기 때문에 그다지 농도가 높아지지 않는다. 하지만 거대한 삼림의 벽지라든가 심해, 험한 산봉우리 등에서는 이른바 '마소가 정체된 공간'이 드물게 존재한다.

그 '마소가 정체된 공간'이 거수를 낳는 요인이 된 것이 아닐까 하는 이야기이다.

그럼 왜 그렇게 '마소가 정체된 공간'이 생기는가 하면, 마소를 흡입하는 존재(동물이나 마수뿐만이 아니라 인간도 포함된다)가 매우 적고, 공기나 물의 흐름이 정체되기 쉬운 것 등의 영향을 받는 것일 수 있다고 박사가 말했다.

그리고 문제의 '마도'인데, 그 섬은 전체를 결계로 둘러싸고 있다. 즉, 마소가 빠져나갈 곳이 없다. 결계가 확산되어도 갈 곳이 섬밖에 없으면 의미가 없다. 확산=소멸이 아니기 때문이다.

결과, 마소가 정체되는 공간이 생기기 쉽다. 그것이 거수를 낳는 것이 아닐까 추측하는 것이다.

"하지만 그 '마소가 정체된 공간'? 인간도 영향을 받지 않아?"

"인간은 자신의 마력 용량보다 많은 마소를 흡입하지는 않으니까 문제없어. 속이 안 좋아진다고는 하지만 말이지."

에르제의 의문에 린이 대답해 주었다. 마수도 그 마소가 정체된 공간에서 생활을 한다고 해도 갑자기 거수로 변하는 것은 아니다. 몇 대에 걸쳐 새끼를 낳고 그러다 보면 갑자기 변이에 가까운 거수가 태어나기도 하고 그런 것이 아닐까.

당연하지만 갑작스러운 변이인 이상, 거수가 한 쌍이 되는 일은 없어서 1대 만에 멸종하게 된다. 하지만 거수의 수명은 원래의 종에 비해 꽤 길다는 모양이긴 하다.

문제는 그 갑작스러운 변이가 쉽게 계속해서 태어난다는 것이다…….

개중에는 가까운 종끼리 만나 2세가 탄생하는 일도, 없진 않겠지. 그렇게 되면 이제 갑작스러운 변이가 아니라 신종이라고 해야 하나?

거수끼리 싸우기도 할 테고, 그야말로 괴수섬이구나. 우주에서 은색 전사라도 오지 않을까? 3분밖에 싸우지 못하면 한 마리, 두 마리를 쓰러뜨리고 그대로 끝일지도 모르지만.

"그러면 그 결계를 풀면 '마소가 정체된 공간'도 사라져서 거수가 태어날 가능성도 줄어든다는 것입니까?"

"응, 그렇게 되겠지? 결계를 계속 펼치고 있는데, 그걸 알고 그러는 건지 모르고 그러는 건지…… 어려운 부분이지만."

어쩌면 자신들 스스로 해제할 수 없는 것인지도 모른다. 만약 그렇다면 그 섬의 주민들은 갇혀 있는 사람들일 가능성도 있다.

"어쨌든 접촉을 시도해 보려고 하는데, 근처에 있는 나라에 설명해 둬야 할 필요도 있어. 엘프라우와 하노크는 회의에 출석해 줄 생각인 모양이지만, 파르프에게서는 아직 대답을 못 받은 상태야. 리니에 왕국이 잘 설득해 주면 좋을 텐데, 섬에 관해서는 현시점에 설명할 수 없으니……"

최악의 경우에는 파르프를 빼놓고 이야기를 진행해야 한다. 그 섬과 무역이 가능해지면, 거수의 소재 등을 쉽게 손에 넣을 수 있을 듯했다. 단, 화폐가 섬의 독자적인 화폐일 테니, 물물교환이 될 듯하지만 말이다. 일단, 금화, 은화, 동화가 있는 모양으로 그것 자체로의 가치는 있을 거라 생각된다.

"접촉할 때까지는 좀 더 시간이 걸릴 것 같아……. 물론 서두르지 않아도 되지만, 역시."

내 이야기를 중간에 자르듯이 품속에 있던 스마트폰이 울렸다. 레리샤 씨에게 온 메시지인가. ……음?

"왜 그러시나, 요?"

"레리샤 씨한테서 알림이 왔어. 프레이즈가 출현할 모양이야. 내일부터 일주일 내로."

걱정스럽게 질문하는 린제에게 레리샤 씨에게서 온 메시지의 내용을 알려 주었다.

"레리샤가 메시지로 알려 주었다는 것은, 많이 출현하든가 상급종이 출현한다는 거지? 어느 쪽이야?"

"양쪽 다."

현재 프레이즈는 빈번하게 출현하고 있지만, 하급종 또는 중급종이라도 비행 타입이 아닌 이상 베테랑 모험자라면 어떻게든 쓰러뜨릴 수 있다. 몇 명씩 나서서 간신히, 이지만

그래도 하급종일 경우엔 몇 마리, 중급종일 경우에는 한 마리가 한도로, 그 이상이 되면 모험자들만으로는 쓰러뜨릴 수 없다. 그렇게 되면 우리가 나서야 한다. 이번에는 수천 마리 정도로 숫자는 이전과 비교하면 적지만, 거기에 더해 상급종이 같이 온다.

"장소는 어디입니까?"

"레굴루스야. 루에게도 가르쳐 줘야겠어."

"뭐를요?"

돌아보니 그 본인이 식후의 행인두부를 담은 접시를 가지고 서 있었다. 루가 직접 테이블에 놓아 준 행인두부가 맛깔스러워 보였다.

일단 이것을 맛있게 먹고 이야기하자. 응, 그게 좋겠어.

그렇게 결정한 나는 눈처럼 새하얀 그것을 수저로 떠 올렸다.

▂▃▅ 제4장 어둠의 해후(邂逅)

"안 오네요."

"안 오네."

바위에 걸터앉은 루가 중얼거리는 소리를 듣고 내가 그렇게 대답했다.

우리가 있는 곳은 레굴루스 제국의 중앙, 제도 갈라리아보다 북서쪽에 있는 이스룸 평원이라고 불리는 곳이었다.

마치 몽골 평원처럼 푸르른 초원이 펼쳐져 있고, 저 멀리에서는 바위산도 보였다. 하늘은 구름 한 점 없이 맑았다.

이곳에 본진을 펼치고 우리가 프레임 기어를 대기시켜 놓은 지 이미 나흘이 지났다. 레굴루스의 모험자 길드가 감지판으로 프레이즈의 출현을 감지한 것까지는 좋았는데, 출현 시기가 다음 날부터 일주일이라는 긴 기간이어서 잠복 기간이 길어졌다.

나타나 줬으면 하는 것은 아니었지만, 이렇게 기다리기만 하는 건 좀……. 언제 출현할지 알 수 없으니 내가 브륀힐드로 돌아갈 수도 없고 말이지.

야에 일행은 교대로 본진의 고정【게이트】를 이용해 성에 돌아가기도 하지만.

오늘은 루와 린, 스우, 린제가 이쪽으로 오고, 유미나와 사쿠라는 성을 지키고, 야에와 에르제, 힐다는 교대를 했기 때문에 아마 성에 있는 자신의 방에서 잠을 자고 있지 않을까 한다.

이번에 출현하는 프레이즈에는 상급종도 포함되어 있어서 긴장을 풀 수는 없었다. 하지만 너무 긴장만 하는 것도…….

"토야 님, 점심시간이니 도시락은 어떠신가요?"

"오, 그거 좋지. 먹을까?"

루가 가방에서 도시락 상자 두 개와 크고 작은 물통 두 개를 꺼내 평평한 바위 위에 올려놓았다. 그리고 커다란 물통에서는 국을, 작은 물통에서는 차를 각각 용기에 따르고, 도시락 상자 중 하나를 나에게 건네주었다. 도시락을 받아 뚜껑을 열어 보니 맛있어 보이는 밥과 형형색색의 반찬이 들어 있었다.

"와, 맛있겠다. 루가 만들었어?"

"네. 아침 일찍요. 다른 분들의 도시락은 클레아 씨에게 부탁했지만요."

쑥스럽다는 듯이 루가 미소 지었다. 이 레굴루스 제국의 공주님은 요리 재능이 있었는데, 브륀힐드에 와서 그 재능을 꽃피웠다. 클레아 씨와 늘 함께하며 요리를 배웠고, 틈만 있으면 내가 원래 있던 세계의 레시피를 배우며 시험적으로 만들어 보았으니까.

잘 먹겠습니다. 손을 맞대고 인사를 한 뒤, 도시락 안에 있던 새우튀김을 입에 넣었다. 맛있다. 클레아 씨와 비교해도 손색이 없다.

"맛있어. 정말 실력이 좋아졌구나."

"감사합니다. 그렇게 말씀해 주시니 기뻐요."

계란말이나 닭튀김도 맛있었다. 캬~. 남자를 휘어잡으려면 먼저 위장부터라는 말도 있는데 그 말의 의미를 잘 알 것 같다. 고기감자조림도 정말 최고다.

"정말로 맛있어. 매일 먹어도 안 질릴 거야."

"겨, 결혼하면 가능한 한 그렇게 할 생각이에요!"

뺨을 붉히며 자신의 도시락을 먹기 시작하는 루. 정말 고마운 일이야. 여러 의미에서 신에게 감사. 앗, 그러고 보니.

"지금 사쿠라의 기체를 만들고 있는데, 루는 어떤 스타일로 싸우고 싶어? 역시 쌍검을 살린 고기동형이려나?"

"글쎄요⋯⋯. 그것도 좋지만, 상황에 따라 임기응변을 활용하며 싸우고 싶어요. 에르제 씨, 힐다 씨, 야에 씨가 전방, 스우 씨, 사쿠라 씨, 린 씨가 후방이니, 린제 씨와 마찬가지로 저도 유격으로 참가하는 편이 좋지 않을까 해요."

"유격?"

"상황에 따라서 무기를 바꾼다든가, 근거리에서나 장거리에서나 대처할 수 있는 기체가 이상적이에요."

흐음. 그렇다면⋯⋯ 교체형인가? 상대나 전황에 따라 고기동 유닛이나 화력 무장, 중장갑 등으로 교체하여 유격에 나선

다라. 교체는 전이 마법으로 가능하니, 그에 따른 시간 손실은 해소할 수 있을 것 같다. 유격전 교체형이라. 나쁘지 않아.

"응. 그럼 그런 방향으로 진행해 볼게. 이번에는 용기사라 미안하지만."

본진 쪽에 서 있는 녹색으로 칠해진 용기사를 바라보았다. 엔데의 기체와 같은 형태의 기체지만, 이쪽은 여전히 구식인 프레임 기어다.

루라면 그 기동력을 살릴 수 있을 거라 생각해 남은 용기사를 주었다. 어디까지나 루의 기체가 완성될 때까지의 대용품 같은 것이다.

"잘 먹었습니다."

"별것은 아니었지만요."

텅 빈 도시락에 뚜껑을 덮고 보자기로 다시 쌌다. 식후의 차를 스스슙 하고 마시고 한숨 돌렸다.

"공왕 폐하, 공주님, 잠시 괜찮을까요?"

"아, 네. 가스팔 씨."

돌아보니 레굴루스 제국의 기사단장이자 외눈인 가스팔 씨가 서 있었다. 이번에는 레굴루스 안에서 일어난 일이라, 제국에서도 꽤 많은 수의 기사가 참전했다.

"사이가 매우 좋아 보여 안심이 됩니다. 이제 레굴루스도 브륀힐드도 평안하겠군요."

그렇게 말하면서 가스팔 씨가 호쾌하게 웃었다.

"무슨 일이 있었나요?"

"아니요. 무슨 일이 있었던 것은 아니지만……. 공왕 폐하, 우리 레굴루스 부대를 조금 더 늘릴 수 있도록 부탁할 수 있을까요?"

"? 왜 그러시죠?"

이번에는 평소보다 많은 27기의 중기사와 세 기의 흑기사, 총 30기를 레굴루스에 주었는데 그래도 부족하다는 걸까?

"실은 브륀힐드와 마찬가지로 레굴루스에서도 새로운 단원을 채용하였는데, 그들에게도 전쟁터를 경험하게 해 주고 싶습니다. 하지만 상급종도 나타난다는 현장에서 새로 채용한 자들을 앞에 세울 수는 없습니다. 하급종을 주로 상대할 새 기사들과 그들을 지도하는 기사의 부대를 하나 더 편성했으면 합니다."

그렇구나. 우리도 이번에는 프레이즈와의 전투를 경험시키기 위해 신입 기사 부대를 편성했다. 물론 상급종과 싸우게 할 생각은 없다. 이번에는 프레임 기어로 싸우는 방법을 배우고 전쟁터의 분위기를 체험하면 그것으로 충분하다.

"프레임 유닛으로 훈련은 끝낸 상태죠?"

"네, 물론입니다. 최소한 움직일 수 없으면 아무것도 할 수가 없으니까요. 둘러싸이지 않는 한 하급종에는 충분히 대처할 수 있으리라 생각합니다."

그래도 당할 때는 당할 테지만……. 제대로 지도한다면 괜찮으려나?

"알겠습니다. 중기사 아홉 기와 흑기사 한 기를 추가로 빌려 드리겠습니다. 파괴되면 수리비와 재료비는 받을 생각이지만요."

"감사합니다."

바빌론의 모니카에게 연락하여 '격납고'에서 열 기의 기체를 지상으로 전송해 달라고 부탁했다.

이번에는 상급종이 있다고는 하지만 수는 만 단위까지는 안 되는 듯하고, 이쪽에는 신형 기체도 있다. 그렇게까지 격전이 펼쳐지지는 않으리라 생각하지만, 사실 시작해 보지 않으면 알 수 없는 일이다.

가스팔 씨가 떠난 후, 루가 준 차를 한 잔 더 마셨다.

"레굴루스 쪽도 신입을 뽑았구나."

"그런 듯해요. 레굴루스는 지난 군부대의 반란으로 전력이 상당히 떨어졌으니까요……."

"그 장군도 참 쓸데없는 짓을 했어."

황제 폐하의 목숨을 노리고 '흡마의 팔찌'와 '방벽의 팔찌'를 이용해 악마를 소환하고, 군사 쿠데타를 일으킨 버즐 장군.

사건 후, 장군과 그를 따른 장교들도 처형되어 꽤 많은 수의 군부 관계자가 처벌을 받았다. 레굴루스는 기사단과 군, 이렇게 두 개가 존재했었는데, 군부는 지금 기사단의 관할하로 들어갔다는 모양이었다. 물론 불명예스러운 짓을 저질렀으니 당분간은 감시를 당해도 어쩔 수 없는 일이다.

다행히 이웃 국가와의 관계는 중간에 내가 끼어 있는 덕분도 있어 지금까지 없을 만큼 우호적이었다. 그래서 여러 외국의 침략을 위한 방어는 그렇게까지 필요하지 않은 모양이었다. 벨파스트는 물론, 로드메어나 라밋슈와도 우호적으로 교류하고 있으니까.

"제국에 있어 그 사건은 슬픈 일이었지만, 저에게는 토야 님과 만난 그리운 추억이 있는 사건이었어요. 좋지 않은 생각일 수도 있지만요."

"그러네. 분명히 그 사건이 없었으면 루와 못 만났을지도 몰라. 그런 점에선 그 장군에게도 감사해야 해야 하나? 좋지 않은 생각일 수도 있지만."

둘이서 얼굴을 마주 보고 웃었다. 이 아이와 만나서 잘됐다고 진심으로 생각했다.

루는 지기 싫어하는 노력가다. 한번 결정하면 생각을 좀처럼 바꾸지 않는 고집스러운 면도 있다. 하지만 자신보다도 먼저 다른 사람을 생각하는 다정한 여자아이다.

자연스럽게 서로 바라보는 형태가 된 우리는 누가 먼저랄 것도 없이 서로 다가갔고, 이윽고 루가 눈을 감았다. 그리고 나도 눈을……

"오오~. 두 사람 모두 참으로 대담하구먼……"

"쉿, 스우. 조용히 해."

"이런 모습을 보면, 조금 질투가 나는 법이군요……."

어디에선가 들려오는 작은 목소리를 들은 우리는 눈을 번쩍 뜨고 돌아보았다.

등 뒤의 바위 그늘에 숨어 스우와 린제, 그리고 린과 폴라가 이쪽을 엿보고 있었다.

"앗, 앗, 여러분, 언제부터 엿보고 있었나요?!"

얼굴을 새빨갛게 물들인 루가 세 사람 플러스 한 마리? 에게 강하게 물었다.

"가스팔 단장과 엇갈렸을 때부터였던가?"

"저, 점심은 어떻게 하고 계신가 해서, 두 사람에게 와 봤더니, 분위기가 좋아 보여, 서."

"나는 방해하지 말라고 했었어."

세 사람이 그렇게 대답하자, 린의 발밑에 있던 폴라가 엣헴 하고 헛기침을 하듯이 행동하더니 허리에 손을 대고 가슴을 폈다. 아니, 으스댈 상황은 아니잖아.

루가 양손으로 새빨개진 얼굴을 가리며 웅크렸다.

"우으으……. 부끄러워요……."

"부끄러워할 것은 없다고 본다만. 토야는 우리의 남편 아닌가. 부부가 사이가 좋은데 뭐가 부끄러운가?"

스우가 진심으로 이해를 못 하겠다는 듯이 고개를 갸웃했다.

"저는 아직 그런 영역에까지는 도달하지 못했어요……."

크으으, 하고 스우의 천진난만한 눈동자를 피하는 루. 그건 그렇다. 솔직히 나도 아직 거기까지는 도달하지 못했다. 어느 정도는 마음 편히 생각하게 되었지만.

"우리 달링은 별로 그런 일을 해 주지 않아서 익숙해지고 싶어도 익숙하기가 힘들어. 나도 더 스킨십을 해 줬으면 하는데 말이야."

"맞아요. 토야 씨는, 우리와 좀 더 러브러브하게 행동해야 한다고, 생각해요."

"뭐어?!"

세계에서도 손꼽힐 만큼 소심한 일본인으로서 그건 꽤 허들이 높아 보이는데……. 사람들 앞에서 러브러브하면 때때로 반감을 사기도 해요. '리얼충 폭발해라' 라든가 '죽어라' 같은 말을 하거나, 게시판에 글을 쓰는 사람도 있거든요?

"내 말이. 나도 더 꼬~옥 안아 줬으면 하네."

"저도, 팔짱을 끼고 마을을 걷거나, 찻집에서 '아~앙' 같은 걸 해 보고, 싶어요."

"어머, 좋은걸? 그 정도는 괜찮지 않을까?"

그러니까 그걸 모두가 보는 앞에서 하는 것은 허들이 높다니까요. '뭘 찰싹 붙어 다니는 거야?', '죽어라' 라는 말을 듣는다니까?

"사람들 앞이 아니면 되는 겐가? 그럼 지금 많이 안아 주게!"

스우가 달려와서 정면으로 나를 껴안았다. 앗, 누가 보지 않는다고 부끄럽지 않은 건 아니거든?!

"앗, 나, 나도."

"어머, 그럼 나도."

"앗, 뭐야?!"

꼬옥 하고 좌우의 팔에 린제와 린이 매달렸다. 헉, 닿았어, 닿았다고요! 왜 폴라까지 다리에 매달리는데?!

"치, 치사해요! 저도!"

"어어?!"

그렇게 말하며 루도 뒤에서 나를 껴안았다. 이게 뭐야?! 사면초가가 아닌 사면소녀라니, 이게 대체 무슨 상황이야?!

기쁘지 않은 것은 아니지만, 역시 부끄러워! 누가 좀 살려 줘!

〈공간의 균열을 확인! 프레이즈의 출현 징조 있음! 전원 지금 즉시 전투 준비에 들어가라!〉

경보가 울려 본진이 매우 분주해졌다. 린제 일행도 정신이 번쩍 들어 나에게서 떨어지더니, 자신의 기체로 달려갔다.

이건 프레이즈에 감사해야 하는 건가…… 미묘하다.

찰싹 달라붙어 러브러브하고 싶지 않은 건 아니지만…….

약혼자가 아홉 명이나 있는 주제에 절도 있는 교제를 하겠다는 것은 너무 새삼스러운 걸까?

아무튼 밖에서는 너무 달라붙지 말자. 죽고 싶지도, 폭발하고 싶지도 않으니까. 이 세계에서는 정말로【익스플로전】같은 것으로 폭발할 수도 있다.

나는 한숨을 한 번 쉬고 본진으로 걸어갔다.

◇ ◇ ◇

개틀링포에서 몇백 발에 달하는 정재 탄환이 발사되어 눈 앞에 펼쳐진 프레이즈들을 산산조각 냈다.

〈어머, 의외로 무르네.〉

그렇게 중얼거린 린은 자신이 조종하는 중화기 장비의 검은 프레임 기어, 그림게르데의 개틀링포를 이번엔 상공에서 나는 가오리형 프레이즈를 향해 겨누고 쏘아서 떨어뜨렸다.

그에 더해 지상의 다른 방향에도 흉부 장갑을 펼쳐 두 개의 개틀링포를 일제히 쏘았다.

어느 정도 다 쏜 뒤, 오버히트를 방지하기 위해 쿨타임에 들어갔다.

그 타이밍에 몇 대인가의 중기사가 나타나 그림게르데가 미처 부수지 못했던 프레이즈의 핵을 확실히 파괴했다.

린의 그림게르데에는 몇 가지 단점이 있다. 먼저 엄청난 화력을 발휘하기 위해서는 아군이 앞으로 나서서는 안 된다는 것. 말려들기 때문이다.

다음으로, 적이 겹친 위치에 따라서는 파괴하지 못하는 핵이 존재할 수도 있다는 것. 몸이 산산조각이 나더라도 핵이 무사하면 이윽고 재생되고 만다. 일점 사격을 할 수 있다면 딱 좋겠지만…….

그다음은 긴 시간 마구 쏠 수는 없다는 건가. 본체가 그 열과 충격을 버틸 수 없다. 그림게르데의 장갑은 정재를 기반으로 만들어져 있어서 자연 회복 기능은 있지만, 마구 쏘아서는 회복이 손상을 따라가지 못한다. 일정 시간 쿨타임이 필요해진다.

그래서 그것을 커버해 줄 사람이 필요했다.

상공에서 비행형 프레이즈가 움직임을 멈춘 그림게르데를 습격해 왔지만, 어디에선가 날아온 탄환에 맞아 그대로 지면에 고꾸라져 충돌했다.

〈덕분에 살았어, 고마워.〉

〈별말씀을요.〉

겸사겸사라는 듯이 그림게르데에게 다가온 프레이즈를 쓰러뜨리면서 비행 형태의 파란 헬름비게가 날아갔다. 린제인가.

린제의 기체는 그 능력을 살려 전쟁터를 날아다니며 다양한 장소에서 서포트를 해 주었다. 유격 포지션이다.

마찬가지로 지상에서는 루가 탄 녹색 용기사가 두 자루의 작은 칼을 양손에 들고 고기동 모드로 종횡무진 전장을 누볐다.

린 일행의 뒤에서는 또 다른 싸움이 펼쳐지고 있었다.

〈스타더스트 셸!〉

스우의 외침과 함께 오르트린데 오버로드가 치켜든 왼손에서 무수히 많은 별 모양의 빛이 발산하더니, 순식간에 질서정연하게 늘어선 빛의 방벽이 생겨났다.

공중에 떠 있는 잉어 형태의 중급종 프레이즈가 날린 빔을 그 무수한 별 방어벽이 완벽하게 막았다.

〈캐넌 너클 스파이럴!〉

발사된 오른팔이 탄환처럼 고속 회전하면서 잉어 형태의 프레이즈를 산산조각 냈다. 프레이즈를 꿰뚫은 오른손이 호를 그리며 오르트린데 오버로드가 있는 곳으로 돌아왔다.

회전이 더해진 건가. 어떻게 보면 올바른 개조이지만…….

기본적으로 스우의 오르트린데는 본진 방어에 전념하고 있다. 그러기 위해 높은 방어력을 갖추고 있는 것이기도 하고 말이다. 무엇보다 최연소인 스우를 가능한 한 전선으로 내보내고 싶지 않은 것도 있었다.

앗.

【플라이】로 전장을 날던 내 눈에 지상에서 밀리고 있는 부대가 들어왔다.

〈제5 부대, 하급종이라고 해서 혼자서 쓰러뜨리려고 하지 말아 주세요! 눈앞의 적뿐만이 아니라, 주변의 동료에게 더 주의를 기울이면서 서로 돕고 서포트해 주세요!〉

〈〈네!〉〉

스마트폰으로 명령을 내렸다. 제5 부대는 신입 기사 부대다. 아무래도 아직 집단전에는 익숙하지 않은 모양이네. 이런 국면에서는 둘러싸이지 않도록 잘 보고 움직여야 하는데……라고 모로하 누나가 말했어.

"【얼음이여 휘감아라, 결빙의 주박, 아이스바인드】."

제5 부대와 대치한 프레이즈를 향해 포획 마법을 발동했다. 프레이즈들의 발밑이 얼어 움직임이 일시적으로 멈추었다. 이런 짓을 해도 저 녀석들은 스스로의 다리를 파괴하여 탈출하지만, 일시적으로 발을 묶기에는 충분하다.

멈춘 프레이즈들에게 다가가 제5 부대의 중기사들이 잇달아 핵을 파괴했다. 좋아, 이쪽은 이거로 문제없겠지.

그렇게 생각했을 때, 본진에서 붉은 기체와 연보랏빛 기체, 그리고 오렌지색 기체가 날아왔다.

〈미안, 늦었지?〉

〈죄송합니다!〉

〈죄송해요!〉

에르제의 게르힐데, 야에의 슈베르트라이테, 힐다의 지그루네이다.

세 사람은 성에서 자고 있었으니, 어쩔 수 없다.

경장갑인 야에가 선두에 서서 손에 든 정재 칼로 정확하게 프레이즈들을 핵과 함께 베어 버렸다.

세 사람은 순식간에 전선(前線)에 도착해 잇달아 수정 악마를 물리쳤다.

〈폐하. 본진 정면의 1킬로미터 앞에 커다란 일그러짐을 확인했습니다. 상급종 출현의 징조가 아닐까 합니다.〉

"드디어 온 건가……. 모든 부대에 전달. 상급종 출현 포인트에서 멀리 떨어지도록.”

〈옛!〉

관측을 위해 본진에 있는 츠바키 씨의 연락을 받고 나는【스토리지】에서【유성우】_{미티어레인}용으로 만든 정재, ‘별’을 꺼내기 시작했다.

출현과 동시에 이 녀석을 모두 쏟아부을 생각이다. 이것으로 핵을 파괴할 수는 없겠지만 대미지를 주어 너덜너덜하게 만든 다음 총공격을 할 예정이다.

【롱센스】로 시야를 확대해 출현 포인트의 하늘에 공간의 균열이 발생한 사실을 확인했다. 납셨구나.

파키키키킥, 하고 유리에 금이 가듯이 공간에 균열이 확대되어 갔다. 이윽고 그것은 핑음과 함께 화려하게 깨졌고, 크게 빈 차원의 틈새에서 상급종이 모습을 드러냈다.

〈크가아아아아아아아아아!〉

쿠웅, 하고 대지가 울리고 보니, 작은 산처럼 거대한 몸을 빛내며 상급종이 하늘을 향해 포효했다.

부드럽고 둥근 곡선을 그린 등. 굵고 짧은 다리는 여섯 개. 길고 무수히 많은 가시가 달렸고 뱀처럼 흔들리는 꼬리, 등딱지 같은 몸에서 뻗은 머리.

거대한 거북이다. 땅거북 형태라고 하면 될까? 다리가 여섯 개고 등딱지의 가장자리에는 톱처럼 날카로운 날이 달려 있긴 하지만.

핵은…… 등딱지 안에 하나가 있는 건가? 둔탁하게 오렌지색 빛을 내뿜고 있었다.

"여전히 크네……. 하지만 표적이라면 큰 편이 더 좋지. 【유성우】."

땅거북 바로 위에 무수히 많은 【게이트】가 열리고 【그라비티】로 무게가 더해진 정재의 '별'이 떨어졌다. 그렇게 해서 대미지를 주려고 생각했는데 땅거북이 팔다리와 꼬리는 물론 머리까지 안으로 집어넣어 완전히 틀어박혔다. 게다가 등딱지 부분에 닿은 별이 그 곡선을 타고 지면으로 미끄러져 떨어졌다.

"켁. 저래도 돼……?"

거북이인 만큼 방어형 프레이즈라는 건가? 망연자실해 있는데, 틀어박힌 상태의 땅거북이 긴 꼬리만을 쑥 빼내서 세웠다. 그리고 등딱지 끝에 있는 무수히 많은 가시를 미사일처럼 사방팔방에 발사했다.

"으, 위험해! 피해라!"

가시가 공중에서 분리되고, 거기서 또 분리되어 몇백 발에 달하는 수정 화살이 클러스터 폭탄처럼 주변에 쏟아져 내렸다. 젠장. 답례라는 건가!

【유성우】에 말려들지 않기 위해 모두에게 거리를 벌려 두라고 한 것이 다행이었는지, 그다지 피해를 보지는 않았다. 그래도 몇 기인가가 행동 불능이 되어 기체의 색이 변해 갔다. 전이 마법으로 탑승자가 탈출했을 때의 반응이다.

〈큭, 부서져라!〉

땅거북의 발밑으로 달려든 에르제의 게르힐데가 오른팔의 파일벙커로 혼신의 힘을 다해 한가운데 있는 다리를 때렸다. 한 번 공격한 것으로는 대미지가 없어 보였지만, 두 번째 공격 때 다리 하나가 부서졌다.

하지만 다리가 여섯 개여서 한쪽 다리가 부서져도 균형이 무너지지는 않았다. 내가 【슬립】을 걸면 쓰러뜨릴 수 있겠지만, 저 위치라면 에르제가 밑에 깔릴 가능성도 컸다.

곧장 에르제가 그 자리에서 후퇴하고, 에르제가 부순 쪽의 나머지 다리 하나를 힐다와 야에가 함께 좌우에서 촤악 하고 베어 버렸다.

한쪽의 다리 세 개 중 두 개를 잃은 땅거북이 균형을 잃고 야에 일행이 있는 쪽으로 쓰러지기 시작했다. 야에와 힐다는 깔리지 않기 위해 바로 탈출했고, 땅거북의 몸은 대각선으로 기울었다.

땅거북은 움직일 수 없는 상태에서도 입을 크게 벌렸다. 그러자 급속하게 빛의 구슬이 그곳으로 모여들었다. 아차, 저걸 쏠 생각인가?!

린의 그림게르데가 땅거북에게 개틀링포를 쏘았지만, 등딱지에 맞은 탄환은 방향을 바꾸어 다른 곳으로 튀어 버렸다. 아무래도 저 등껍질은 굉장히 딱딱하고, 그 형태 덕분에 공격도 받아넘기는 성질을 가지고 있는 듯했다. 스피카 씨의 방패와 비슷한 건가.

〈캐넌 너클 스파이럴!〉

본진 앞에서 달려온 스우의 오르트린데가 로켓 펀치를 날렸다. 옆얼굴에 부딪힌 황금 주먹이 땅거북의 머리를 산산조각 냈다.

빛의 구슬은 흔적 없이 사라졌고, 목 위쪽이 없는 머리 부분이 크게 흔들렸다. 스우, 나이스!

하지만 다리와 함께 머리도 이미 재생되기 시작했다. 역시 핵을 부수지 않으면 아무 소용이 없다. 자, 어떻게 하면 좋을까……

생각에 잠겨 있는데, 품 안의 스마트폰이 울렸다.

〈토야. 그걸 써 보지 않겠나?〉

박사의 통신이 도달했다.

"그거라니…… 그거? 로제타가 만들었다고 하는 비밀 병기. 하지만 그건 상당히 마력을 소모한다고……"

〈맞아. 린제와 린이 같이 해야 겨우 한 발을 날릴 수 있는 물건이지만, 해 보지 않는 것보다는 낫잖아? 덧붙이자면 두 사람에게는 이미 확인을 받았어. 나머진 너에게 달린 상태지.〉

우, 움. 곧장 실전에서 사용하는 것은 피하고 싶었지만 어쩔 수 없다.

린제와 린, 두 사람 앞에 전송된 그 '대포'를 좌우에서 감싸듯이 헬름비게와 그림게르데 기체가 붙들었다. 그리고 포신에서 지면으로 갈고리 모양 같은 앵커가 발사되어 충격에도 버틸 수 있도록 고정되었다.

이것이 거대 마포(魔砲) '브류나크'였다. 프레임 기어의 세 배 가까운 포신을 지니고 있으며, 막대한 마력으로 강화한 【익스플로전】으로 특수 가공된 탄환을 발사한다. 그에 더해 【스파이럴 랜스】 마법으로 탄환에 강력한 회전력이 더해졌다.

마력을 충전하는 데 시간이 걸리고 포신 자체가 상당한 대미지를 입기 때문에 연사는 할 수 없다는 듯했다. 일격필살의 무기라는 거다.

"두 사람 모두 준비는 됐어?"

〈괜찮, 아요.〉

〈맡겨 둬.〉

린제가 불 속성, 린이 바람 속성의 마법을 '브류나크'에 주입했다. 포신 측면에 있는 마력 충전 미터가 점차 상승해 갔다.

〈충전율 75퍼센트…… 80…… 85…… 90…….〉

박사의 목소리를 들으면서 눈앞의 땅거북을 바라보았다. 노림수는 일직선으로 가면 핵이 있는 목 부분. 등딱지에서 목이 뻗어 나와 있는 부위. 저기라면 튕겨 낼 수 없다.

머리와 다리의 재생이 진행되었다. 완전히 재생이 끝나기 전에 처리해야 해.

〈충전율 100퍼센트.〉

"좋아, 발사!"

'브류나크'가 엄청난 굉음을 울리며 성대하게 불을 뿜었다. 그와 동시에 포신의 이곳저곳에 균열이 발생하기 시작했다. 발사된 거대 탄환은 노림수대로 땅거북의 목 부분에 작렬했다. 좋아! 이제부터가 '브류나크'의 진면목이다.

나선상으로 홈이 파인 탄두가 작렬하자마자 고속 회전을 시작했다. 저건 이른바 드릴탄이다. 발사된 기세를 그대로 유지하며 탄환은 상급종 프레이즈의 몸을 부수고 회전하면 돌진해 갔다.

이윽고 곧장 핵에 도착해 그대로 오렌지색 핵을 아주 쉽게 산산조각으로 분쇄하고 탄환은 꼬리 쪽으로 빠져나갔다.

핵이 부서진 상급종은 온몸에 균열을 일으키며 후드드득 호들갑스럽게 무너져 내렸다.

부서진 수정 조각이 햇빛을 반사해 반짝반짝 빛났다. 수정 땅거북은 잔해의 산으로 변해 레굴루스 평원에서 그 사체를 드러냈다.

"간신히 해치운 건가……."

푸쉿! 하고 '브류나크'가 증기 같은 흰 연기를 내뿜었다. 냉각 장치가 발동한 건가? 헬름비게도 그림게르데도 한쪽 무릎을 꿇고 움직임을 멈췄다.

"두 사람 모두 괜찮아?"

〈가, 간신히요…….〉

〈이거, 엄청나……. 마력을 전부 다 가져가 버렸어. 두 발을

쏘는 건 도저히 불가능하겠는걸?〉

우리 나머지 멤버 중에 사용할 수 있는 사람이라고 한다면 유미나와 사쿠라 정도인가. 내가 하면 프레임 기어 자체를 붕괴시킬 뿐만 아니라 쏘기 전에 '브류나크'도 폭발할 가능성이 높다니, 아무래도 시도해 볼 수는 없었다.

그래도 아직 개량의 여지가 있으니, 나중에는 더 사용하기 쉬운 물건이 될지도 모른다. 그건 박사에게 맡겨 두자.

"좋아. 상급종은 해치웠어. 토벌전에 들어가자."

〈네!〉

나머지 프레이즈들을 각국의 프레임 기어가 쓰러뜨려 갔다. ……하지만 이번에 나는 아무것도 안 했네.

신형기도 이것으로 여섯 기가 되었고, 모두도 어느 정도 프레이즈와의 싸움에 익숙해졌으니까. 그렇게 고생하지는 않았던 것 같다.

이것으로 일단은 안심인가 하고 한숨 돌린 순간, 주변에 있던 프레이즈들이 일제히 움직임을 멈췄다. ……뭐지?

〈토야 씨, 저기요!〉

린제의 헬름비게가 가리킨 방향의 하늘이 갈라지며 상급종이 나타날 때보다도 커다란 파괴음이 울려 퍼졌다. 이건 설마……!

공간에 뚫긴 구멍에서 튀쳐나온 그 녀석은 조용히 지면에 내려오더니 주변을 두리번거리며 돌아보기 시작했다.

단단한 피부와 결정 같은 머리카락. 온몸이 수정으로 뒤덮인 프레이즈들의 정점에 군림하는── 지배종.

내가 본 지배종은 이것으로 네 명째다. 엔데에게 분노를 쏟아낸 여성형 지배종 네이. 전투광인 남성형 지배종 기라. 그리고 엔데와 행동을 함께하는 방관자인 여성형 지배종 리세.

눈앞의 지배종은 얼굴은 반듯했지만, 아마도 남성형인 듯했다. 프레이즈에게 성별의 의미가 있는지 어떤지는 모르겠지만. 겉모습은 장발의 곱상한 남성처럼 보였지만 눈은 얼음 같았다.

우리는 지상에 내려온 그 지배종과 대치했다. 지배종의 눈이 이쪽을 향했지만 표정에는 전혀 변화가 없었다.

지배종은 느릿한 움직임으로 나를 가리키더니, 꼬치로 만들려는 듯이 갑자기 그 손가락을 뻗어 왔다.

"?!"

가차 없이 얼굴을 향해 뻗어 온 손가락을 신기를 두른 브륀힐드로 쳐냈다. 갑자기 뭐야?! 평범한 사람이었으면 틀림없이 죽었을 거야……!

공격이 막히자, 지배종이 부서진 손가락을 보고 조금 표정을 바꾸었다. 살짝 놀란 정도의 변화일 뿐이었지만. 그 손가락도 순식간에 재생되었다.

"……흐음. 보아하니, 네가 엔데뮤온의 협력자인가……."

"말을 할 수 있어……?"

"말은 기라가 포착했으니 말이지. 기라가 말한 토야가 너인가?"

"……그래, 맞아."

어떻게 처음 보는 사람의 이름을 아는 거야? 기라 녀석이 떠벌리고 다닌 건가? 쳇. 그 자식. 혀를 차면서 전투광인 지배종에게 험담을 했다.

"나는 기라와는 달리 네놈에겐 흥미가 없다. '반동'이 오기 전에 해야 할 일이 있다. 방해하지 마라."

'반동'……. 파도가 바다로 돌아가듯이 지배종이 또 차원의 틈새로 돌아가 버리는 현상. 엔데가 말하길 몇 번이나 이쪽에 나타나면 점점 시간이 짧아져, 이윽고 이 세계에 고정되어 버린다는 모양이었다.

지배종은 간단히 이쪽 세계에 존재할 수 없다는 말이지만, 지난번의 기라 때조차 30분 가까이는 이쪽에 있었으니……. 성가시다는 점에서는 변함이 없다. 그렇다면 여기서 쓰러뜨리겠다.

"그쪽의 사정은 잘 모르지만 가만 내버려 둘 수는 없어."

【텔레포트】를 사용해 지배종의 등 뒤로 돌아갔다. 그대로 정수리 쪽을 쪼개서 일도양단하려고 했지만 직전에 피해서 지배종의 오른손을 잘라내는 것이 고작이었다.

나에게서 거리를 벌린 그 녀석은 이번에야말로 정말 놀랐다는 듯한 눈으로 나를 바라보았다.

"······오호라. 기라가 동요한 데는 다 이유가 있었군."

어깨 아래쪽에서부터 잘려 나간 오른팔이 다시 재생되었다. 쳇. 이 녀석도 평범한 프레이즈보다 재생이 빨라.

"기라와 달리 나는 싸움을 통해 기쁨을 발견하는 쪽이 아니라서 말이야. 역시 너에게는 흥미가 없다."

"······ '왕'의 핵에만 흥미가 있는 거야?"

"이전에는 말이지."

"뭐?"

무슨 말이야? 하고 되물으려고 했을 때, 이쪽을 향해 갈치 모양의 프레이즈가 날아오고 있다는 사실을 깨달았다.

그것에 정신을 빼앗긴 사이에 지배종 남자는 나에게 순식간에 접근한 뒤, 가까운 거리에서 바탕손을 앞으로 뻗어 공격했다.

"큭!"

순간적으로 왼팔을 이용해 그 공격을 막았지만, 엄청난 충격을 받아 나는 뒤쪽으로 날아가 버렸다. 정말 엄청난 힘이야······!

추격을 막기 위해 바로 자세를 바로잡았다. 하지만 지배종 남자는 나에게 추가 공격을 하지 않고 그 자리에서 뛰어올라 갈치 프레이즈의 등에 화려하게 올라탔다.

"'반동'이 오고 있다. 역시 너를 상대할 시간은 없겠군. 내 이름은 유라. 언젠가 또 만날 일도 있겠지."

유라라고 이름을 밝힌 지배종은 그대로 갈치를 타고 날아갔다. 큭, 놓칠까 보냐!

【플라이】를 발동하여 뒤쫓아 갔다. 계속 날아 공중에서 그 뒷모습을 포착했다고 생각한 순간, 현기증이 날 듯한 섬광이 유라의 몸에서 발산되었다.

"읔?!"

강렬한 빛에 눈이 부셔서 시야가 새하얗게 변했다. 이윽고 눈이 원래 시력을 되찾았을 때는 유라의 모습이 그림자조차 보이지 않았다. 눈속임인가?!

"검색! 비행 프레이즈!"

〈검색 종료. 네 건입니다.〉

스마트폰이 표시한 장소 중, 세 건은 조금 전의 전장. 그렇다면 엄청난 속도로 서쪽을 향해 멀어져 가는 것이 유라가 타고 있는 비행 프레이즈인가?!

나는 일직선으로 그쪽을 향해 갔다. 3분 정도 날아 간신히 갈치 프레이즈를 따라잡았다. 갈치 프레이즈는 빙글 하고 돌아 이쪽을 향해 레이저 빛을 발사했다. 하지만 그 뒤에는 유라의 모습이 없었다.

"방해하지 마라!"

중급종에 지나지 않는 갈치 프레이즈에게 신기로 강화한 브륀힐드의 정재탄을 쏘아 핵까지 단번에 부숴 버렸다.

산산조각이 난 프레이즈가 반짝반짝 빛을 반사하면서 지상으로 떨어졌다.

"주변 검색. 지배종."

〈……검색 종료. 0건입니다.〉

없어? 어떻게 된 거지? '반동'이 일어나 이쪽 세계에서 튕겨 나간 건가? 아니면 그 녀석에게는 탐지 마법을 막는 방법이 있는 건가? 녀석의 목적은 대체…….

욱씬 하고 왼팔에 격렬한 통증이 느껴졌다. 부러졌구나. 쫓아가는 데 정신이 팔려 눈치채지 못했다. 회복 마법을 걸자 금방 통증은 가셨다.

'반동'이 있는 이상, 현재 단계에서는 저 녀석이 이쪽 세계에 그대로 머물 수는 없다. 곧 차원의 틈새로 되돌아갈 수밖에 없겠지. 하지만 그 짧은 시간을 사용해 그 녀석은 뭘 하려고 했던 걸까.

생각해 봐도 대답은 나오지 않았지만, 나는 무언가 불길한 감각에 휩싸였다.

"으음, 되돌아온 건가."

'반동'으로 차원의 틈새로 돌아가게 된 유라가 무심하게 중얼거렸다. 조금 방해받기는 했지만 목적은 달성해서 문제가 없다고 생각했다.

"여. 건너편 세계는 어땠지? 재미있는 거라도 있었나?"

틈새의 어둠 속에서 기라가 말을 걸었다. 유라는 그 모습을 슬쩍 보고 숨을 한 번 내쉰 다음 말했다.

"네놈이 말한 토야라는 녀석을 만났다. 확실히 강하더군. 팔이 하나 잘렸어."

"카카. 봐라. 이 몸의 눈은 확실했잖아. 미리 말해 두지만 그것과 '왕'의 핵은 이 몸의 사냥감이다. 손을 대면 너라도…… 부숴 버릴 거다."

"마음대로 해. 나는 양쪽 다 흥미 없으니까."

"흥. 여전히 뭘 생각하는지 알 수 없는 녀석이군. 아무튼 방해하지 않는다면 불만은 없다."

혀를 차며 다시 어둠 속으로 기라가 사라져 갔다. 강한 자와 싸우는 것, 그리고 그것을 굴복시키는 것. 기라의 머릿속에는 그런 것밖에 없다.

유라는 자신은 다르다고 생각했다.

유라도 힘을 원했다. 하지만 그것은 기라처럼 직접적인 힘이 아니었다. 유라가 원하는 것은 어떠한 존재든 굴복시킬 수 있는 절대적인 힘이었다.

이전에는 '왕'의 핵을 손에 넣어 다른 지배종을 포함한 프레이즈 모두를 지배하는 것이 그 힘이라고 생각했다. 그러기 위해 유라는 '왕'이 파기하고 은폐한, 차원을 건너 세계의 결계를 깨는 방법을 되살렸다.

 하지만 세계를 건너 다양한 종족과 싸우게 되면서 유라의 마음속에는 허무함이 샘솟았다.

 '왕'의 핵을 손에 넣고 그 힘을 자신의 몸에 받아들여도 어차피 프레이즈라는 한 종족의 정점에 군림하는 존재에 지나지 않는다. 세계 하나를 지배하는 정도에 불과하다. 그렇다면 그 이상의 힘을 손에 넣으려면 어떻게 하면 좋은가?

 간단한 일이다. '왕'보다도 더 높은 존재가 되면 된다.

 다양한 세계에서 유라는 자신들이 파악하지 못한 존재를 느꼈다. '신'이라고 불리는 존재다.

 그 모습은 확인하지 못했고, 존재하는지조차도 확실하지 않다. 하지만 그 힘의 편린은 세계의 여기저기에서 볼 수 있었다. 그것은 성검이라고 불리는 것이거나 신기라고 불리는 것이었지만, '신'이라는 사념이 깃들어 있다는 것은 확실했다.

 그리고 유라는 이번 틈새가 만들어지기 전에 어떤 파동을 느꼈다. 프레이즈인 듯하면서 전혀 다른 공명음. 흥미를 끈 것은 그 파동 안에 '신'의 냄새가 나는 것이 있었다는 점이다. '그것'은 마치 유라를 부르는 것처럼 공명을 계속했다.

 그리고 이번에 그 파동원 근처의 틈새에서 저편으로 나가려고 한 상급종에 편승하여 유라는 결계를 억지로 통과했다. 그리고 간신히 '반동'이 일어나기 전의 짧은 시간 동안 '그것'을 회수할 수 있었다. 도중에 방해가 들어오긴 했지만, 이렇게 '그것'은 유라의 손안에 있다.

　유라의 손 위에는 황금으로 빛나는 알 같은 것이 있었다.

　"? 뭐지?"

　알이 작게 떨리는가 싶더니 주륵 하고 녹아 유라의 손에서 떨어졌다.

　이윽고 그 아메바 같은 황금 덩어리는 어둠 속에서 점점 증식해 형태를 만들었다.

　그리고 매우 마르고 머리가 하얀 노인이 유라 앞에 모습을 드러냈다. 탁한 눈동자가 유라를 보며, 이윽고 주변을 둘러보기 시작했다.

　"이곳은…… 차원의 틈새인가. 그렇군. 이곳이라면 녀석들에게 발견될 일도 없겠지."

　"……누구냐?"

　"나 말인가? 나는…… 신이다."

　어두운 황금색 신기를 흔들며 그렇게 대답한 노인을 보고 유라는 엷게 미소를 지었다.

"이건 참 심각하네요～……."

격납고에 회수된 린제의 헬름비게와 린의 그림게르데를 올려다보면서 로제타가 한숨을 쉬며 중얼거렸다.

"기체 손상이 심각해요. 역시 '브류나크'의 대미지가 영향을 준 모양이에요."

"부품을 다 교체해야 돼? 이게 다 로제타가 그런 걸 만들어서……."

"무슨 말씀을?! 거대한 대포는 전쟁의 꽃! 설사 효율이 나쁘더라도, 연비가 나쁘더라도, 그곳에는 로망이 넘치잖아요!"

로제타와 모니카가 서로 말다툼을 시작해서 혹시나 이쪽으로 불똥이 튈까 봐 나는 슬금슬금 바빌론의 '격납고'에서 도망쳤다.

나로서는 '브류나크'가 있었던 덕분에 그 땅거북형 프레이즈를 쉽게 쓰러뜨릴 수 있었으니 상당히 고마운 무기였지만.

상급종에 대한 공격 방법을 조금 더 생각해 봐야 할 필요가 있으려나? 매번 '브류나크'를 쏴댈 수도 없으니……. 이번에는 핵이 하나였으니 망정이지, 여러 개가 있었으면 번갈아 가며 재생되어 버리니 사용할 수 없다. 게다가 쏠 때마다 기체가 부서져서는 비용면에서도 좋지 않고 말이지.

가장 큰 문제는 너무 큰 상급종이면 무기가 핵까지 닿지 않는다는 건가. 창처럼 긴 무기가 필요할까? 하지만 그렇게 큰 무기는 스우의 오르트린데 오버로드 정도 외에는 장비되어 있지 않다.

스우에게는 가능하면 방어 쪽을 맡기고 싶지만……. 역시 '브류나크' 같은 사출 무기는 어쩔 수 없이 필요한 건가?

나도【유성우】이외의 공격 방법을 생각해 둬야겠어. 이번 같은 일이 또 있을 수도 있으니까.

스우는 '해머! 해머! 거대한 해머를 만들어 주게!' 라고 말했지만, 만들었다고 해서 상대를 빛으로 만들어 소멸시키는 효과는 없다. 그건 스우가 본 애니메이션의 효과일 뿐…….

딱 멈춰서 잠깐 생각을 해 보았다. 스마트폰으로 인터넷 검색을 하여 로봇 애니메이션의 설정 사이트를 살펴보았다.

"강력한 중력파…… 광자(光子)로까지 분해……."

【그라비티】를 응용하면…… 가능할까? 박사에게 말하면 가능할 것도 같은데, 으~음……. 가능하면 가능한 대로 무시무시한 물건이 될 것 같은 느낌이…….

아무튼 나중에 이야기해 보자. 혹시 모를 상황이 있으니, 싸울 수 있는 수단은 많은 편이 좋다. 이게 승리의 열쇠가 될지도 모르는 거고.

엄중하게 관리할 필요는 있겠지만.

지상으로 돌아가 왕성의 복도를 걷고 있는데, 신입 여자 닌자인 세 여자아이들이 이쪽으로 다가왔다. 으~음. 사루토비호무라, 키리가쿠레 시즈쿠, 후마 나기다.

"저어, 폐하! 부탁이 있습니다!"

그렇게 말하며 호무라 일행이 그 자리에서 일제히 무릎을 꿇고 넙죽 몸을 굽혔다. 잠깐, 대체 뭐, 뭔데?!

"저희에게도 부디 대장이 가지고 있는 통신용 마도구를 주셨으면 합니다!"

"부탁합니다~."

이어서 시즈쿠와 후마도 그렇게 부탁했다. 대장이라면 츠바키 씨를 말하는 건가? 통신용 마도구라면 ……아, 스마트폰을 말하는 거구나.

"……일단 물어보겠는데, 이유는?"

"네. 저희는 첩보 활동을 위해 다양한 장소에 침입하거나 멀리 나가야 할 일이 많습니다. 동료와 멀리 떨어져 있어도 연락할 수 있는 그 도구는 매우 큰 도움이 되겠죠. 그러니까……."

시즈쿠가 시원스럽게 대답했다. 오호라. 물론 그걸 모르는

것은 아니다. 사진이나 녹음 기능이 있으면, 잠입 부대에 큰 도움이 된다.

"너희는 지금 어디를 정탐하고 있었더라?"

"산드라 왕국입니다. 아무래도 묘한 소문이 들려서……. 세 사람 모두 내일 출발할 예정입니다."

산드라 왕국이라……. 그 나라는 아직도 노예 제도를 운영하고 있는 곳으로, 유론이 없어진 지금으로서는 세계 유일의 노예 왕국이었다.

엄격한 계급 제도가 있는데, 계급이 하나라도 다르면 아랫사람은 윗사람에게 절대로 거역할 수 없다는 모양이었다. 그 나라는 다른 나라와는 전혀 교류하지 않기 때문에 독자적인 문화가 형성되어 있다.

그 나라가 가지고 있는 '노예의 초커 목걸이'라는 마도구. 그것으로 주인에게 거역할 수 없는 노예를 만들어 노동력으로 사용하는 나라다.

산드라의 인구는 국토의 면적에 비해 적다. 그것도 3분의 1은 노예라고 한다.

노예는 전 세계에서 모아들인다고 한다. 항간에는 '딸이 사라졌다면 먼저 산드라에 가 봐라'라는 말이 있을 정도다. 엘프나 드워프 등, 보기 드문 종족은 비싼 값에 거래되고 있다는 모양이다.

무참한 이야기지만, 노예는 도구라 혹사해서 못 쓰게 되면 새로운 노예를 사들이면 그만이었다. 오래된 신발을 새 신발로 갈아 신는 감각 정도에 불과하지 않을까?

솔직히 말해 별로 관심을 두고 싶은 나라는 아니지만…….
'노예의 초커 목걸이' 의 피해는 다른 나라까지 미치고 있었다. 실제로 우리가 관할하는 던전의 섬에서도 노예 상인이 모험자를 납치하려고 하기도 했었고 말이다.

"맞아……. 첩보 부대에는 필요하려나? 잠깐만 기다려."

일이 잘못되어 이 아이들이 노예가 되는 사태만큼은 피하고 싶었다. 나는 츠바키 씨에게 연락해서 안뜰 쪽으로 와 달라고 부탁했다.

여자아이 세 사람을 데리고 안뜰로 가 보니 이미 그곳에는 츠바키 씨가 서 있었다. 빨라! 역시 닌자.

"그래서 다른 첩보부의 기사들에게도 건네주기로 했습니다."

츠바키 씨는 그 말을 듣고 여자아이 세 사람을 흘끔 노려보았다. 상의도 없이 나에게 탄원을 해서 화가 난 것인지도 모른다. 세 사람 모두 위축되어 있었다.

"자자, 그러지 마세요. 언젠가 기사단 모두에게 줄 생각이었거든요. 하지만 역할이 역할이니, 첩보 부대는 먼저 주는 것으로 하죠."

"……폐하께서 그렇게 말씀하신다면야……. 확실히 도움이 됩니다. 감사합니다."

일단 스마트폰에는 귀환 마법이 부여되어 있어 떨어뜨리거나 잃어버려도 본인의 손으로 되돌아온다. 만에 하나…… 그래, 만에 하나지만, 우리 기사가 이것을 가지고 도망쳐 버려도 내 의지로 내가 있는 곳으로 오게 만들 수도 있다. 따라서 도난을 당할 우려는 없다.

시리얼 넘버도 새겨 두었으니, 누구에게 건네주었는지도 알 수 있고 말이다.

【스토리지】에서 각국의 왕과 츠바키 씨에게 건네주었던 물건의 간이판이라 할 수 있는 스틸그레이 색의 스마트폰을 열 개 정도 꺼내 츠바키 씨에게 건네주었다.

"자, 이건 너희 거야. 각각의 번호는 '설정'의 '전화'를 보면 알 수 있어."

나는 그렇게 말하며 여자아이 세 명에게 스마트폰을 직접 건네주었다. 나에게서 건네받은 스마트폰을 보고 여자아이 세 사람은 반짝거리는 눈으로 소란스럽게 떠들며 기뻐했다. 그러자 또 츠바키 씨가 눈빛으로 여자아이들을 나무랐다.

"그리고 첩보 부대용 탈것을 드릴게요."

나는 【스토리지】에서 꺼낸 이른바 '마법의 양탄자'를 세 장정도 꺼내 츠바키 씨에게 건네주었다. 이건 모습을 보이지 않게 하는 【인비저블】 효과도 있어 매우 편리하다.

벽에 딱 등을 붙이고 이 양탄자로 몸을 숨기면 벽에 몸을 감추는 술수도 가능해지지 않을까? 물론 건드리면 들키겠지만.

산드라의 사막까지는 내가 【게이트】로 바래다주지만, 무슨 일이 있으면 이것으로 도망쳐 오면 된다.

"하나부터 열까지 감사합니다."

"아니요. 유론 때처럼 대처가 늦는 것보다는 낫죠. 그 나라에는 어두운 소문이 항상 따라다니니까요. 무슨 일이 일어난 다음에 늦는 법이잖아요."

노예를 묶어 두는 '노예의 초커 목걸이'. 말하자면 그것이 그 나라의 기반이다.

그리고 나는 그것을 해제할 수 있다. 아직 그 사실이 알려지지는 않았지만, 알려지면 일이 성가셔질지도 모른다.

'브륀힐드에 가면 노예에서 해방된다' 같은 소문이 퍼지면, 산드라 왕국이 적대시하게 될지도 모르고, 또 유론처럼 암살자를 보내는 바보 같은 사람이 없다고도 할 수는 없다.

이번에도 비슷한 일을 당하면 어떤 수를 써서라도 흑막을 밝혀내 대가를 치르게 할 거지만.

"솔직히 말해 어떤가요? 산드라 왕국은."

"저의 시점에서 말씀을 드릴 수밖에 없지만……. 왕을 정점으로, 완벽한 지배를 통한 계급 제도이기 때문에 부자인 자는 더욱 부자가 되고 가난한 사람은 희망이 하나도 없는 환경입니다. 태어날 때부터 계급이 정해져 있는 겁니다. 아무리 능력이 있어도 노예의 아이는 노예이고, 시민의 아이는 시민입니다. 계급이 떨어지는 일은 있어도 올라가는 일은 없습니다."

다른 나라 역시 귀족이 사는 구획과 일반 시민이 사는 구획 등은 나뉘어 있기도 하다. 그것 자체는 드문 일이 아니지만, 다른 나라에서는 능력이 있으면 출세하는 것이 가능하다.

슬럼가 출신인 자가 모험자가 되거나, 명성을 얻어 기사가 되는 일도 어렵긴 하지만 불가능하지는 않다. 우리도 마찬가지다.

"시민인 자는 그나마 나라를 버리고 다른 나라로 도망칠 수 있지만, 노예는 그렇게 하지 못합니다. 죽을 때까지 일해야 하고, 만족스럽게 음식도 제공받지 못한 채, 죽어 가는 것이 보통입니다.

"기분 나쁜 이야기네요."

대신할 사람은 얼마든지 있다. 그렇게 생각하는 걸까.

"산드라의 왕에 대한 평판은 어떻죠?"

"평판이고 뭐고, 산드라 왕에 대해 제대로 이야기하는 사람은 없었습니다. '왕은 굉장한 인물', '감사하는 마음뿐이다', '우리의 태양이다'라고 뻔한 말을 할 뿐이었습니다."

"그게 그 사람들의 본심인가요?"

"글쎄요……. 계급이 높은 사람은 진심으로 그렇게 말했을지도 모르지만, 계급이 낮은 사람은 함부로 말했다가 노예로 전락하고 싶지 않을 테니까요."

계급이 높은 사람을 비난하는 것은 허용되지 않는다는 말인가. 그렇다면 간언하는 부하도 없을 것 같네. 나는 매일 혼나기만 하는데.

"그리고 산드라의 군사력도 얕볼 수 없습니다. 마수 전사단은 성가십니다."

"아, 그렇구나. '노예의 초커 목걸이'는 원래 마수를 기르고 따르게 하려고 만들어진 거죠?"

마수 전사단. 그 이름대로 마수를 '노예의 초커 목걸이'로 따르게 하는 전사단이다. 산드라는 다른 나라와는 교류가 없으므로 침략하는 일도 당하는 일도 거의 없다.

하지만 마수가 많은 사막 그리고 대수해와 접하고 있는 환경이라 매우 위험한 마수가 어슬렁거리는 토지이기도 했다.

그것을 물리치기 위해 마수 전사단이 존재다. 하지만 어이없게도 전사단은 이름뿐, 기수가 될 마수가 '노예의 초커 목걸이'에 따르고 있는 것은 물론 거기에 타는 전사도 노예가 많다. 즉, 노예 병사인 것이다.

위험한 일은 모두 노예에게 시킨다는 건가.

"그런 위험한 나라에 모두를 그다지 보내고 싶지는 않지만……."

"괜찮아요. 매일 정기적으로 연락할 거고, 위험해지면 바로 도망쳐 올 테니까요. 첩보 기관의 가장 큰 임무는 정보를 가지고 돌아오는 거잖아요!"

호무라가 그렇게 말하며 가슴을 폈다. 괜찮으려나……?

◇ ◇ ◇

"그러고 보니, 토야. 요즘에 산드라 왕국을 조사하고 있다고?"

"그래. 짐도 그것에 관해 묻고 싶었네."

"다들 귀가 밝으시네요……."

벨파스트 국왕과 레굴루스 황제의 말을 듣고 무심코 어이없다는 듯이 그렇게 말했다.

동서 동맹의 정례회의 뒤, 오랜만에 각국의 대표가 유유자적하게 시간을 보내고 싶다고 해서 저녁까지 유희실을 개방해 두었다.

나와 벨파스트 국왕, 레굴루스 황제, 미스미드 수왕은 마작탁자를 둘러쌌고, 레스티아 기사왕과 리니에 국왕은 젊은 왕끼리 당구를 쳤다.

로드메어 전주 총독과 리프리스 황왕은 유희실 구석에 있는 방음 구역에서 소스케 형이 연주하는 피아노와 클레아 씨의 요리에 흠뻑 빠졌고, 라밋슈 교황은 그 반대편 구석에서 카렌 누나나 모로하 누나, 코스케 숙부나 카리나 누나와 신에 관한 이야기를 나누었다. 참고로 스이카는 소파에서 술병을 끌어안고 잠을 자는 중이다.

"뭐, 산드라를 조사하는 사람은 토야뿐만이 아니니까. 앗,

수왕, 그건 평."

"그 나라에 피해를 보고 있는 곳이 많으니…… 영차."

"그런가요?"

이야기를 들으면서 나는 눈앞의 산에서 패를 하나 모았다. 필요 없네. 버리자.

"유론이 사라지고 점점 더 많은 노예 상인이 모인다고 들었네. 레굴루스에서도 노예 상인에게 납치된 것으로 보이는 사건이 몇 건이나 보고되었지."

"우리도다. 도적단이 마을을 습격해 젊은 남자와 여자, 아이들을 납치해 가는 사건이 있었어. 뒤에 노예 상인이 연관된 것은 틀림없지. 수인은 전투력이 높은 노예가 되니 말이야. 그리고 그 노예 상인의 온상이 바로 산드라다."

확실히 미스미드는 대수해를 넘어간 곳에 있어 침입하기 쉽고, 수인들은 그 종족에 따라 수많은 특수 능력이 있다. 노예 상인에게는 가치가 큰 상품이 될 가능성이 크다.

"차라리 그 나라를 멸망시켜 줄 수는 없겠는가, 토야."

"하하하, 그거 좋군. 토야라면 한 방 아닌가. 뭐하면 우리도 도와주지."

"프레임 기어 몇 대로 공격하면 하루도 안 되어 왕도를 제압할 수 있으리라 생각하네만."

"………농담처럼 말하지만 사실 반쯤은 진심이죠?"

"""…………"""

세 사람 모두 시선을 돌렸다. 이보세요들. 이쪽 봐요.

"산드라를 멸망시켜 달라는 것은 농담이나, 노예를 어떻게든 해 주면 고맙지."

말만을 들어 보면, 산드라 왕국이 문제라기보다도 다른 나라 사람들을 노예로 붙잡으려고 하는 노예 상인 쪽이 문제인 듯했다. 그 상인도 나라의 명령으로 움직이고 있다면 구제불능인 거겠지만.

그 나라와 국교를 맺고 있는 나라는 유론보다도 적으니까 말이야. 망하게 해 봐야 곤란한 나라는 없지만……. 아니, 난민이 한꺼번에 밀려오면 곤란하려나? 가장 근처에 있는 라일 왕국으로 갈지도 모른다.

"문제는 역시 '노예의 초커 목걸이'려나……?"

애초에 그 '노예의 초커 목걸이'를 어떻게 양산한 거지? 나처럼 인챈트 계열의 마법을 사용할 수 있는 부여술사라도 있는 걸까?

하지만 무속성 마법이라면 유전되지 않는다. 1대 만에 마법이 끊긴다면 이렇게 오랫동안 산드라 왕국에 만연해 있다는 것 자체가 이상한 일이다.

물론 노예가 죽어도 목걸이는 남으니 계속 재사용하는 것일 수도 있지만……. 애초에 노예 상인을 이끄는 사람은 누구지? 국왕인가? 아니면…….

"앗, 토야. 그건 론이네. 청일색. 하네만 12000."

"켁."

타악 하고 수왕 폐하가 핀즈 일색의 수패를 보여 주었다. 아차, 뻔한 수에 그만…….

점봉을 내놓고 다시 시작했다. 이번 수패도 미묘하네…….

"……애초에 산드라 왕국은 '노예왕' 인가가 건국했었죠?"

"그렇지. 그 시대, 그곳에는 많은 부족이 경쟁하고 있었다더군. 그런데 훌쩍 나타난 남자가 그 부족들을 순식간에 통일해 산드라 왕국을 건설했다고 전해지고 있지."

엘프라우와 비슷한 건국 이야기다. 한 남자가 동료와 나라를 일으킨다……. 아, 우리도 마찬가지인가?

"그 남자는 다리에 쇠사슬이 달린 족쇄를 차고 있어서 어느 나라의 노예였다고도, 검투사였다고도 하는 이야기가 돌고 있네."

그래서 '노예왕' 인가. 어느 나라의 검투사가 탈주해 흘러들어 온 건가? 그런 것보다, 그 시대에도 노예가 있었구나.

"하지만 그것도 일설이지. 따르던 부족의 대장을 노예로 만들었기 때문에 '노예왕' 이라고 불렸다는 이야기도 전해지니까."

"흐음. '노예의 초커 목걸이' 를 양산한 사람은 그 후의 대마법사이지만, 그것의 기반이 된 것을 만든 사람은 '노예왕' 이라는 설도 있네."

수왕과 황제의 이야기를 듣고 나는 고개를 갸웃했다. 으으음. 그렇다면 목걸이의 힘을 이용해 억지로 부족을 통일하고 나라를 만든 건가? 하지만 일개 검투사에게 그런 일이 가능할지……. 나처럼 어딘가에서 고대 마법 시대의 아티팩트를 발견했을지도 모른다.

산드라의 노예를 해방하는 것 자체는 어려운 일이 아니지만, 해방한 다음에는 어떻게 될까? 반란……인가 도망인가.

학대당한 노예들은 귀족들을 용서하지 않을 게 분명하다.

귀족 녀석들이 사람을 사람이라고 생각하지 않는 녀석들뿐이라고는 해도, 그건 그런 환경에서 자랐기 때문에 어쩔 수 없는 일……이라 할 수 있을까? 그렇다고 해서 그것을 인정할 수는 없는 일이지만.

으으음……. 아니면 그쪽 왕에게 다른 나라에서 불법적으로 데리고 온 노예들을 해방시켜라, 라고 말해 줄까? 하지만 말을 한다고 과연 순순히 그 말에 따를까? 따를 리가 없겠지.

보통이라면 경제 제재 같은 것도 가능하겠지만, 그 나라는 국교 자체가 없으니까.

식량 사정을 따져 봐도 노예들에게는 제대로 먹을 것을 주지 않고, 국토의 3분의 2는 사막이라고 하지만, 나머지는 비옥한 지대다.

나라와 나라가 거래를 하지는 않지만 상인들은 오간다. 그 이외에는 쇄국 상태의 나라다.

흑선이라도 만들어 대포를 들이댈까?

음~. 성가시네.

나라를 멸망시키는 것보다도 노예 상인 조직을 철저하게 제압하는 편이…….

"앗, 토야. 그건 론이네. 청일색. 하네만 12000."

"또?!"

안 되겠어. 생각하면서 마작을 하면 안 돼! 더 집중하자! 이대로 가면 지고 말…… 아니아니아니, 아냐아냐.

일단은 여자아이 닌자 세 명의 보고가 온 뒤에 생각하자. 응.

다음 날부터 브륀힐드에는 계속해서 비가 추적추적 내렸다.

기사단의 훈련도 휴식으로, 각자는 자기 방에서 공부나 독서, 무기의 손질 등을 하는 듯했다.

발코니 앞의 차양 아래에서 의자에 앉아 책을 읽는데, 멀리서 음악 소리가 들려왔다. 소스케 형인가.

이거…… 분명 비와 관련된 곡일 텐데, 이렇게 비가 내리는 중에 들떠서 누군가가 우산을 들고 춤을 추거나 그러진 않겠지?

그건 그렇고 꽤 많이 내리네……. 앞으로 며칠이나 더 내릴까? 강이 범람하지 않으면 좋을 텐데.

이제 몇 개월만 지나면 여름이다. 브륀힐드에는 바다가 없지만, 던전 제도에는 있다.

어항(漁港)을 만드는 김에 해수욕장도 만들어 개방하면 모두 기뻐할지도 모른다. 그 근처에는 바다 마물도 많지만, 대해룡^{리바이어던}이라도 소환해 두면 다가오지 않을 테지. 해파리 같은 것은 올 것 같지만.

해변에 가게 등을 내는 것도 즐거울 것 같다. 축제나 잿날 때처럼……. 어라?

그러고 보니 이 나라에는 축제 같은 것이 없었네. 아직 건국한 지 1년도 안 됐으니, 건국기념제 같은 것도 안 했고 말이야. 정월은 그냥 아무 일 없이 지나갔고.

신사 같은 것도 없잖아……. 굳이 일본식 축제를 할 필요는 없지만, 신사가 생기면 제신(祭神)도 필요하려나? 내가 마음속으로 숭상하는 신이라고 한다면 그 사람밖에 없다. 하지만 멋대로 제신으로 만드는 것도 역시~.

화를 내지는 않겠지만, 만약 정말로 할 거라면 일단은 허가를 받아야 한다.

그냥 신이라면 주변에 챌 정도로 많지만 말이지. 아니, 정말로 발에 챌 정도로 많아서 탈이야! 술의 신이라든가!

술병을 안고 잠을 자는 스이카를 떠올리고 두통을 느끼려는 찰나에 품 안에서 스마트폰이 울렸다.

화면에는 '전화, 호무라' 라는 글자가. 오, 사루토비 소녀인가. 산드라에 도착했나?

"네, 여보세요."

〈앗, 저어, 폐하인가, 이신가요?! 마, 마을, 마을 사람이, 사람이!〉

"진정해. 무슨 말을 하는지 모르겠어."

뭐지? 엄청나게 당황하고 있는 것 같은데. 무슨 일이 있었길래 그래?

〈사람이, 반짝반짝해서, 죽어서! 반짝반짝이, 몸에서…… 앗………. ……죄송합니다, 폐하. 시즈쿠입니다. 전화를 바꾸었습니다.〉

당황해서 허둥대는 호무라를 대신해 침착한 시즈쿠의 목소리가 들려왔다. 다행이야. 호무라가 말을 해서는 너무 당황해서 그런지 무슨 말을 하는지 전혀 못 알아들었으니까.

세 사람의 상관인 츠바키 씨는 스마트폰의 전원을 꺼놓았던 듯, 연락이 안 되어서 세 사람은 나에게 전화를 걸었다는 모양이었다. 그러고 보니 오늘은 회의가 있다고 했었지?

"지금 어디야?"

〈산드라의 왕도, 큐레이의 동쪽에 있는 아스탈이라는 도시입니다. 큐레이에 가기 전에 숙소를 잡으려고 이 도시에 들렀는데…… 이상한 사태와 우연히 만났습니다.〉

"이상한 사태?"

아스탈이라는 도시는 확실히 산드라에서 두 번째로 큰 도시였던 거로 기억하는데. 대체 무슨 일이 있길래 이러는 거지?

〈도시의 주민이 죽어 있습니다. 한 사람도 남김없이.〉

"뭐?!"

무심코 의자에서 벌떡 일어섰다. 한 사람도 남김없이? 아스탈이라면 꽤 큰 도시다. 그런데 사람이 전멸했다는 거야?

〈온몸에 수정 같은 결정이 나 있는 상태로 죽었습니다. 마치 몸 안의 수분을 흡수당한 것처럼 몸은 바싹 말라 있어서…….〉

수정? 그 말을 듣고 가장 먼저 생각난 것은 프레이즈였다. 하지만 그런 증상이 나타난다는 이야기는 들은 적이 없다.

어떤 병원균이라고 생각할 수도 있다. 그렇다면 여자아이 세 사람이 위험하다.

"세 사람 모두 몸에는 아무 이상 없어?"

〈네. 현재는요. 조금 나기가 속이 안 좋은 것을 제외하면 괜찮습니다…….〉

"일단 그 도시에서 바로 떠나. 어디라도 좋으니까, 멀리 이동해서 그곳에서 대기해. 한 시간 이내에 데리러 갈게."

〈네!〉

전화를 끊고 지도를 열었다. 아스탈의 전체 지도를 꺼내고 생존자를 검색해 보니, 도시의 가장자리에 세 개의 점이 찍혔다. 이게 여자 닌자 세 사람이구나.

그 이외에는 사람의 반응이 없었다. 정말로 한 사람도 남지 않고 죽은 건가? 대체 무슨 일이 벌어졌길래?

"생각해 봐야 소용없어. 일단 세 사람을 데리러 가자."

그 전에 정말로 전염병 같은 거라면 큰일이니 '연금동'의 플로라에게 전화해서 의무실에 격리 장소와 검사 기기를 준비해 두라고 하자. '연구소'의 로리코…… 아니, 티카에게도 부탁해 둘까?

바로 【게이트】를 열었다. 산드라에는 바빌론 유적을 찾을때 가 본 적이 있으니 거기까지는 전이할 수 있다.

【게이트】를 통과하자 브륀힐드의 비 오는 날씨와는 달리 해가 기울기 시작하고는 있었지만, 사막은 하늘이 맑았다. 여전히 덥네…….

지도를 열어 세 사람이 있는 장소를 향해 【플라이】로 날아갔다.

도시 사람이 일제히 죽었다. 대체 무슨 일이 벌어진 거지?

불길함을 불식시키려는 듯이 나는 비행 속도를 더욱 높였다.

산드라 제2의 도시, 아스탈에서 떨어져 있는 사막에서 여자닌자 세 명을 발견했다.

일단 모두에게 【리커버리】를 사용한 다음, 그대로 브륀힐드성의 격리 의무실로 【게이트】를 통해 보내 주었다. 플로라와

티카에게 검사를 받게 하기 위해서였다.

만에 하나 병원균 같은 것이라고 한다면 큰일이니 말이다. 아마 괜찮을 거라고는 생각하지만.

너 나 할 것 없이 한가했던 모로하 누나와 카리나 누나에게 와 달라고 했다. 나도 포함해 신기를 사용할 수 있는 사람이라면 병원균에 영향을 받지 않으니까.

날이 저물어 갔지만, 두 사람을 태운 마법의 양탄자로 단숨에 아스탈까지 날아갔다.

도중에 아스탈에서 도망쳐 온 것으로 보이는 마차가 몇 대인가 스쳐 지나갔다.

은폐 마법이 걸려 있어 이쪽을 전혀 눈치채지 못한 듯했지만, 아무래도 여행하는 상인인 모양이었다. 조금 전의 지도에는 생존자가 없었으니, 아마 아스탈을 방문했다가 참상을 보고 도망치는 중인 거겠지.

이윽고 해가 뉘엿뉘엿 넘어가는 사막에 우뚝 서 있는 성채 도시가 보였다. 저게 산드라 제2의 도시 아스탈인가.

적갈색 벽돌 같은 자재로 만들어진 견고하고 높은 방벽은 적의 침입을 막고 도시를 지키기 위해 있는 것이다.

그런데 그 문은 현재 활짝 열려 있어 그 역할을 전혀 하지 못하고 있었다.

문 앞에는 사람 몇 명이 쓰러져 죽어 있었다. 갑옷을 입고 있는 것을 보면 문지기였던 걸까.

"이건······."

모두 괴로운 표정을 지은 채, 미라처럼 바싹 말라 있었다. 온몸에는 작은 수정 같은 육각 기둥 결정이 튀어나온 상태였다. 마치 몸의 내부에서 피부를 뚫고 나온 것 같았다.

떨어진 결정을 들어 보니, 프레이즈의 정재치고는 강도가 너무 약했다. 힘을 주면 설탕 공예 작품처럼 쉽게 부서졌다.

"대체 이 도시에서 무슨 일이 벌어진 거지······?"

혼자서 중얼거리는데, 옆에 있던 모로하 누나와 카리나 누나가 심각한 표정을 지으며 쓰러져 있는 시체를 들여다보았다.

"역시 이건······."

"틀림없어."

두 사람이 얼굴을 마주 보며 고개를 끄덕였다. 뭐지?

"눈치챈 거라도 있나요?"

"응. 무슨 일이 있었는지는 모르겠지만 이곳에 굴러다니는 사람들은 영혼을 먹혔어."

"영혼을 먹혀요?"

어떻게 된 거지? 지쳐서 기력이 사라지는 것을 혼이 빠지는 것 같다고 표현하기는 하는데.

"알기 쉽게 말하면 사람은 죽으면 몸에서 영혼이 빠져나와 우리가 사는 신계보다 아래에 있는 천계로 가거든. 그곳에서 영혼이 정화되어 다시 태어나기 위해 새로운 몸으로 보내져. 윤회전생이라는 거지."

"너무 큰 죄를 지은 영혼은 강한 정화가 필요해지므로 영혼을 깎아서 축생으로 만드는 것 외에는 전생할 수 없어지지만, 그래도 전생의 고리에서 벗어나는 일은 없어. 하지만……."

"이곳에 있는 녀석들의 영혼은 천계로 올라가지 않았어. 토야, '신의 눈' …… 신력을 양쪽 눈에 집중시켜서 이 시체를 한번 봐 봐."

카리나 누나의 말대로 양쪽 눈에 신력을 깃들게 하여 시체를 집중해서 바라보았다.

그렇게 하자 시체 안에서 약하게 빛나는 구체 같은 것이 보였다. 이게 영혼인가?

하지만 그 영혼은 군데군데 벌레 먹은 것처럼 결여되어서 서서히 빛이 약해지는 것처럼 보였다.

"보였어? 그게 '먹힌 영혼'이야. 나머진 사라지겠지. 윤회 전생의 고리에서도 벗어나 다시는 무언가로 태어나지 못해. 진정한 소멸인 거지."

진정한 소멸. 이 세상에서도 저 세상에서도 그 존재가 사라진다. 그런 생각을 하지 무심코 오싹한 느낌이 들었다.

"어떻게 해서든 영혼만이라도 살 방법은……."

"있긴 있지만 그건 신이 할 일이야. 우리가 지상에서 쉽게 써서는 안 되는 거지. 너도 시도하려고 하면 안 된다? 새로운 신에게는 부담이 너무 커."

카리나 누나가 못을 박아 두었다. 아니, 하고 싶어도 방법도 모르니…….

"이곳에 있는 시체는 모두 불태워야 해. 죽었는데 영혼이 하늘로 올라가지 못한 상태에서는 시체에 정착해 버리거든. 그렇게 되면 언데드가 되니까. 삶을 갈구하며 지상을 배회하는 좀비가 태어나고 마는 거지."

모로하 누나의 이야기에 따르면 영혼이 결여됐든 안 됐든, 죽은 후에도 영혼이 육체에 정착되어 버린 상태가 언데드라는 모양이다. 언데드에는 원념이나 삶에 대한 집착으로 의지가 있는 자도 있지만, 영혼이 결여된 언데드에는 의지가 없다고 한다.

보통 언데드를 정화하면 영혼은 육체에서 해방되어 천계로 간다. 하지만 결여된 영혼은 천계로 올라가지 못한다. 육체와 함께 사라질 수밖에 없다.

정말로 윤회의 고리에서 벗어나 버리는 건가.

도시 안으로 들어가 보니, 사람뿐만이 아니라 말이나 개, 작은 새에 이르기까지 영혼을 먹혀 몸에서 수정이 돋아난 채 죽어 있었다. ……이건 역시 프레이즈가 한 짓일까.

이런저런 생각을 해 보았지만 이건 역시 도시를 통째로 태우는 편이 좋을 듯했다.

집이나 가게 등에 상품과 현금 등이 있을 테지만, 아깝다든가 가져가자는 생각이 전혀 들지 않았다. 도굴꾼 같은 짓은 하고 싶지 않다.

그렇다고 해서 내버려 두면 배려심이라고는 없는 사람들이나 도적들이 가져가겠지. 그렇게 되느니 차라리 주인과 함께 지상에서 사라지는 편이 좋을 거라는 생각이 든 것이다.

　산드라 왕국에 건네주는 것도 생각해 보았지만, 병원균일 가능성도 있고 '노예의 초커 목걸이'를 양산하는 자금으로 사용되면 성가셔진다.

　검색 마법으로 생물이 없다는 사실을 확인한 뒤, 금화, 은화, 금속마저도 녹일 수 있는 열로 이 도시를 태우기로 했다.

　윤회의 고리에서 벗어나 버린 영혼과 함께 모두.

　"【불꽃이여 날뛰어라, 연옥의 업화(業火), 프로미넌스】."

　도시 전체가 발동된 고대 마법의 불꽃에 휩싸였다. 완전히 태양이 저문 어둠 속에서 하늘을 태워 버릴 기세로 뜨겁게 불타는 업화가 모든 것을 모두 불태웠다.

　집의 벽이 무너지고, 지붕이 떨어지고, 불꽃에 휩싸여 녹아내렸다.

　나는 그것을 바라보면서 뭐라 형용하기 힘든 안타까운 마음에 사로잡혔다.

　"영혼을 먹히다니, 자주 있는 일인가요?"

　"영적인 마물의 경우라면 있을 수 있으려나? 레이스나 팬텀, 스펙터 같은 거지. '소울이터' 마물은 인간의 부정적인 감정에 이끌려. 어둠의 감정에 물든 영혼은 녀석들에게 최상의 먹잇감이지."

"'공포'는 특히 녀석들이 가장 좋아하는 거야. '불안', '두려움', '절망'……. 그런 감정으로 물든 영혼을 선호해. 그래서 녀석들은 모습을 보이지 않고 정신적인 공포로 상대를 궁지로 몰아. 이해할 수 없는 것을 향한 '미지의 공포'는 누구나 가지고 있는 감정이니까."

 그러고 보니 어둠을 무서워하는 것은 인간뿐이라는 말을 어딘가에서 들은 적이 있다. 인간은 그 어둠 속에 '무언가'가 있는 것이 아닌가 하고 상상을 하고 만다. 그것이 '공포'를 낳는다. '미지의 공포'는 상상력으로 인해 생겨난다는 모양이다.

 아무튼 영적인 마물이 영혼을 먹는다는 사실은 이제 잘 알았다. 하지만 나는 이번 일이 마물의 짓이라고는 도저히 생각할 수가 없었다.

 그 수정도 그렇고, 이렇게 많은 사람들을 모두 포식하는 것은 도저히 불가능한 일이라는 생각이 들었다. 물론 몇만 마리의 레이스가 습격을 했다고 한다면 말이 안 되는 일은 아니지만.

 뭔가…… 우리가 모르는 무언가가 움직이고 있다.

 "한 가지, 짚이는 곳이 있어."

 성대하게 불타는 도시를 바라보면서 모로하 누나가 중얼거렸다.

 "영혼을 먹고 성장하는 존재……. '사신(邪神)'이 태어나려고 하는 것인지도 몰라."

 "아~. 맞아. 그게 있었어. 이쪽 세계에는 신기가 토야의 '스마트폰' 정도밖에 없으니…… 그 자식^{종속신}인가?"

사신이라면 그건가? 신들의 힘이 깃든 신기 등에 나쁜 마음이 모여 만들어지는 신이 되지 못한 신. 종속신보다도 아래라고 하니까, 신들에게는 별것 아니겠지만 지상에 있는 사람들에게는 매우 큰일이다.

사신이라고 하지만 신은 아니고, 지상에서 태어난 것이니 기본적으로는 신들은 간섭하지 않는다고 한다. 단, 그 탄생에 신의 힘이 관련된 것은 확실하므로 무책임하게 내버려 둘 수는 없어, 용사에게 신검이라든가 성검 등을 주기는 한다고 세계신이 말했었다.

종속신이 신기 같은 것을 만들어 사신을 탄생하게 하려고 꾀하는 건가?

"하지만 사신이 태어나도 이 세계에는 토야가 있으니 걱정 없지만."

"양쪽 모두 신의 힘을 지니고 있지만 신은 아니야. 하지만 한쪽은 신들의 최하층인 종속신이 만들어 낸 가짜, 다른 한쪽은 최고신의 권속. 승부가 안 되지."

"…………그랬으면 좋겠는데요……."

사신이라니, 제발 좀 봐줬으면 좋겠는데. 그래도 그 니트 신보다도 아래라니 어떻게든 될 것 같긴 하지만.

그런 것보다도 그 수정 증상이 신경 쓰였다. 설마하니…… 프레이즈와 종속신이 손을 잡았다든가? 말도 안 돼…… 하고 생각하고 싶지만, 그런 의심이 사라지지 않았다.

사신 탄생에도 프레이즈가 관련된 것만 같았다. 아직 감에 불과하지만……

"……음? 뭔가 모습이 이상한데? 뭔가…… 움직이고 있어."

불타는 지옥의 업화를 보고 있던 모로하 누나의 목소리를 듣고 번쩍 고개를 들었다. 뭐지?

불꽃 속에서 흔들리는 그림자. 말도 안 돼. 철도 녹이는 고대 마법의 불꽃인데?!

놀라는 내 앞에 불꽃 안에서 수정 해골이 튀어나왔다.

"우왓?!"

팔을 들쳐 올리고 습격해 온 해골의 머리를 카리나 누나가 쏜 정재 활이 꿰뚫었다.

머리가 부서진 해골은 그 자리에서 쓰러졌지만, 부서진 머리가 파킥파킥 하고 원래대로 재생되었다. 이건 프레이즈랑 똑같아……!

재생이 끝나자 정재 해골이 느릿하게 일어섰는데, 그 가슴뼈 근처에는 골프공 크기로 붉게 빛나는 핵이 있었다.

"이 자식……!"

나는 브륀힐드를 빼내 핵을 노려 방아쇠를 당겼다. 발사된 총알이 핵을 꿰뚫자 해골은 온몸이 와르르 부서져 내렸다.

재생 능력. 핵을 부수면 활동을 정지. 그야말로 프레이즈와 똑같았다. 아마 마법도 통하지 않겠지. 그렇지 않고서야 저

불꽃 안에서 여기까지 올 수 있을 리가 없었다.

이건…… 저 몸에서 솟아난 수정 탓인가?!

"아직 나오려나 봐. 아무래도 도시 안의 시체가 프레이즈화한 모양이야……."

"여기선 싸우기 힘들어! 사막 쪽으로 가죠!"

내 목소리를 듣고 두 사람 모두 뒤쪽으로 물러났다. 활활 타는 도시의 문에서 잇달아 수정 해골이 우글우글 기어 나왔다. 그것과 거리를 유지하면서 쏜 내 총알과 카리나 누나의 화살이 핵을 꿰뚫었다.

개중에는 어린아이로 보이는 작은 해골도 있어서 가슴이 아팠지만, 그래도 나는 그 핵을 꿰뚫었다.

그들의 영혼은 이제 구원받지 못한다. 성불도 못 하고, 평안하게 잠들 수도 없다. 그냥 사라질 뿐이다.

모로하 누나가 앞으로 나서 해골 프레이즈의 핵을 검으로 부쉈다. 하나하나는 강하지 않지만 숫자가 많아 【어포트】로 하나씩 핵을 끌어와서 부수기는 힘들었다.

강함 자체는 평범한 검사라도 쓰러뜨릴 수 있는 수준이었다. 그렇다면──.

"【어둠이여 오너라, 나는 원한다 해골의 전사, 스켈레톤 워리어】."

내가 지면에 연 소환진에서 새하얀 해골이 잇달아 기어 나왔다. 오른손에는 검, 왼손에는 방패를 든 해골 전사다.

스켈레톤 워리어

눈에는 눈, 이에는 이. 해골에는 해골이다.

"성문에서 나오는 수정 해골을 쓰러뜨려라! 가슴에 있는 핵을 찌르면 돼!"

다른 프레이즈와는 달리 수정 해골의 핵은 밖으로 나와 있어 그대로 부수는 것도 가능했다. 그다지 큰 위협은 아니었다.

잇달아 해골 전사를 불러냈다. 그 수는 수천. 내 마력량이라면 어떻게든 유지할 수 있었다.

불꽃 안에서 기어 나오는 수정 해골 군단과 해골 전사 군단의 싸움. 아무래도 수정 해골도 프레이즈와 마찬가지로 본능에 따라 사람을 습격하는 듯, 아스탈에는 문이 또 있는데도 모두 이쪽을 향해 다가왔다.

그들을 해골 전사의 벽이 막고 수정 해골을 계속해서 부쉈다. 뭐라고 해야 하나…… 작업이네.

신기하게도 인간 이외의 말이나 개 등은 프레이즈화하지 않았다. 뭔가 조건이 있는 건가?

"해골과 해골의 싸움이라……. 마치 지옥도야."

게다가 등 뒤에는 크게 불타는 도시. 그다지 틀린 비유는 아닌 듯했다.

———두 시간에 걸쳐서 수정 해골은 해골 전사가 완전히 제거했다. 도시를 불태웠던 불꽃도 이미 거의 사라졌다. 검색해도 움직이는 것은 발견하지 못했다.

이렇게 산드라 왕국에서 제2의 도시, 아스탈이 사라졌다…….

◇ ◇ ◇

　다음 날, 동서 동맹의 대표들을 긴급 소집해 아스탈에서 벌어졌던 일을 모두 이야기해 주었다. 도시가 멸망했다는 내용도 문제였지만, 그것보다도 문제였던 것이 그 원인이었다.

　플로라가 검사했지만 여자 닌자 세 명에게서는 아무것도 검출되지 않았다. 결국 무엇이 원인이 되어 인간이 프레이즈화했는지 아직 원인을 몰랐다.

　그 보고를 듣고 임금들은 낙담하는 기색이 역력했다. 다음에 똑같은 일이 자신의 나라에서 벌어질지도 모르는 일이었기 때문이다. 당연히 불안할 수밖에.

　'영혼을 먹힌' 인간이 언데드가 되는 것은 옛날부터 있었던 일인 듯, 그것 자체는 그다지 놀랄 일이 아니라고 한다. 문제는 그 규모와 이게 마물의 짓인가, 프레이즈의 계략인가 판단하기 어렵다는 점이었다.

　하지만 나는 십중팔구 프레이즈가 한 짓이라고 생각했다. 그게 아니면 그 수정 해골을 설명할 수가 없다.

　그나마 다행(이라고 할 정도는 아니지만)은 해골 프레이즈 자체는 평범한 기사나 모험자도 대처할 수 있는 정도라는 것인가.

　단, 내가 생각하기에 그것은 그냥 부산물에 지나지 않았다. 녀석들의 목적은 인간의 영혼을 먹는 것이 아닐까 하는 생각이

머릿속을 떠나지 않았다.

역시 모로하 누나나 다른 신들의 말대로 종속신이 사신인가 뭔가를 만들어 내려고 하는 건가?

종속신과 관련된 이야기는 임금님들에게 할 수가 없으니. 교황 예하는 믿어 줄지도 모르지만.

일단 현재는 우리가 할 수 있는 일이 없었다. 기껏해야 작은 변화를 놓치지 않는 것 정도인가.

일단 이 정보는 레리샤 씨를 통해 모험자 길드의 길드 마스터에게만 전해 두기로 했다.

■ '소울이터' 인 무언가가 '존재' 한다는 것.

■ '영혼을 먹힌' 인간이 해골 프레이즈로 바뀐다는 것.

■ 그리고 이건 나의 개인적인 추측에 지나지 않지만…… 이른바 '부정적인 감정' 에 가득 찬 장소에 나타나는 것이 아닐까, 하는 점.

원래부터 부정적인 감정에 이끌리는 레이스나 스펙터라는 '소울이터' 마물과 인간의 부정적인 감정을 흡수하여 태어나는 사신. 이 공통점을 그냥 무시하고 넘어가기는 힘들었다.

아스탈은 '노예 도시' 라고 불릴 정도로 노예가 많고 거래도 활발했다고 한다.

 노예를 매매하는 자들의 '욕망', 노예가 된 자들의 '절망', 학대당한 노예들의 '비탄', 노예를 학대하는 자들의 '오만', 그런 '부정적인 감정'이 방아쇠가 된 것이 아닐까.

 어디까지나 가설에 지나지 않지만, 내 생각이 크게 빗나가지는 않았다고 생각한다.

 이것이 맞다면 유론 같은 곳도 위험하지 않을까 싶었다. 하지만 그 근처는 사람도 드물어졌고, '부정적인 감정'이 소용돌이칠 정도는 아니려나? 죽은 영혼이 지금도 지상을 헤매고 있다면 모르겠지만.

 이건 내 추측에 지나지 않아서 꼭 그렇다는 것도 아니라 실제로 어떨지는 알 수 없다. 우연히 그 도시가 타깃이 되었을 뿐인지도 모른다.

 일단 산드라로 정찰을 가는 것은 보류하기로 했다. 내 예상이 맞다면 '부정적인 감정'이 소용돌이치는 산드라가 다시 '소울이터'의 피해를 받을 가능성도 있다. 이번에는 살았지만 그 세 사람이 말려드는 것만은 피해야 하니까.

 사신은 생겨나지 말았으면 하는데……. 완전한 신도 아닌 이상, 누나들은 신으로서 크게 간섭할 수 없다. 그렇다면 내가 상대할 수밖에 없잖아. 사신 퇴치라니 제발 좀 봐줘.

 ……어디에서 전설의 용사라도 나타나 주지 않으려나? 그렇게 딱 좋은 일이 벌어질 리는 없겠지.

◇　◇　◇

"그건 그렇고 레스티아에 나타나다니, 예상 밖이었어……."

산드라 제2의 도시, 아스탈이 소멸한 지 열흘 정도. 다음으로 해골 프레이즈가 나타난 곳은 기사 왕국 레스티아의 남쪽에 있는 마을, 메리카였다.

메리카의 영주는 레스티아의 왕도에서 멀리 떨어져 있다는 점을 이용해 영지의 시민들에게서 상당히 많은 세금을 뜯어냈다고 한다. 당연히 그에게 아첨하는 교활한 녀석도, 그 탓에 눈물을 흘리는 사람도 나온다. 아스탈 정도는 아닐지 모르지만, 내가 예상한 '부정적인 감정'이 가득 차 있었던 것은 틀림없다.

결과, 메리카 마을은 주문 모두가 영혼을 먹혀 해골 프레이즈가 되었다. 정확하게는 수정 뼈를 지닌 좀비지만. 처음 발견했을 때는 육체를 태워 버렸으니까.

이 좀비들은 이웃 마을에 있던 모험자와 빠르게 달려간 레스티아 기사단이 제압했다.

해골 프레이즈 자체는 그렇게 강하지 않다. 하지만 마을 하나의 인구가 좀비가 된다는 것은 상당한 위협이라 할 수 있었다. 자칫하면 옆 마을도 이 좀비들에게 습격당할 수 있기 때문이다.

그 후에 모험자들에게도 레스티아의 기사단원에게도 이상은 없었던 것을 보면 역시 감염되는 병원균은 아닌 것으로 보인다.

'무언가'가 영혼을 먹은 것이다. 아마 '사신의 유생(幼生)'이라고 해야 할 것이.

게다가 그 녀석은 프레이즈와 마찬가지로 차원의 틈새에서 나와 사람을 습격한 뒤, 또 차원의 틈새로 돌아가 버리는 것으로 추정되었다. 지배종과 마찬가지로 '반동'일지도 모르지만, 이번에는 그게 오히려 성가신 점이었다.

감지판으로 출현을 예측할 수 있는 것은 하급, 중급, 상급 프레이즈뿐이다. 하다못해 녀석이 하급 프레이즈와 같이 행동을 했다면 발견하는 것도 가능했을 텐데.

답답하다. 발견하면 철저하게 때려눕혀 주는 건데 말이야.

"토야 님. 미간에 주름이 생겼어요."

"어? 앗, 미안. 조금 마음이 안절부절못해서."

성의 한 방에서 생각을 하던 나에게 정면에 앉은 힐다가 미소를 지으며 말을 걸었다.

나는 마음을 안정시키기 위해 이미 식어서 미지근해진 홍차를 단숨에 목구멍으로 넘겨 버렸다.

"남자분은 원래 욕정이 쌓이면 저렇게 되는 거예요. 대처법은 소곤소곤⋯⋯."

"어? 어어?! 그, 그건⋯⋯!"

"야, 거기. 에로로이드. 이상한 소릴 귀엣말로 가르쳐 주지 마!"

세스카가 귀엣말로 무언가를 알려 주자, 힐다가 얼굴을 새

빨갛게 붉혔다. 무슨 소릴 했는지 대충 예측이 되니, 바로 부정을 해 두지 않으면 나중에 성가셔진다.

힐다는 좋은 의미에서도 나쁜 의미에서도 사람을 너무 잘 믿는다. 쉽게 속아 넘어간다고도 할 수 있다. 검으로 대결할 때는 페이크에 속지 않는데, 어린아이도 속아 넘어갈 듯한 거짓말에는 걸려드는 일이 많다.

세상 물정을 모르는 공주님이라는 것을 제외하더라도 지나치게 검 하나에 몰두한 교육을 받은 감이 좀 있다. 할아버지가 그런 변태 영감인데도 그쪽 방면에 대해서도 전혀 모른다.

물론 그런 점에서는 에르제나 야에도 비슷한 형편이지만. 아무래도 우리 무투파 쪽은 전부 성적인 방면이 약했다. 흥미가 없는 것은 아닌 듯해 그나마 다행이라고 해야 하나?

그건가?! 무술 같은 것을 하면 그런 쪽의 부정적인 생각이 승화된다거나? 건전한 정신은 건전한 육체에 깃든다, 같은?

린제나 린, 유미나와 같은 마법사파는 대담한 행동에 나설 때가 많지만.

그런 생각을 하면서 아직도 얼굴을 붉히고 있는 힐다에게 말했다.

"나는 그냥 레스티아에서 있었던 사건을 생각하고 있었을 뿐이야."

"아……. 오라버니도 조금 풀이 죽어 있었어요. 더 빨리 메리카 영주의 부정을 눈치챘다면 좋았을 걸…… 하고요."

"아무리 훌륭한 왕이라도 나라의 모든 것을 파악하고 있을 수는 없는 거잖아. 어쩔 수 없었던 거야."

말은 그렇게 했지만 레스티아처럼 큰 나라라면 몰라도, 브륀힐드처럼 작은 공국에서는 구석구석까지 주의가 미칠 수 있도록 신경을 쓰고 싶었다.

국민을 지켜야 나라다. 나라를 지키기 위해 국민이 있는 것이 아니다.

일단 우리 나라에서는 순찰 기사나 은밀 기사, 냥타로의 고양이 부대 등, 무슨 일이 있으면 나에게 소식이 전달되도록 마련은 해 두었다.

"그래서, 메리카 마을은 어떻게 할 생각이래?"

"오라버니에게 전화로 물었는데…… 일단 재건……이라고 해야 할까요, 건물은 그대로 남아 있으니 이주자를 모집하고 있다는 모양이에요. 하지만 좀비가 대량으로 발생한 마을이라……. 어려운 상황이에요."

당연하다. 좀비가 발생한 마을에 살라고 해서 그게 될 리가. 그곳은 저주받은 땅이 아니냐고 의심해도 어쩔 수 없는 일이다.

저주받은 땅이나 무덤. 그리고 독이 퍼져 있는 늪. 좀비와는 떼려야 뗄 수 없는 장소다.

결국 죽은 영혼이 성불하기 힘든 장소라는 거겠지. 그대로 영혼이 육체에 정착해서 좀비가 된다.

그럼 좀비와 스켈레톤은 결국 같은 부류라는 말인가? 살이 붙어 있는가 붙어 있지 않은가의 차이 정도고. 그런 차이 덕에 스켈레톤의 움직임이 더 빠른 게 아닌가 하는 생각이 든다. 음, 그다지 빠르지는 않지만.

"레스티아 사람들이 무서워하는 마음도 이해가 돼."

"그런 '공포의 감정'이 퍼지고, 그게 또 방아쇠가 되어 더욱 '소울이터'를 부르는 사태가 벌어지지 않았으면 좋겠는데요."

으음. 그런 일도 있을 수 있겠어⋯⋯. 셰스카의 정곡을 찌르는 말을 듣고 나는 무심코 깊은 생각에 잠겼다.

'공포'는 가장 단순한 '부정적인 감정' 중 하나다. 이런 사건이 몇 번이나 반복해서 일어나면 사람들은 불안해한다. 불안은 이윽고 새로운 공포를 부른다. 그 '부정적인 감정'은 '소울이터' 또는 '사신'을 불러⋯⋯라니, 이래선 부의 악순환이잖아.

이 악순환을 차단하기 위해서는 역시 그 악의 근원을 제거해야 한다. 그러기 위해서는 어떻게 해서든 '사신'의 꼬리를 잡아야 하는데⋯⋯.

"토야 님, 또 미간이."

"아."

아무래도 대처가 계속 늦어져서 자꾸만 안절부절못하게 되는 모양이었다. 보이지 않는 곳에서 누군가가 끈덕지게 질 나쁜 장난을 치고 있는 것 같아서 기분이 나쁘다. 음습한 괴롭힘을 받고 있는 느낌이다.

"하~. 기분 전환이라도 하는 편이 좋을까?"

"그건 야한 짓을 하고 싶어서 에둘러 유혹하는 거군요."

"그, 그런가요?!"

"그 녀석이 하는 말은 90퍼센트 이상이 거짓말이니 믿지 말 도록."

참 나……. 스트레스가 쌓인다니까.

"큰일입니다!"

다음 날 아침, 모두와 아침 식사를 하는데 갑자기 첩보 부대의 츠바키 씨가 파앙! 하고 식당의 문을 열고 뛰쳐 들어 왔다. 우왓, 깜짝이야!

린제가 기관지에 뭔가가 들어간 듯이 기침을 했다. 자신의 행동을 눈치챘는지 츠바키 씨가 얼굴을 붉히며 미안해했다.

"지, 진정하세요. 무슨 일이 있었나요?"

"조금 전에 대수해의 팜 님에게서 게이트 미러로 편지가 도착했는데, 대수해의 부족이 산드라의 마수 전사단에게 습격 당했다고 합니다!"

"뭐라고요?!"

산드라가 대수해를 침공했다는 건가? 왜 또……. 대수해의 부족과 산드라 왕국은 암묵적이긴 하지만 서로 불가침의 관계가 아니었는지…….

"습격한 산드라군은 그 부족들을 잇달아 붙잡아 왕도 큐레이로 보내고 있다고 합니다. 아무래도 노예로 만들기 위해 마을을 습격한 모양입니다. 이 사태 탓에 팜 님을 비롯한 '수왕(樹王)의 부족'은 빼앗긴 동포를 되찾기 위해 산드라로 진격하려는 다른 부족을 말리느라 큰일이라고 합니다……."

노예로 삼기 위해 습격한 건가. 대체 뭐야. 도적이라면 몰라도 한 나라의 부대가 움직였다는 것은 대수해의 부족과 맞서겠다는 건가? 그곳은 각각의 부족으로 이루어져 있지만, 하나의 나라라고 해도 좋을 커뮤니티를 이루고 있다. 진짜로 싸움을 걸었다고 한다면 전쟁이 벌어질 거야…….

"역시 '노예의 초커 목걸이'를 더욱 양산하는 데 성공했다는 소문은 사실일까요?"

"으~음……."

그 소문이 정말인지 어떤지 확인하기 위해 여자아이 세 명을 산드라에 보내려고 한 거였는데 말이야.

'노예의 초커 목걸이'만 늘어 봐야 의미가 없다. 그것을 활용하기 위해 새로운 노예를 만들 필요가 있다. 그래서 대수해의 부족을 노렸다?

노예가 늘면 그만큼 마수 전사단의 병력을 갖출 수가 있다. 아무리 대수해의 부족이 용감하다고 하더라도 마수의 대규모 군단을 상대하기는 벅차다.

그 군단을 데리고 대수해를 침공하기로 한 건가?

"일단 대수해의 부족이 산드라를 침공해서는 안 돼. 그랬다 간 완전히 전쟁으로 돌입할 테니까."

"어떻게 할 거야?"

에르제가 눈썹을 찌푸리며 물었다.

"다행히 브륀힐드는 '수왕의 부족'인 라우리족과 우호 관계를 맺고 있어. 대수해의 부족과 산드라 사이에 서서 붙잡힌 부족의 반환을 산드라에 요구하자."

"과연 되돌려줄, 까요?"

"그쪽이 되돌려주고, 이런저런 손해를 보상해 준다면 어떻게든……. 관계는 최악일 테지만. 그래도 전쟁을 피할 수 있을지도 몰라. 어쩌면 일부 사람들의 폭주일 가능성도 있으니까."

대수해의 부족을 노예로 삼을 목적이라면 학살을 하거나 하지는 않았을 거라 생각하지만, 살해당했다면…… 팜 진영은 물러서지 않는다.

수해의 민족은 무엇보다도 동포와 긍지를 소중하게 여기는 전사들이 많다. 양쪽 모두를 상처 입힌 산드라를 용서할 수는 없겠지.

"그래……. 어떻게 보면 이건 산드라를 알아볼 좋은 기회일지도 몰라. 팜과 연락을 하고, 브륀힐드의 사절을 정식으로 산드라에 보내자. 그곳에서 국왕과 중신들의 생각을 한번 들어 보는 거야."

"사절을 보내시는 거군요. 대체 누구를 보내실 건가요? 기사단장인 레인 씨를 보낼 수는 없으니, 부단장인 니콜라 씨나, 괜찮다면 제가……."

"아니요."

츠바키 씨의 말을 자르고 나는 씨익 웃었다.

"제가 갈게요."

"네?!"

"모습을 바꾸면 문제없을 거예요. 대수해 부족의 항의문을 맡아서 가지고 온 브륀힐드의 사절, 이라는 거로 하죠."

그렇게 위험한 나라에 우리의 소중한 인재를 대표로 보낼 수 있을 것 같아? 나쁜 소문만 떠도는 나라잖아. '유괴 왕국'이라는 별칭도 있을 정도로.

죽을 것 같지 않은 우리 누나나 사촌들을 사절로 보내는 수도 있지만, 다들 교섭은 특기가 아니란 말이지……. 가능하다고 한다면 코스케 삼촌 정도인가.

하지만 이번엔 산드라의 생각을 살펴보자는 속셈이니, 내가 가는 게 가장 좋다.

'도서관'에서 발견한 무속성 마법이나 '연구소'의 티카와 박사에게 부탁해 두었던 '노예의 초커 목걸이'를 어떻게든

할 수 있는 비밀 병기도 완성되었다고 하니, 유사시에도 얼마든지 대처할 방법은 있었다.

항의문을 건네주었는데 최악의 대답이 돌아왔을 경우, 산드라 왕국은 영원히 '노예 왕국'이라는 이름으로 불리지 못하게 해 주마.

우리 던전에 왔던 신입 모험자들을 산드라가 건드렸던 원한도 있고 말이지.

그건 노예 상인이 단독으로 저지른 일이었지만, 그 뒤에서 산드라 왕국 자체가 노예를 사들이고 있었던 것은 확실하다. 일부러 우리 정보까지 가르쳐 준 모양이기도 하고 말이야. 교묘하게 자신들의 손은 더럽히지 않고 노예를 손에 넣으려고 생각했던 거겠지.

다른 국왕들도 확인해 봤는데, 마을을 습격하여 노예로 쓸 사람과 아인을 모으는 도적단도 산드라에 소속된 노예 상인의 사주로 움직이고 있다는 모양이었다.

즉, 그 나라의 노예 상회 자체가 나라 소속이라는 것이다. 국가가 나서서 사람을 납치하고 있으니, 말하자면 범죄 왕국이다.

문제는 국왕이 그것을 알면서도 그러고 있는 것인지, 전혀 모르는 상태로 놀아나고 있는 것인지이다. ……어느 쪽이든 최악이라는 느낌이 들지만.

그런 점을 한번 확인해 보자. 결과에 따라서는 절대 용서하지 않을 생각이다.

◇ ◇ ◇

따각따각 마차가 산드라 왕국의 수도인 큐레이의 거리를 달렸다. 포장된 길은 빈말로도 질이 좋다고는 할 수 없었지만 마차에 장착된 로제타의 특제 서스펜션은 그 충격을 적당하게 흡수해 주었다.

마차의 창문으로 보이는 거리의 모습은 솔직히 말해 낡아 보였다. 여기저기서 벗겨진 벽과 무너진 지붕이 보였다. 적갈색 벽돌집 사이로 판잣집 같은 목조로 만들어진 집도 있었다.

이곳은 이른바 하층 계급의 주택지라는 듯, 2급 시민이라고 하는 시민이 사는 구역이라고 한다.

"사람들이 별로 행복해 보이지 않네요."

"응, 이런 생활을 하고 있으니……."

내 맞은편에 앉은 신입 기사 란츠가 마찬가지로 창밖을 보고 느낀 점을 말했다.

재상인 코사카 씨에게 사절이 되어 산드라에 가겠다고 말하자 감시역으로 란츠를 데려가라고 했다. 사람을 못 믿네……. 상대가 웬만큼 싸움을 걸어오지 않는 한 날뛰거나 하지는 않을 건데 말이지.

사실은 부단장인 니콜라 씨를 붙여 주고 싶었던 듯하지만, 사절보다도 지위가 높은 부단장이 호위라는 것도 위화감이 있어 란츠를 선택한 모양이었다.

그 외에도 네 명 정도 있었지만, 모두 뒤에서 따라오는 또 다른 마차 한 대에 타고 있었다.

단숨에 【플라이】로 갈 수도 있었지만, 일단 나는 '수왕의 부족에서 항의문을 맡아서 온 브륀힐드의 사절'이기 때문에, 평범한 수단을 써서 이곳까지 왔다. 왕도 밖까지는 【게이트】로 왔지만.

항의문을 나에게 맡긴 팜은 '마음 쓸 것 없으니, 산드라 국왕의 뺨을 세게 때리고 와!'라고 말하며 굉장히 험악한 표정을 지었다. 그래서는 그쪽 부족이 산드라에 진입하면 틀림없이 전쟁이 벌어진다.

대수해의 대표, '수왕의 부족'의 우두머리가 그래도 되나 싶었지만, 팜 개인으로서는 공격하고 싶은 마음이 굴뚝같을 거란 생각이 들었다. 하지만 족장으로서는 모두를 말릴 수밖에 없었겠지.

"역시 노예가 많군요. 폐하의 말씀대로 만족스럽게 음식도 제공해 주지 않는지 마른 사람들이 많이 보입니다. 전투 노예는 그럭저럭 식사를 잘 주는 모양이지만요."

"그거야 싸우기 위한 노예니까. 중요할 때 배가 고파서 싸우지 못하면 안 되잖아. 그 대신 목숨을 방패로 사용하게 하는 거겠지."

2급 시민도 노예들을 소유할 수 있는 듯, 거리 이곳저곳에서 그 모습을 확인할 수 있었다. 강인해 보이는 노예는 가게를 지키는 등의 전투 노예겠지.

노예들 중에는 수인 등의 아인도 있었다. 그들도 어쩌면 어딘가에서 납치됐을지도 모른다. 모두 너덜너덜하고 변변치 못한 옷을 입고 있었고, 그곳에서 엿보이는 팔다리는 매우 앙상했다.

"그러고 보니 란츠, '폐하'라고 하면 안 돼. 어디서 누가 들을지 모르니까."

"죄, 죄송합니다. 그럼 뭐라고 부르면 될지……."

황송하다는 듯이 듣고 있던 란츠에게 뭐라고 부르라고 결정해 주지 않았다는 사실을 깨달았다. 으으음.

"도란, 이라고 할까? 미카 누나의 아버지 이름이지만."

"앗, 폐하하?! 저와 미카 씨는 별로 그런 게 아니라요!"

얼굴을 빨갛게 물들이며 목소리가 거칠어진 란츠. 훗훗훗. 네가 여전히 '은월'에 다니고 있다는 것 정도는 다 알고 있어! 주로 카렌 누나를 경유한 소식으로.

아무튼 놀리는 건 이 정도로 하고, 그럼…….

"…… '로빈 후드' ……. 아니, '로빈 록슬리'라고 할까?"

"로빈 록슬리 말씀이신가요? 그럼 록슬리 대사라고 부르면 될까요?"

"그래. 활은 잘 못 쏘지만."

"?"

지금 입고 있는 후드가 달린 사절 옷이 연녹색이라서 무심코 나온 이름이다.

참고로 나는 【미라주】의 환영을 온몸에 두르고 있지는 않았다. 머리 모양과 머리색, 눈동자의 색을 조금 바꿨을 뿐이었다. 그것만으로도 인상이 상당히 바뀌니까. 어차피 나를 알고 있는 사람이 이 근처에는 거의 없을 거라고 생각하지만.

마차는 2급 시가지를 빠져나가 1급 시가지로 들어가는 문에 도착했다.

고급스러운 가죽 갑옷을 걸친 병사들이 앞을 막으며 마차를 멈춰 세웠다.

"이 앞은 허가가 있는 자만이 들어갈 수 있다! 어디의 누구인지 이름을 대라!"

"이것 참 수고 많으십니다. 저희는 브륀힐드 공국에서 온 자들입니다. 저희가 올 것이라는 사실은 사전에 귀국에 알렸을 텐데요."

"브륀힐드……? 쳇. 여기서 기다려라. 확인하겠다."

창문으로 이쪽을 들여다보면서 위압적으로 말을 걸었던 병사가 혀를 차면서 문 안쪽으로 사라졌다.

"일국의 사절을 저런 태도로……. 어떤 교육을 받아서 저런 걸까요. 레스티아라면 상관에게 뺨을 얻어맞을 일입니다.”

“산드라는 다른 나라와 거의 교류가 없어. 이런 일은 익숙하지 않은 것뿐일지도 모르지만⋯⋯.”

성가신 일이 늘었다는 듯한 태도를 보면 조금 발끈하는 심정이 일긴 한다.

그리고 상당히 기다린 뒤에야 겨우 허가가 났다.

“지나가라. 소동은 일으키지 마라.”

정식 사절이라는 사실을 알고도 이런 태도인가. 완전히 얕보고 있구나. 산드라는 지리적으로 격리된 국토라는 점도 있어, 지금까지 다른 나라에게 침략을 당한 적이 없다. 오랫동안 다른 나라와 교류가 없기 때문이라고 한다면 그뿐이지만, 이런 태도가 다른 나라의 사절에게 어떤 인상을 주는지 생각을 해 본 적이 없는 걸까.

마차가 달리기 시작한 뒤로 나는 확 바뀐 거리의 경치를 보고 놀랐다. 조금 전의 2급 시가지와는 달리 정비된 돌바닥 도로와 흰 벽이 눈부신 집들이 보였기 때문이다. 게다가 사치스러운 장식품으로 몸을 꾸미고 옷차림이 좋은 주민이 노예를 이끌고 걸어 다녔다.

조금 전에 본 2급 시가지의 노예와는 달리 옷이 너덜너덜하지는 않았지만 역시 행복해 보이지는 않았다.

“격차가 심하다고는 들었지만 이 정도일 줄이야⋯⋯.”

창밖을 내다보던 란츠가 그렇게 중얼거렸다. 확실히 1급 시가지와 2급 시가지는 하늘과 땅 차이였다.

길 앞쪽, 완만한 언덕을 올라간 곳에 금과 은으로 뒤덮인 화려하고 호화로운 성이 서 있었다. 사각형 모양의 그 성은 성벽의 네 방향에 원통처럼 생긴 탑이 솟아 있었고, 곳곳이 반짝거리며 위용 있는 분위기를 내뿜었다.

저 성도 노예가 세운 것일까.

성문에 도착해 보니, 이번에는 연락이 전달되었는지 바로 통과시켜 주었다. 그럼에도 문지기는 인상을 찌푸리며 이쪽을 노려보았지만.

마차에서 내린 뒤, 성에서 나온 불쾌해 보이는 로브 차림의 남자에게 안내를 받아 번쩍번쩍한 왕궁의 복도를 걸었다. 우와아, 악취미야. 지금까지 다양한 성을 봐 왔지만, 이렇게까지 호화롭게 번쩍거리는 곳은 처음이었다.

나와 뒤에서 따라오는 란츠를 포함한 기사 다섯 명은 알현실 앞에서 단검 이외의 무기를 모두 빼놓아야 했다. 조심스럽네. 이제부터 국왕을 만나게 되는 거니 이해 못 할 바는 아니지만.

알현실으로 들어가자 무릎을 꿇게 했다. 주변에는 아마도 산드라의 중신과 장군, 경호를 위한 노예 병사로 보이는 이들이 쭉 늘어서 있었다. 이렇게 많으니 검 한두 자루 정도는 신경 쓸 필요 없을 텐데. 물론 만약을 위한 조치였겠지만.

"그래, 그대가 브륀힐드에서 왔다는 사절인가. 듣자 하니 수해의 민족의 요구를 가지고 왔다던데. 참으로 수고가 많군."

재상으로 보이는 붉고 검은 로브를 입은 대머리 남자가 말했다. 남자의 말투는 마치 빈정대는 듯했다.

　안쪽의 번쩍번쩍 빛나는 옥좌에는 졸린 듯한 눈으로 담뱃대의 담배를 피우면서 뻐끔뻐끔 연기를 뱉는 살찐 남자가 아니나 다를까 휘황찬란한 의상을 입고 앉아 있었다. 우와, 순간 오크가 아닌가 착각을 했다……

　옥좌 옆에는 거의 반라라고 해도 과언이 아닐 얇은 옷을 입고 '노예의 초커 목걸이'를 찬 노예 여성이 재떨이를 든 채 무릎을 꿇고 있었다.

　머리숱이 적은 오크를 닮은 머리 위에는 순금 왕관이 올려져 있었다. 저 녀석이 산드라 왕국의 국왕, 압달 자바 산드라 3세인가. 아무리 봐도 성군으로는 보이지 않았다. 겉모습으로 판단해서는 안 되지만.

　옥좌 배경의 양 사이드에는 역시 번쩍거리는 갑옷과 검이 장식되어 있었다. 검에도 보석이 박혀 있었지만 일단 실전용이긴 한 듯했다. 그런 것보다, 이 오크는 절대 저 갑옷을 못 입을 텐데? 사이즈를 보면.

　그런 실례되는 생각을 전혀 내색하지 않고, 나는 산드라 국왕을 향해 말을 하기 시작했다.

　"로빈 록슬리라고 합니다. 수해의 민족의 요구를 바로 말씀드리겠습니다. 이쪽의 마수 전사단이 연행한 부족 사람들을 즉시 되돌려 주셨으면 한다고."

"거절한다."

용건을 말하기 시작한 내 말을 끊고 국왕은 담뱃대를 노예가 들고 있던 재떨이에 가볍게 털었다. 그리고 노예 여성에게 담뱃잎을 넣게 한 뒤, 불을 붙인 담뱃대를 다시 들더니 또 뻐끔거리며 연기를 내뿜었다.

국왕은 젊은 여성 노예의 뺨을 야릇한 손길로 쓰다듬은 다음, 히죽히죽 엷은 웃음을 띠며 이쪽을 보지도 않고 말했다.

"노예의 수가 부족해서 말이지. 돌려줄 수 없다."

"……노예로서 붙잡기 위해 수해의 부족을 습격했다는 겁니까?"

"그게 어쨌다는 거지? 다른 나라에 이래라저래라 하는 말을 들을 이유는 없다. 이제 막 생긴 소국이 뻔뻔스럽게 나서 봐야 신경도 안 쓰지만."

히죽거리는 웃음을 지으면서 산드라 국왕이 그런 말을 내던졌다.

확신범인가. 역시 나라의 명령으로 수해를 침략했다는 거구나.

"……수해의 부족과 전쟁을 바라시는지요?"

"전쟁? 전쟁이 가당키나 하나. 녀석들은 기껏해야 소수 부족이 모여 있는 것에 지나지 않아. 우리 마수 전사단에게 이길 수 있을 것 같으냐."

"수왕의 부족은 우리 브륀힐드와 우호 관계를 맺고 있습니다. 우리와도 싸울 생각이십니까?"

움찔 하고 눈썹을 위로 올린 국왕이 의자에 앉은 채 주욱 앞으로 몸을 내밀었다.

"우쭐대지 마라. 너희 왕은 뭔가 착각하고 있는 모양이다만, 거인병을 아무리 많이 가지고 있어도 상관없다. 산드라와 대적하고 싶다면 잠자리를 조심해야 할 거다. 우리는 온갖 종류의 암살에 능한 자를 지배하에 두고 있으니 말이지. 네놈의 왕 따위는 언제든 죽일 수 있다."

산드라 왕의 말을 듣고 주변 사람들이 웃음을 머금는 소리가 흘러나왔다. ……이 녀석들은 안 되겠어.

누구 하나 할 것 없이 전부 바보다. 처음부터 대적할 생각이 가득하다. 어디에서 그런 자신감이 나오는지 신기할 지경이다.

산드라 국왕이 손가락으로 딱 소리를 냈다. 주변의 노예 병사들이 일제히 검을 빼 들었다.

우리도 자리에서 일어섰고, 란츠를 비롯한 호위 기사들이 유일한 무기인 단검을 빼 들었다.

"……이게 무슨 짓이지?"

"응? 이 성에는 사절이 오지 않았다는 말이다. 아스탈이 망한 뒤로 노예의 수가 부족해서 말이야. 다른 나라에서도 긁어모으고 있지만, 한 달만 있으면 너희도 순종적인 노예로 다시 태어날 거다. 우리 나라에는 우수한 조교사가 많이 있으니 말이지.”

큭큭큭, 하고 웃는 국왕을 보니 역시나 어이가 없어서 차마 말이 나오지 않았다. 처음부터 우리를 붙잡을 생각으로 들여보낸 모양이었다.

역시 이 녀석들은 다른 나라에서도 사람을 납치했던 듯하다. 다른 나라의 임금님들이 말한 대로 망나니 같은 나라다. 아무리 그래도……라는 생각에 조금이나마 기대한 내가 바보였다.

발끈 하고 화가 난 것은 아니지만 이렇게까지 사람을 바보 취급하니 도저히 얌전히 있을 수 없었다. 그쪽이 그렇게 나오겠다면 자제할 필요도 없는 거고 말이야.

조금 더 서로의 속을 떠보기를 원했지만 생각보다도 상대가 바보였다.

“……바보 같아.”

“뭐라?”

한숨을 쉬고 나는 【스토리지】에서 산드라 국왕이 앉아 있는 옥좌에도 지지 않을 정도로 멋진 소파를 꺼냈다.

그곳에 걸터앉아 국왕을 바라보며 몸을 뒤로 젖히고, 다리를 꼰 다음 등받이에 팔꿈치를 올렸다.

“이렇게 전부 바보여서는 상대하는 이쪽도 어처구니가 없을 뿐이야. 자, 다들. 이제 됐어. 이런 연극은 그만 끝내자. 이 녀석들은 전쟁을 원하는 모양이니까.”

"네 이놈……. 지금 어떤 상황인지 모르겠단 말이냐?"

국왕이 자리에서 일어나 이쪽을 노려보았다. 오오오, 혹시 화가 나신 걸까? 얼굴이 새빨갛게 달아올랐는데?

"상황이고 뭐고, 이 나라의 본성을 알게 되어서 다행이라고 생각해. 미치도록 바보인 국왕에 멍청한 신하. 이봐, '우물 안의 개구리는 큰 바다를 모른다' 라는 말 알아? 우물 안의 개구리는 넓은 바다를 모른다는 의미인데."

"저 녀석을 죽여라!"

"말 좀 들어!"

달려들려고 했던 노예 병사들이 우리의 반경 2미터 앞에서 보이지 않는 벽에 막혔다. 【실드】 마법 정도는 펼쳐 뒀지. 당연히.

"아니?! 네, 네 이놈. 로빈이라고 했겠다! 정체가 뭐냐?!"

"아~. 그건 가명이야. 본명은 모치즈키 토야. 당신이 언제든 죽일 수 있다고 말한 브륀힐드의 공왕이지. 처음 뵙겠습니다, 산드라 국왕 폐하."

【미라주】를 해제하고 머리카락과 눈동자의 색을 원래대로 되돌렸다. 상대가 완벽하게 적대적으로 나왔으니, 이제 숨길 필요가 없었다.

"브륀힐드의 공왕이라고?! 말도 안 돼. 일국의 왕이 왜 이런 곳까지……?!"

"원래 모험자라서 이리저리 잘 돌아다녀. 당신도 운동 좀 하는 게 좋아 보이는데? 누가 봐도 뚱뚱하잖아."

담뱃대를 꽉 쥐고 이를 으드득 가는 오크 국왕을 보고 노예 여성이 공포에 질린 표정을 지으며 뒷걸음질 쳤다.

"뭐 하는 거냐! 이 녀석이 정말로 브륀힐드의 공왕이라면 마침 잘 됐다! 죽여 버려라!"

명령을 내린 대머리 재상의 말을 듣고 다시 노예 병사와 장군들이 다가왔지만 어중간한 물리 공격은 【실드】로 모두 막을 수 있다.

"【불꽃이여 오너라, 붉은 연탄, 파이어 애로우】!"

물리 공격이 통하지 않는다고 판단한 산드라의 마술사가 화염 주문을 외워 불꽃 화살을 날렸다.

"【리플렉션】."

그것을 반사 마법으로 정중하게 되돌려 주었다. 튕겨서 돌아간 화염 화살 세 개는 마법을 사용한 술자와 그 양옆에 있던 가신을 맞혀 저 멀리 날려 보냈다.

"일국의 왕이라는 것을 알면서도 공격이라. 그쪽이 완벽하게 전쟁을 도발한 것으로 봐도 되지?"

"멍청한 자식. 너희를 여기서 죽여 버리고 어둠 깊숙한 곳에 묻어 버리면 아무 일도 없었던 일이 된다."

억지로 웃음을 지으며 산드라 국왕이 그렇게 말을 내뱉었다. 나를 거의 알지 못하는 듯하니 어쩔 수 없다고는 생각하지만 【게이트】를 사용하면 이런 곳에서 탈출하는 것은 별것 아닌데 말이야. 물론 도망갈 생각은 없지만.

"한 번 더 말할게. 전쟁을 하고 싶어?"

"우리 나라에는 마수 전사단과 노예병단이 있다. 죽을 때까지 계속 싸우는 병사들이 말이다. 그쪽도 우리 산드라를 적으로 돌리고 무사할 거라고 생각하지 마라."

이것 참. 정말로 바보 자식인 모양이다.

"미안하지만, 브륀힐드는 산드라를 상대할 생각이 없어. 아니, 정확하게는 상대할 필요도 없다고 해야 하나?"

"뭣이라?"

의아하다는 듯이 산드라 국왕이 눈썹을 모았다.

나는 소파에 걸터앉은 채, 산드라 국왕 쪽으로 손바닥을 들어 무속성 마법을 발동했다.

"【어포트】."

손안에 '노예의 초커 목걸이'가 나타났다. 산드라 국왕에게서 떨어져 번쩍거리는 갑옷 뒤에 숨으려고 하던 노예 여성이 갑자기 목걸이가 사라진 감각을 느끼고 깜짝 놀랐다. 그 모습을 본 국왕이 놀라 눈을 부릅떴다.

"아니?!"

"이 '노예의 초커 목걸이' 말인데……. 사실은 목걸이에 기억된 주인 이외에, 최상위 마스터라고 할 수 있는 마력의 파동이 기억되어 있다는 사실을 알게 됐어. 즉, 산드라 국왕, 당신의 마력 파동이지."

빙글빙글 손가락으로 목걸이를 돌리면서 나는 설명했다. 주로 우리를 둘러싼 노예 병사들에게.

생각해 보면 당연하다. 노예는 주인에게 절대적으로 복종한다. 그런 노예를 많이 손에 넣은 자가 국왕에게 반기를 들면 큰일이 난다.

그래서 그 주인보다도 더욱 상위의 명령자로서, 모든 '노예의 초커 목걸이'에 특별한 마력 파동을 부여했다.

아마 그 마력 파동은 무언가의 아티팩트로, 대대로 왕에게 전해져 오고 있겠지.

그렇지 않으면 국왕의 대가 바뀌었을 때, 새 국왕은 노예를 조종할 수 없고, 혈통만으로 기억된다고 하면, 왕가의 피를 잇기만 해도 노예를 조종할 수 있게 된다.

아마 왕가의 마력 파동과 노예에게 명령을 내리는 아티팩트, 이 두 가지가 갖추어져 있어야 비로소 기능하는 산드라 왕가의 비술이라고 할 수 있는 힘.

"즉, 당신은 모든 노예에게 명령을 내릴 수 있는 '슬레이브 마스터'라는 거야."

"……그렇다. 내 명령 하나로 모든 노예가 네놈에게 엄니를 드러낼 것이다. 그만 포기해라."

확실히 무시무시한 힘이다. 지금까지는 '노예의 초커 목걸이'가 대량 생산되지 않아 다행이었지만, 이게 대량 생산되어 다른 나라에까지 퍼지기 시작하면.

욕망을 그대로 드러내며 사람이 사람을 노예로 삼는다. 그것은 산드라 국왕의 노예를 새롭게 만들어 내는 것이나 마찬가지다. 세계 규모의 노예 왕국이 탄생하는 것이다.

하지만 그렇게 둘 수는 없다.

"그럼 그 마스터의 권한을 빼앗기면 어떻게 되지?"

"뭐라?"

조금 전부터 스마트폰의 【멀티플】로 산드라 왕국에 있는 모든 타깃을 포착해 두었는데, 숫자가 너무 많아서 시간이 걸리고 말았다. 좋아, 준비 완료. 발동!

"【크래킹】."

무속성 마법 【크래킹】은 아티팩트의 기동식 안으로 들어가그 발동 조건과 설정을 다시 쓰는 마법이다.

예를 들어 수도꼭지를 틀면 물이 나오는 간단한 아티팩트가 있다고 하자. 그것을 수도꼭지를 틀면 주스가 나오도록 다시쓰는 것은 힘들지만, '수도꼭지를 틀지 못하게 한다' 라든가 '수도꼭지를 틀어도 물이 조금만 나오게 한다', 또는 '엄청나게 많이 나오게 한다'라고 바꿔 쓰는 것은 간단하다.

바빌론의 '도서관'에서 발견한 마법인데, 의외로 편리하게 사용할 수 있다. 해설 마법【애널라이즈】와 조합하면, 마력의 흐름에서 발동까지 손에 잡히듯이 알 수 있으니까.

단, 내 지식으로는 어떻게 해 볼 수 없는 아티팩트도 있고, 너무 복잡한 공정을 밟으면 예상외의 효과가 나타나기도 해서 주의가 필요하다.

'노예의 초커 목걸이'도 의외로 복잡한 구조라, '주인에게 절대 복종'이라든가 '강제 행동', '목걸이 해제 방지' 같은 기능 그 자체를 무력화하는 것은 조금 어려웠다.

하지만 최상위 권한에 등록된 마력 파동을 내 것으로 바꾸고, 그 이외의 것을 삭제하는 것은 간단했다. 이미 노예 상인에게서 손에 넣은 목걸이로 실험을 끝마친 상태다.

즉, 소유주의 이름을 바꾸는 데 성공했다는 말이다.

그리고 지금, 이 도시에 존재하는 모든 '노예의 초커 목걸이'의 마스터 등록을 모두 나로 바꿔 썼다. 즉——.

"다들 뭐 하는 거냐?! 해치워라!"

산드라 국왕의 명령에 따라 노예 병사들이 검을 나에게로 겨눴다. 하지만 그곳에 있던 병사 전원이 무언가 당황한 모습으로 서로의 얼굴을 바라보았다.

그거야 당연하다. 강제적으로 움직이고 있지 않으니까. 지금 행동은 명령을 받아 무심코 몸을 움직인 것일 뿐, '목걸이'

효과 탓이 아니었다.

"베어 버려라! 그 녀석을 죽여라!"

산드라 국왕이 계속해서 외쳤지만, 노예 병사들은 아무런 반응이 없었다. 목걸이가 풀렸나 하고 목에 손을 대는 노예도 있었지만 목걸이는 그대로였다.

"이, 이건 대체⋯⋯."

"대체 왜 그러지?! 왜 노예들이 안 따르는 거냐?!"

주변의 중신들도 상황이 이상하자 허둥대기 시작했다.

"소용없어. '노예의 초커 목걸이'를 한 노예는 주인 이외의 명령은 따르지 않거든. 그리고 노예들의 주인은 조금 전부터 오로지 나 한 사람으로 변경되었어."

"뭐, 뭐라?!"

"산드라에 있는 사람과 아인의 3분의 1은 노예라며? 게다가 그 대부분이 이 나라의 노동력이야. 그 사람들이 지금은 나에게 절대적으로 복종한다는 말이지. 알기 쉽게 말해 줄까? 이 나라는── 내가 빼앗은 거야."

"뭐⋯⋯라고⋯⋯?!"

순간, 멍한 표정을 지었던 산드라 국왕이었지만, 곧장 팔에 부착한 금색 팔찌에 마력을 흘려 '재등록'을 시도했다. 보아하니 저게 '등록용' 아티팩트구나.

하지만 아쉽게 됐다. 이미 마스터 등록은 덮어쓰기가 안 되게 바꿨으니까. 사실 다른 도시까지는 아직 국왕의 명령이 전달되었지만 그걸 가르쳐 줄 의무는 없었다.

"이럴 수가……! '노예의 초커 목걸이' 의 주인 등록은 이 '노예왕의 팔찌' 를 가진 우리 왕가의 혈통을 이은 자만이 가능할 텐데……! 핫! 설마 네놈은 우리 왕가의 피를 잇고……."

"기분 나쁜 소리 하지 마. 이 바보야."

너와 친척이라니, 생각만 해도 신물이 나. 오크의 피를 이어받은 기억은 없거든요?

노예 병사들은 갑작스러운 일이라 이해가 잘 안 되는 모양으로, 시선이 나와 산드라 국왕을 오갔다.

"자, 노예 병사 제군, 나는 자네들에게 아무런 명령도 하지 않아. 범죄로 인한 노예가 아니라면 노예에서 해방해 주겠다고 약속하지. 다른 나라에서 끌려왔다고 한다면, 그 고향으로 돌아가는 것도 자유야."

의자에서 일어나 주변 병사들에게 말을 걸었다. 이미 다들 검은 내려놓았다. 개중에는 울기 시작한 사람도 있었다.

"정말로…… 해방되는 겁니까……?"

"약속하지. 자네들은 자유로워질 거야. 이제 노예가 아니니까."

말을 걸어 온 노예 병사 한 명에게 나는 그렇게 대답해 주었다. 그러자 다른 병사들도 오열하는 목소리로 말하기 시작했다.

"노예가, 아냐……."

"우리는 노예가 아닌 거야……."

"……평범하게, 살 수 있어……."

"고향에 돌아갈 수 있다니…… 인생을 되찾을 수 있다니……."

참듯이 목소리를 떨면서 남자들이 눈물을 흘렸다. 기쁨과 분함, 분노와 허무함 등 다양한 감정이 뒤섞여 있는 거겠지.

"말도 안 돼……. 노예들이, 노예들이……."

"【어포트】."

"아니?!"

옥좌에 쓰러지듯이 앉은 산드라 국왕의 오른팔에서 팔찌가 사라지더니 내 손 안에서 나타났다. 이게 '노예왕의 팔찌'인가.

"이, 이리 내라!"

"아니아니, 이제 필요 없잖아."

생긋 웃고 팔찌를 던진 뒤, 떨어지는 그것을 블레이드 모드인 브륀힐드로 동강 내 버렸다.

바닥에 떨어진 팔찌는 완벽하게 두 개로 나뉘었다. 이것으로 완전히 노예들은 국왕의 명령에 따르지 않아도 상관없어졌다. 아직 다른 마을에 있는 노예들은 현재의 주인에게 따라야 하는 상태지만, 그들도 순차적으로 해방해 줄 생각이다.

"이 자식! 네 이놈! 이런 짓을 하다니! 무슨 권리로 우리 나라의 노예를 빼앗는 거냐!"

"아주 재미있는 소릴 다 하네. 그럼 당신은 무슨 권리로 사람들에게서 자유를 빼앗았는지 대답해 줄 수 있을까?"

"크으으윽……!"

내 주변에 있는 노예 병사들이 국왕을 향해 분노에 가득 찬 눈길을 보냈다. 부당하게 인생을 빼앗기고, 사람의 존엄에 손상을 입었다. 분노를 느끼는 것은 당연한 일이었다.

그런데 그때, 밖에서 많은 비명과 짐승의 울부짖는 소리가 들려왔다. 동시에 무언가가 날뛰는 듯한 충격도 전해져 왔다. 시작된 건가.

"뭐, 뭐지?! 무슨 일이 일어난 거냐?!"

무슨 일인지 몰라 당황해하는 중신들. 그 알현실에 우리를 이곳으로 안내한 로브를 입은 남자가 허둥대며 구르듯이 들어왔다.

"크, 큰일입니다! 마수 전사대가 조종하는 마수들이 날뛰고 있습니다! 전혀 말을 듣지 않습니다!"

"뭐, 뭐라고?!"

당연히 그렇게 되겠지. 노예들은 이성이 있고, 목걸이가 여전히 풀리지 않았으니 웬만한 일이 없고서는 함부로 행동하지 않는다. 하지만 마수들은 다르다. 해방되면 본능이 이끄는 대로 움직이기 시작한다. 과연 억누를 수 있을까?

"말했잖아? 이제 '노예의 초커 목걸이'는 내 지배하에 있다고. 나 이외의 명령은 듣지 않아."

"크으으……!"

참고로 마수들에게는 이 도시에서 탈출해라, 가능한 한 사람을 죽이지 마라, 라고 명령해 두었다. 아마 도시 안이 패닉 상태에 빠졌겠지.

"이 자식……! 감히, 감히, 감히……!"

"그러니까 몇 번이나 물었잖아. 전쟁하고 싶냐고. 나는 평화주의자지만 아무런 저항도 하지 않는 게 좋다고는 생각하지 않아. 맞으면 때려서 갚아 주지. 우리에게 선전포고를 한 사람은 당신이야. 이제 와서 때릴 각오가 안 되어 있었다는 말을 해 봐야 소용없어."

"닥쳐라, 닥쳐라, 닥쳐라!"

밉살스럽다는 듯이 이쪽을 노려보는 산드라 국왕. 자, 이제는 이 녀석을 묶어서 목걸이를 생산하는 장소를 묻고 완전히 파괴해야겠어.

그런 생각을 하며 내가 한발 내디뎠을 때.

산드라 국왕의 옆에 있던 여성 노예가 어느새 손에 들었는지, 보석이 세공된 검을 힘껏 옆으로 휘두르려고 했다.

"후어?"

그런 얼빠진 목소리가 들리는가 싶더니 다음 순간, 오크와도 닮은 인간의 머리가 완벽하게 공중을 날았다.

너무 엄청난 일이라 나도 움직일 수 없었다. 아니, 【텔레포트】등으로 중간에 끼어들 수는 있었을지도 모르지만, 몸이 움직이지 않았다고 해야 하나? 도와주고 싶은 마음이 들지 않았다고 해야 하나. 그 결과 나는 산드라 국왕을 그냥 죽도록 내버려 둔 것인지도 모른다.

멍하니 그런 생각을 하는데, 잘린 국왕의 머리가 이쪽으로 날아왔다.

"우와앗?!"

나는 발밑으로 튀어서 굴러온 국왕의 머리를 무심코 옆으로 차 버렸다. 앗, 아냐! 죽은 사람을 모독한다든가 그런 게 아니라, 정말로 놀라서 무심코! 잘린 머리가 툭 하고 다가오면 당연히 놀랄 수밖에!

발에 차인 머리는 완벽하게 재상의 대머리 아래쪽으로 날아가 그 자리에서 구르다가 멈췄다.

"히이이이이이익!"

재상은 기겁하며 그 자리에서 쓰러졌고, 그것의 뒤를 따르듯 목에서 세찬 피를 분출한 국왕의 몸도 옥좌 앞에 쓰러졌다.

푸쉿푸쉿 하고 리드미컬하게 분출된 피가 단상에서 천천히 흘러 떨어졌다.

그리고 나는 발로 차 버릴 때 다리에 흠뻑 피가 묻어서 눈물을 글썽였다.

어라라……. 놀려 주려고 준비했던 【슬립】이 나설 차례가 없었어……. 내가 뭘 하기도 전에 멋대로 퇴장해 버렸다. 사람을 여러모로 무시해서 한 방 때려 주고 싶었는데…… 앗, 조금 전에 발로 찼구나.

"아~. 일단 【패럴라이즈】."

"으윽?!"

"크앗?!"

그 자리에 있던 중신들에게 마비 마법을 걸어 움직이지 못하도록 만들었다. 그리고 노예 병사들의 도움을 받아 모두 묶어 버렸다.

어안이 벙벙해서 힘을 잃은 것처럼 그 자리에 주저앉았던 여성 노예가 나를 향해 고개를 들었다.

"……덕분에 자매의 원수를 갚을 수 있었습니다……. 감사합니다, 정말 감사합니다……."

나중에 들어 보니, 이 사람은 원래 자매가 모두 모험자였다는 모양이었다. 그런데 레굴루스에서 도적단에 습격당해 노예 상인에게 팔렸다고 한다.

자매 모두 아름다워서 국왕에게 헌상되었다. 몸을 유린당하던 중에 언니와 여동생이 국왕의 심기를 건드려 괴롭힘을 당하며 살해당했다. 그 원한을 언젠가 갚겠다는 희망을 의지하며 지금까지 살아왔다고 한다.

완벽한 쓰레기 자식이었다는 건가. 그야말로 자업자득이라 할 만했다.

자, 이 사람을 어떻게 할까. 일단 상황만 보면 한 나라의 국왕을 살해한 범인이니까. 적국…… 우리 나라 입장에서는 영웅인지도 모르지만.

몰래 망명을 시키는 것도 하나의 방법이 아닐까?

브륀힐드와 산드라 사이에 전쟁이 발발. 15분이 채 되지 않아 산드라의 노예 전력이 무력화, 산드라 국왕이 부하의 배신으로 전사(?). 전쟁 종결.

전쟁이라고 한다면, 지금까지의 추이는 이런 느낌일까.

싸움을 건 쪽은 상대편이니……. 코사카 씨한테 뭐라고 설명하지……?

일단 그건 나중에 생각하자. 그렇게 하자. 응.

일어설 기력도 없는 대머리 재상을 마비에서 회복시키고 일으켜, '노예의 초커 목걸이'를 생산하는 공장으로 안내시켰다.

놀랍게도 그 공장은 성의 서쪽에 있는 탑 지하에 있었다.

나라가 목걸이를 생산해 노예 상인이 그것을 사고, 도적단이 사람을 납치하면 노예 상인이 그것을 산다. 그리고 목걸이 탓에 노예가 된 사람을 산드라 국민이 또 산다…… 그런 흐름인가.

공장에서는 많은 노예가 강제로 일하고 있었지만, 모두 일을 그만두게 했다.

지하에 설치되어 있던 전자레인지 정도 크기의 상자 모양 아티팩트 세 개가 평범한 목걸이를 '노예의 초커 목걸이'로 변화시키는 부여 아티팩트였던 듯했다.

낡은 것이 몇백 년 전에 대마법사가 만든 오리지널이고, 나머지 두 개가 최근에 완성한 복제품인 듯했다. 몇십 년이나 걸려 마법사들이 해석하여 만들어 낸 물건이라는 모양이었다.

덧붙이자면 그 마법사도 펠젠에서 우수하다는 평판을 받던 마공 기사를 납치해 노예로 삼은 사람이었다고 한다.

그 마공 기사도 너무 무리한 것인지 최근에 사망했다는 모양이다. 그래서 이제는 복제품을 만들 사람이 없었다. 결국 또 복제품을 만들기 위해서 우수한 마공 기사를 납치할 예정이었다고 하는데…….

"재앙의 싹은 근본부터 뿌리 뽑아 버려야 해."

오리지널을 포함한 그 아티팩트 세 개에 【그라비티】를 걸어 재생할 수 없도록 납작하게 만들어 버렸다.

이것으로 다시는 '노예의 초커 목걸이'를 만들 수 없다. ……정확하게 말해 박사와 나는 【애널라이즈】로 해석을 해 버렸기 때문에 만들려고 한다면 만들 수는 있지만.

자, 이제는 노예들의 해방인데…….

단숨에 해방시키면 폭동이 일어날 수도 있다. 바로 직전까지 학대받던 사람들이니 복수를 꾀해도 이상하지 않다. 하지만 죄를 저지르면 다시 노예로 전락할 가능성도 있으니, 그렇게까지 바보 같은 짓을 하지는 않을 거라 생각하고 싶었다.

범죄자 노예는 해방해 줄 생각이 없었지만, 돌아갈 장소나

기다려 주는 사람이 있는 사람은 먼저 돌려보내 주는 편이 좋을 듯했다. 문제는 그 숫자였다.

산드라는 나라의 대부분이 사막으로, 국토 면적보다는 훨씬 인구가 적지만…….

이제부터 며칠이나 해방 작업이 계속될지.

"이건 동서 동맹 모두에게도 협력을 요청하는 수밖에 없겠어……."

산드라를 특별히 어떻게 할 생각은 없었다. 하지만 규모가 최소한으로 끝나긴 했지만 전쟁은 전쟁이다. 철저하게 받아야 할 것은 받을 생각이다. 납치되어 온 노예들에게 해 줘야 할 최소한의 배상은 산드라가 책임지게 해야 돼.

그로 인해 나라가 기운다고 하더라도 내가 알 바 아니다. 노예들을 철수시킨 뒤에는 산드라를 다시 부흥시키든 뭘 하든 알아서 하면 그만이다.

단, 이제 노예가 없으니 자신들의 힘으로 모든 것을 해야 한다. 범죄자 노예는 해방하지 않을 거라 이 나라에 남겠지만.

국왕도 그렇게 되어 버렸으니 유론처럼 또 자칭 왕이라는 사람들이 나타날지도 모른다. 그리고 결국 도시 국가로 생존하거나, 아니면 서로 패권을 다투거나 하겠지.

……아니, 지금까지 노예에게 싸움을 모두 맡겼던 겁쟁이가 자기들끼리 전쟁을 할 수 있을 거라고는 생각하기 힘들다. 어느 쪽이든 간에 산드라는 쇠퇴할 가능성이 크다. 그러고 보니

그 오크 임금님, 자녀는 있을까?

음, 상관없나. 노예를 조종할 힘을 잃은 이상, 후계자가 있다고 하더라도 그런 왕가를 따르는 녀석들이 얼마나 있을지.

결국 다른 임금님들의 말대로 되어 버렸네. 망하게 할 생각은 없었는데, 그렇게까지 바보인 줄은 몰랐으니……. 침팬지와 교섭하는 편이 더 실익 있는 대화를 나눌 수 있을걸? 아마도.

하아……. 전쟁은 언제나 허무하다.

산드라 왕국과의 작은 전쟁을 치른 후로 며칠간, 나는 사후 처리를 하느라 바빴다.

먼저 왕도의 납치된 노예들(범죄자로 등록된 노예는 제외)을 모은 뒤, 돌아갈 장소가 있는 사람은 산드라 왕국에서 받아 낸 거액의 배상금에서 어느 정도의 돈을 건네주고 【게이트】로 보내 주기로 했다. 미안하지만 나라 단위로 나눠서 한꺼번에 보내 주었다. 동서 동맹 각국에는 이미 통지한 상태이니, 어느 정도는 원활하게 고향으로 돌아갈 수 있으리라 생각한다.

물론 팜 일행에게 부탁받은 수해의 부족도 구출했다. 한 사람도 빠짐없이 먼저 대수해로 돌려보냈다.

"자, 줄 서 주세요. 서두르지 마시고 일렬로 서 주세요."

노예들이【게이트】를 지나기 전에, '연구소'의 티카와 박사가 만든 '비밀 병기'를 사용해 '노예의 초커 목걸이'를 무력화한 뒤, 그 순서대로 해방했다.

티카가 줄 서 있는 노예들의 목걸이에 침이 없는 주사기 같은 것을 꾹 눌렀다. 그게 두 사람이 만든 아티팩트인 '이니셜라이즈'다.

알기 쉽게 말하면, 부여된 마법을 전부 삭제해 '초기화'하는 아티팩트다.

이거라면 내가 일일이【어포트】를 사용해 풀어 줄 필요가 없다.【어포트】는 내 손에 들어올 정도가 아니면 발동하지 않기 때문에 여러 개를 발동하지 못한다. 소프트볼 한 개 정도라면 들어오는데, 두세 개를 동시에 하는 것은 어렵다. 물론 작다면 여러 개를 끌어당길 수도 있지만.

'이니셜라이즈'는 어떤 의미에서는 엄청난 아티팩트다. 그 것에 걸리면 고대 왕국 때부터 남아 있던 귀중한 아티팩트도 그냥 도구로 전락한다. 프레임 기어도 그냥 장식품이 되어 버리는 것이다.

정확하게는 초기화라기보다 강력한 '무(無)'를 부여하는 '덮어쓰기'이지만. 물론 그 막대한 마력은 내가 주입했다. 그래서 나 외에는 충전하려고 하면 엄청나게 많은 시간이 걸린다. 평범한 마법사가 한 번 분량을 충전하려고 하면 1년 정도 걸리려나?

　바빌론 넘버즈 모두가 노예들의 목걸이를 무력화한 덕에 목걸이를 풀게 된 사람들이 【게이트】를 통과해 잇달아 고향으로 돌아갔다.

　당연하지만 노예를 풀어 주고 싶어 하지 않는 녀석들이 방해하기도 했다. 하지만 우리 기사단이 그 녀석들을 제압하고 묶어서 노예들이 들어가 있었던 감방에 반대로 처넣었다. 바쁘니까 방해하지 마.

　약간 예외적으로 스스로 노예 해방을 거부하는 사람도 있었다. 억지로 그렇게 말을 하도록 명령을 받은 것이 아니라, 그 입장에 만족하고 있는 듯해서 그건 그거대로 희망을 들어주었다.

　일단 목걸이의 기능은 무력화했지만. 나머지는 본인의 마음에 달린 일이다. ……그런 성격인 사람도 있구나, 응.

　며칠에 걸쳐 왕도의 노예들을 해방했으니, 이번엔 다른 마을의 노예들을 해방해 주어야 한다.

　각 마을의 영주들이 대항하려고 하면 성가시기 때문에 무조건 마을을 수십 기의 프레임 기어로 둘러싸 거역할 생각을 하지 못하게 만들었다.

　그 전에 산드라 왕국이 브륜힐드와 전쟁을 하려고 시도했지만, 순식간에 패배해 왕의 목이 날아갔다고 소문을 흘렸다. 산드라는 패전국이니, 거역하면 국왕과 같은 꼴을 당한다고 협박한 것이다.

사실은 그렇게 협박하는 짓을 하고 싶지는 않았지만, 노예들을 원활하게 해방하기 위해서 일부러 그런 수를 사용했다.

덧붙이자면 산드라 국왕의 목을 친 그 여성 노예는 갈 곳이 없다고 해서 몰래 브륀힐드로 도망치게 해 주었다. 전 모험자인 모양이니 생활하는 데는 문제가 없으리라 생각한다.

마찬가지로 돌아갈 장소도 기다리는 사람도 없는 자는 각각 희망하는 나라로 건너갔다. 가 본 적 없는 나라로 가는 사람도 있었고, 산드라에 그냥 남는 사람도 있었다.

당연히 브륀힐드로 가고 싶다는 사람도 소수이지만 있었는데, 나는 그 사람들을 받아들여 주었다. 땅도 일자리도 아직 남아 있으니, 그럭저럭 살아가는 정도라면 문제없으리라 생각한다.

코사카 씨는 이번 일로 호된 설교를 했지만, 이 이민만큼은 노동력이 늘어 도움이 되었기 때문에 특별히 아무런 말도 하지 않았다. 단, 좀 더 잘 대처했으면 더욱 많은 배상금을 받아낼 수 있었을 텐데 그렇게 하지 못했다며 아쉬워했다. 앞뒤 생각도 잘 못 하는 바보라서 죄송합니다……. 너무 산드라 왕국만 바보 같다고 말할 처지가 아니야, 이래서는.

이래저래 산드라에 잡혀간 노예들을 풀어 주는데 한 달 이상이 걸리고 말았다. 노예들을 숨기려는 사람들도 많아서 검색하여 그곳으로 찾아 들어가기도 했다. 대부분은 노예 상인이었다.

노예 상인들은 모두 직업을 잃고 반대로 범죄자 노예가 되었다. 다른 나라의 국민을 유괴, 감금, 매매했으니 당연한 일이다. 그들은 평생 노예 광산에서 일하도록 했다. 마스터 권한이 나에게 있어서 광산의 주인이라도 해방해 줄 수 없다.

개중에는 다른 나라에서 유괴하지는 않은 정직한(?) 노예 상인도 있었는데, 그 사람들은 그냥 못 본 척해 주었다. 단, 범죄자 노예로서 광산에 가는 편이 더 안전할 것 같은데 말이지.

솔직히 말하면 해방된 노예들이 지금까지의 원한으로 인해 산드라로 돌아가 노예 상인이나 전 주인에게 복수할 가능성도 충분히 생각해 볼 수 있었다.

하지만 나에게는 그것을 말릴 권리가 없다. 복수는 본인에게 달린 문제다. 그 뒤에 체포되거나, 살해되거나, 이번엔 범죄자 노예가 될 각오가 있다면 마음대로 하면 될 일이다. 기껏 자유로워졌으니 바보 같은 짓을 하지 않기를 바라지만.

범죄자 노예들 중에는 억울하게 죄를 뒤집어쓰고 투옥된 사람도 있을 수 있었기 때문에, 박사가 특별히 만든 거짓말 탐지기로 판단하기로 했다. '사실은 죄가 없는 사람은 손을 들어 주세요' 라고 말하면 된다. 당연히 대부분은 뻔뻔하게 손을 든다.

범죄의 정도에 따라서도 다양하지만, 나는 산드라의 재판관이 아니다. 아무래도 '속아서 억지로 범죄를 저지르게 되어 노예가 되었다' 라는 복잡한 배경이 맞는지 아닌지는 알 수는 없었다.

그래도 유미나나 라밋슈 교황 예하의 마안으로 가능한 한 체크해 보았다.

솔직히 내가 이렇게까지 할 필요는 없다는 말을 들었지만, 모처럼이니 노예라는 것을 어느 정도 없애는 편이 좋다고 생각했다.

이 이후로 노예는 죄를 저지른 자가 받는 형벌의 하나로, 개인이 소유할 수 있는 성질의 것이 아니라는 방향으로 이야기가 진행되길 바라는 마음으로.

아무튼 이쪽에 계속 매달려야 했던 나도 겨우 해방되었다. 너무 바빠서 지금까지 일의 노예가 된 기분이었으니까…….

아아, 자유롭다는 것은 굉장해!

"……라고 생각했는데, 왜 이렇게 되는 거야……."

귀찮은 일에서 해방되었다고 생각했는데.

나는 다시 산드라 왕성의 알현실에 와 있었다.

눈앞의 옥좌에 앉아 있는 사람은 산드라 왕국 국왕, 압달 자바 산드라 3세였다. 아니, 전(前) 국왕인가.

〈구후구후구후. 나타났구나, 얄미운 공왕 자식. 내 원한을 풀어 줘야겠다!〉

"우와아……."

부패해 가는 머리통이 말했다. 돼지 국왕이 자신의 머리를 옆구리에 끼고 옥좌에 앉아 있었다. 온몸은 흙색으로 변했고, 번쩍이던 옷도 너덜너덜해져 더러웠다.

보다시피, 좀비였다. 놀랍게도 저 산드라 국왕의 시체는 버려졌던 무덤에서 부활했다. 사신의 짓이라고 생각했는데, 전혀 관계없이 그냥 좀비가 되어 버렸다. 어지간히 세상에 집착이 강했던 모양이다. 그런 시체가 가끔 있다는 이야기는 들었지만…….

좀비 국왕은 먼저 재상을 습격해 동료로 만들었다. 아무래도 좀비에게 물려서 죽으면 좀비가 되어 부활하는 듯했다.

그 후는 기하급수적으로 왕도에 좀비가 늘어 갔다. 다른 마을의 노예 해방에 집중했던 탓에, 전혀 눈치채지 못하는 사이에 왕도는 좀비의 도시로 변해 있었다.

알현실에는 그 외에도 좀비 장군과 좀비 장관이 다 모여 있었다. 모두가 흙색 얼굴로 야무지지 못하게 입을 벌린 상태였다.

입에서는 뭔가가 나와, 나온다고.

〈쿠훌쿠훌쿠훌. 나는 새로운 힘과 노예들을 손에 넣었다. 네

놈도 내 노예로 삼아 주마. 꾸후후후훌.〉

아니, 꾸후후후훌, 이라니. 죽어서 더욱 오크화가 진행된 건가, 이 녀석.

어이가 없어서 고개를 돌리자, 옥좌 뒤에서 비슷한 오크 얼굴을 한 남자 세 명과 여자 한명…… 여자, 맞지? 가 나타났다.

〈꾸훌, 아버지의 원수는 나의 원수. 각오해라.〉

〈쿠훌쿠훌. 창자를 끄집어내서 먹어 주마.〉

〈뇌뇌뇌, 뇌를, 머머머, 먹고 싶어.〉

〈꾸후훌, 꾸후후후훌, 살아 있는 남자!〉

우와아. 틀림없이 오크의 왕자님과 공주님이다. 자신의 아이들까지 좀비로 만들었단 말이야? 그건 그렇고 얼굴이 똑같네. 정말로 인간 맞아? 아니, 지금은 좀비지만.

〈꾸후후후훌! 불사의 육체를 지닌 우리에게 당할 수 있을 성싶으냐. 이 힘으로 도망친 노예들도 다시 내 것으로 만들어 주마!〉

아직도 그런 소릴 하네, 이 녀석. '바보는 죽어야 낫는다' 라고들 하는데, 그건 거짓말인가 봐. 죽어도 안 낫잖아. 그걸 지금 확실히 알게 되었다.

"이제 정말 질렸으니, 완벽하게 죽어 주지 않을래?"

〈시끄럽다! 얘들아, 해치워라!〉

가장 먼저 덤벼든 좀비 장군의 팔을 브륀힐드로 날려 버렸지만 아무렇지도 않게 다시 습격해 왔다. 전혀 대미지가 없는 모양이다. 썩어도 좀비라…… 이상한 표현이다, 이거.

〈꾸후후후홀! 소용없다, 소용없어! 불사인 이 몸은 통증 따위는 느끼지 않아!!!! 네놈의 공격이 통할 리가.〉

"【빛이여 오너라, 평안한 치유, 큐어힐】."

〈우교와아아아아아! 앗, 뜨거워! 뜨겁다고! 아파아아?!〉

"거짓말쟁이."

통하잖아. 회복 마법을 걸자 마구 버둥대는 좀비 장군. 언데드에 있어 회복 마법은 천적이다.

더욱 박차를 가하려고 좀비 장군을 향해 【스토리지】에서 꺼낸 페트병의 내용물을 차악차악 뿌렸다.

〈앗, 뜨거워! 노, 녹는 건가?! 몸이 녹고 있어어어어어! 뭐야, 이건??!!〉

"뭐냐니, 성수(聖水)인데."

〈서?! 우히이이이이이이!〉

좀비 장군이 고통스럽게 연기를 내뿜으면서 사라져 갔다. 나무아미타불. 역시 라밋슈 교국이 보증한 빛 속성이 부여된 성수다. 효과가 확실해.

〈이, 이 자식! 왜 그런 걸 가지고 있지?!〉

"어? 좀비가 상대이니까 당연히 가지고 와야지. 덧붙이자면 난 정화 주문도 사용할 수 있어."

〈뭐, 뭣이라?! 큭!〉

옥좌에서 몸을 돌려 우당탕탕 도망치려고 하는 돼지 국왕.

그의 뒤를 이으려는 듯이 다른 좀비들도 도망가기 시작했다. 좀비 주제에 재빠르네.

"【슬립】."

〈부웨엑?!〉

발이 미끄러져 일제히 넘어지는 좀비들. 넘어진 충격으로 목과 팔다리가 부러지고 내장이 삐져나온 자도 있었다. 좀비는 재생되지 않는다. 정화하거나 뇌를 파괴하지 않는 한 계속 생명을 부지한다.

"성가시네. 【빛이여 오너라, 반짝임의 추방, 배니시】."

내가 발한 정화 마법에 주변의 좀비 가신들이 빛이 되어 사라져 갔다.

〈갸아아아아아아아아아!〉

〈싫어, 싫단 말이다! 아직 죽고 싶지 않아아아아!〉

〈사라진다, 사라진다고오오오!〉

단말마의 외침을 남기고 좀비 가신들이 사라져 갔다. 이제 남은 것은 돼지 왕가 일족.

그런데 넘어진 상태의 돼지 왕을 남겨 두고 돼지 왕자들이 나에게 달려와 뛰어오른 기세를 그대로 몰아 넙죽 엎드렸다. 점프해서 이렇게 몸을 넙죽 숙이는 모습은 처음으로 봤다. 아무래도 좋지만 착지할 때의 충격으로 다리가 부러졌잖아.

〈꾸훌, 우리는 하라는 대로 따랐을 뿐이야.〉

〈저 돼지와는 아무런 관계도 없어.〉

〈마마마, 맞아.〉

〈제발 봐 줘, 우후훙.〉

〈너너너, 너희! 아버지를 배신할 셈이냐?!〉

굴러다니는 머리통으로 돼지 왕이 외쳤다. 그 말을 들은 네 사람이 돌아보더니, 다 같이 고개를 갸웃했다.

〈〈〈〈꾸훌? 누구셨죠?〉〉〉〉

〈크으으으으으으으으!〉

혈관이 끊어지지 않을까 할 만큼 이를 꽉 물고 분노를 드러내는 돼지 왕. 그 모습을 보면서 꾸후후후훌 하고 웃는 네 사람의 머리 위로 양동이에 가득 들어가 있던 성수를 끼얹어 줬다.

〈〈〈〈쿄에에에에에에에!!!!〉〉〉〉

엄청난 연기를 내면서 사람, 아니, 아기 돼지 네 마리의 몸이 녹아내렸다. 그리고 이번엔 그 모습을 보면서 희색이 가득 도는 미소를 띠면서 돼지 왕이 외쳤다.

〈꾸후후후훌! 꼴좋구나! 부모를 배신하니 그렇게 되는 거다, 바보 자식들아!〉

뭐라고 해야 하나…… 정말 구제불능인 녀석들이다. 이런 녀석들에게 농락당하며 죽어 간 노예들도 아마 성불하지 못하지 않을지.

"【빛이여 꿰뚫어라, 성스러운 빛의 창, 샤이닝 재블린】."

빛 마법의 창을 돼지 왕의 몸에 날렸다. 성스러운 창을 맞은 언데드의 몸에 화륵! 하고 불이 붙더니 순식간에 재가 되었다.

〈내, 내 몸이이이?!〉

돼지 왕이 옥좌 옆을 구르며 눈앞에서 불타는 자신의 몸을 응시했다. 자, 그럼. 마무리를 할까.

【스토리지】에서 커다란 수조를 꺼냈다. 안에는 가득 물이 들어 있었는데, 이건 성수가 아니었다. 평범한 물이었다.

그리고 그 물 안에 작은 【게이트】를 열어 가우의 대하에서 '어떤 생물'을 몇 마리 불러왔다. 길이 10센티미터 정도의 가늘고 긴 그 생물은 물속을 자유롭게 이리저리 헤엄쳤다. 그리고 그 생물에게 나는 빛 속성을 부여해 주었다.

〈그, 그건 뭐냐?!〉

"가우의 대하의 한 유역에 생식하는 칸디라는 물고기야. 육식성 물고기지. 썩은 고기를 아주 좋아한대."

〈서, 설마……?〉

"【게이트】."

돼지 왕의 목이 바닥에 발동된 전이 마법으로 수조 안에 떨어졌다. 그 순간, 일제히 칸디라들이 그 썩은 고기에 달려들었다.

〈으아악! 보글. 그, 그만. 누, 눈이이이이! 눈을 먹고 있어어어!〉

"우와~. 들은 대로 식욕이 왕성하네."

칸디라. 내가 원래 살던 세계에 있던 칸디루라는 물고기와 비슷한 육식 물고기.

칸디루는 아마존강에 서식하는 길이 10센티미터 정도의 가늘고 긴 물고기로, 대형 물고기의 살을 뜯어 체내에 침입해 그 내장을 먹어 치우는 사나운 육식 물고기이다.

메기의 동료라는 듯한데 피라냐보다도 훨씬 위험한 생물로, 자신보다도 큰 먹잇감을 집단으로 습격하는 습성이 있다는 모양이다. 그건 인간조차도 예외가 아니다. 살인 물고기라고 불릴 정도다.

그리고 칸디라는 멋지게 그 습성을 그대로 가지고 있었다.

〈사, 살려 줘!〉

"안 돼. 너를 살려 주면 살해당한 노예들이 날 용서하지 않을 테니까. 목이 날아간 이후로 그냥 무덤 아래에 있었으면 좋았을 텐데."

이 성의 노예들을 해방했을 때 발견한, 지하 감옥에 묶인 채 그대로 죽어 있던 노예들이 떠올랐다. 여자들뿐만 아니라, 아직 나이 어린 아이들의 시체도 있었다.

이 돼지는 통증도 느끼지 않고 목이 날아가 죽었는데, 그렇게 편히 죽어서는 안 되었다고 후회를 했었다. 어떻게 보면 살아 돌아와서 오히려 고맙다. 산드라 왕에게 더 잔혹한 죽음을! 하고 바랐던 죽은 모두의 기도가 통했던 것일까?

〈우게엑! 보글, 먹힌다, 먹히고 있다고! 아파! 아파아아아아! 들어오지 마아아아!〉

칸디라에게는 빛 속성이 부여되어 있으니 아마 많이 아프겠지. 좀비라서 질식사하는 일도 없다. 머리 하나만큼의 고기를 이 칸데라들이 다 먹어치울 때까지 꼬박 하루가 걸리려나?

"아무쪼록 지금까지 한 일들을 후회하길 바라. 살해당한 노예들이 용서해 줄 것 같지는 않지만."

〈꾸, 꾸히이이이이이이이이이이이이이이!〉

좀비는 뇌의 몇 퍼센트를 잃으면 죽지? 음, 아무래도 좋지만.

돼지 이외의 도시 전체에 있는 좀비에게 【배니시】를 발동해 모두 정리해 버렸다.

이것으로 아스탈에 이어 왕도까지 죽음의 도시가 된 셈이다. 산드라의 부흥은 만에 하나 이루어질 가능성까지 사라졌다. 흙 마법으로 이 도시의 지반을 조금 무너뜨려 놓았으니, 이윽고 이곳도 모래 아래로 가라앉겠지.

이것으로 조금은 살해당한 노예들의 영혼도 편안해질까? 그런 생각을 하면서 나는 사막의 도시를 떠났다.

◫ 막간극 잠들지 못하는 밤에

"……어라?"

"토야 님? 왜 그러시죠?"

그날은 오랜만에 루와 레굴루스 제국에 갔다가 돌아오는 길이었다. 그냥 돌아오기는 아까워서 우리는 둘이 훌쩍 시장에 들르기로 했다. 루가 저녁 식사의 음식 재료를 사고 싶다고 말한 것도 이유였지만.

역시 제도 갈라리아는 서방에서도 첫째, 둘째를 다투는 대도시답게 다양한 곳에서 다양한 것들이 흘러들어 왔다. 본 적없는 음식 재료가 놀라울 정도로 넘쳐나고 잡다한 분위기를 자아냈다.

손님을 부르는 상인들의 목소리와 함께, 시장에 늘어서 있는 음식 재료에서 다양한 냄새가 바람에 실려 와 우리 근처를 떠돌았다. 그중에서 내가 기억하는 그리운 향기가 포함되어 있었다.

"이 향기는…….."

"향기?"

향기로운 냄새가 은은하게 바람에 실려 왔다. 이쪽인가?

냄새를 따라 시장 안을 이리저리 걷다가 나는 드디어 그것을 발견했다. 틀림없다. 이쪽 세계에도 있었구나.

그렇게 비싸지도 않으니 사서 돌아가자. 오늘 저녁은 식사 후가 조금 기대된다.

"그게 이것입니까? 그렇게 좋은 냄새라고는 생각되지 않습니다만……."

식사를 마친 야에가 구매해 온 그것을 손에 들고 킁킁 코를 대며 냄새를 맡았다. 그 노점에서 팔 때는 손님을 끌기 위해 가게 앞에서 잘 볶고 있었으니까. 생원두일 때는 그렇게 좋은 향기가 나지 않을 수밖에.

"무언가의 열매…… 아니, 씨앗일까?"

린이 초록빛이 도는 하얀 그것을 보고 물었다. 지구에서는 커피나무라는 식물의 씨앗이었는데, 이쪽에서도 아마 씨앗이라 생각한다. 무언가 식물 계열 마물의 씨앗이라면 무섭지만.

그래. 내가 발견한 것은 커피콩이었다. 이쪽 세계에도 커피가 있었다. 일부 지역에서만 자라는 데다, 그 근처의 민족만 마셔서 별로 알려지지 않은 모양이지만.

야에가 집었던 그 커피콩을 에르제가 살짝 지신의 입으로 옮겼다. 아.

"……단단하고 별로 맛이 없어."

"아니, 그렇게 먹는 게 아닐 거야……."

【서치】로 확인했으니 먹어도 몸에 나쁜 건 아니지만. 노점의 점주도 평범하게 볶아서 추출했으니, 이쪽 세계에서도 일반적으로는 같은 방식이라 생각한다. 적어도 오독오독 먹는 그런 콩은 아니다.

"오래 기다리셨습니다."

"오래 기다리셨습니다!"

"기다리셨습니다!"

오, 왔다, 왔다.

메이드인 라피스 씨와 레네, 그리고 셰스카가 각각 조금 전에 내가 인터넷에서 조사해서 볶아 두었던 커피를 컵에 넣어 가지고 왔다.

"아……. 향기가 좋네요."

"그렇죠? 저 콩은 볶으면 향기로워지는 모양이에요."

유미나와 루가 방에 떠돌기 시작한 커피의 향을 맡고 들썩였지만, 눈앞에 놓인 컵의 안쪽을 보고는 뭐라고 형용하기 힘든 표정을 지었다.

"저어…… 토야 님? 이거 새카만데요……."

힐다가 뻣뻣한 웃음을 지으며 물었다. 앗, 원래 그런 거야.

"불길할 정도로 새카맣구먼."

"향은 좋아. ……향은."

스우도 미간을 찌푸렸다. 그리고 사쿠라, 왜 두 번 말한 거야.

"이건 커피라고 하는 거야. 내가 살던 세계에서는 다양한 나라에서 선호하는 음료였어. 일단 마셔 봐. 쓰면 취향에 따라 밀크와 설탕을 넣고 마시면 돼."

"네에……. 쓴, 가요?"

쓰다는 말을 듣고 점점 더 린제 일행이 굳은 표정을 짓기 시작했다. 별로 반응은 좋지 않지만, 일단 나는 마시겠어.

컵에서 피어오르는 향기를 즐기며 나는 블랙을 그대로 마셨다.

……응. 잘 볶은 지구의 커피 정도는 아니지만, 꽤 괜찮아. 조금 씁쓸한 맛이 강한가? 너무 볶았나?

"커피는 정말 오랜만인걸……."

내가 후우, 하고 행복의 맛을 음미하고 있자, 그것을 본 모두가 겨우 컵을 기울였다. 뭐야. 난 독을 확인하는 역할이야?

"""""""""써……."""""""""

일제히 모두가 흘린 쓰디쓴 목소리. 음, 익숙하지 않으면 그렇게 될 수밖에. 이미 알고 있었어.

"이, 이건 마치 숯이라도 들어 있는 겁니까……?"

"임금님. 이건 몸에 안 좋아. 단언해."

그거야 뭐, 사쿠라의 말대로 옛날에는 커피에 포함된 카페인이 몸에 나쁘다고 할 때가 있었지만, 결코 그렇지는 않다.

지방질의 흡수를 억제하고, 지방 연소를 촉진하는 효과가 있다는 모양이니까. 커피 다이어트 같은 것도 있지 않았었나? 물론 너무 많이 마시면 몸에 나쁘겠지만.

"쓰면 설탕이랑 밀크를 넣어. 그러면 맛이 변해서 마시기 쉬워지지."

내가 그렇게 말하자 모두 설탕과 밀크를 넣었다. 으~음. 역시 익숙해지기 전에는 힘든가.

나도 어릴 때는 못 마셨으니까. 아버지가 항상 블랙커피만 마셔서 나도 그걸 보고 조금씩 따라 마시다가 익숙해진 그런 느낌이다.

지금은 블랙이 아니면 맛있다는 생각이 안 들 정도다. 캔커피 중에 '마일드'가 있었지만, 그것조차도 꽤 달게 느껴진다.

"설탕을 넣으니, 그럭저럭 마실 수 있을 것 같아."

"밀크를 넣으니 색이 변해서 참 재미있구먼. 이거라면 나도 마실 수 있네."

마시는 법이야 사람마다 다른 법이니 별 상관은 없지만.

"토야 님은 이렇게 씁쓸한 것을 용케도 마시시네요……."

"내가 살던 나라에서 커피는 '어른의 음료'라는 평가를 받기도 했으니까. 어른인 척하려고 노력했어."

나는 힐다를 보고 웃으면서 그렇게 대답했다. 실제로 어릴 때는 쓴 커피를 아무렇지도 않게 마시는 어른을 조금 동경하

기도 했다. 마신다고 해서 어른인 것도 아닌데.

"아, 그래서……."

"응? 왜 그래? 레네?"

은 쟁반을 든 메이드 레네가 작게 고개를 끄덕였다.

"주방에서 맛을 봤을 때, 나만 못 마셨거든. 메이드장님과 셰스카 언니는 아무렇지도 않게 마셨는데. 두 사람 모두 어른이라서 마실 수 있었던 거구나."

아니, 그건 글쎄……. 라피스 씨는 몰라도 셰스카는 수상한데. 미각을 커트했던 게 아닐까?

"후훙. 저는 여러 면에서 어른이니까요. 그 음료처럼 오늘은 검은색을 착용하고 있기도 하고요."

으쓱한 표정으로 잘난 척하는 바보 메이드. 그런 개인 정보를 언제 물어봤다고 그러는지. 검은색을 착용하면 어른이라고 누가 정한 거야?

"저는 맛있다고 느꼈답니다. 더 쓸쓸하고 맛없는 음료를 알고 있어서요."

라피스 씨의 말을 듣고 나는 뻣뻣한 웃음을 지었다. 더 쓰고 맛없다니, 대체 어떤 걸까…….

설마 그거 독은 아니겠지? 벨파스트의 첩보 기관 '에스피온' 출신인 라피스 씨다. 그런 독을 먹는 훈련을 받았어도 이상하지 않아.

"왜 그렇게 쓴 음료를 마시는지 모르겠어. 달콤한 게 훨씬 더 맛있잖아."

"사람의 취향은 각자 다 다른 거니까. 게다가 블랙…… 아무 것도 들어가 있지 않은 커피는 졸음을 달아나게 해 주기도 해. 나도 밤중에 공부할 때 마시곤 했어."

설탕을 더 많이 넣는 사쿠라를 보고 나는 그렇게 대답했다. 그렇게 넣으면 컵 아래에 미처 녹지 않은 설탕이 그득 쌓여.

"졸음을 달아나게, 라……. 확실히 어딘가 모르게 눈이 뜨이는 것 같기도 해."

그렇게 말하며 에르제가 스스슙, 하고 밀크를 넣은 커피를 마셨다. 카페인은 설탕과 밀크를 넣어도 사라지지 않기 때문에 그 효과는 유지된다. 그런 점에서 보면 저녁을 먹은 다음에 마셔 보라고 해서는 안 되는 거였을까? 내일 아침에 마시면 좋을 뻔했네.

그래도 이 정도 양이라면 큰 문제는 없겠지. 게다가 지구의 커피콩과 성분이 같은지 어떤지도 모르는 거니까.

가게 아저씨도 별말이 없었고, 이쪽 커피에는 잠을 깨게 하는 효과는 없는지도 모른다. 나는 맛만 같으면 상관없으니 아무래도 좋지만.

오랜만에 커피를 맛보면서 나는 다시 행복한 시간에 빠져들었다.

"야. 잠을 못 자겠어! 어떻게 책임질 거야!"

"나는 졸린데……."

한밤중에 에르제가 내 방으로 항의하러 왔다. 후암…….

잠을 못 자겠다니, 커피 탓인가? 나는 졸린 걸 보면 별로 관계없는 것 같은데.

"이불에 들어가서 양을 세고 있으면 잠이 오지 않을까……?"

"내 방에는 양 같은 건 없어."

아니, 진짜로 세 보라는 게 아니라요.

커피를 마시면 잠을 못 자게 된다는 말은 자주 듣지만, 개인차가 있다고 하니까. 에르제의 경우에는 다른 사람보다 그 효과가 강하게 나타난다는 건가?

음……. 커피긴 커피라도 이쪽 세계의 거니, 내가 인식했던 상식과는 다를 가능성이 있다는 것쯤은 지금까지의 경험으로 잘 안다. 즉, 의지가 안 된다.

내가 생각을 하자, 에르제가 얼굴을 붉히며 가까이 다가왔다. 앗, 가까워, 너무 가깝다고!

"있지, 잠이 안 오는 건 네 탓이니까, 책임지고 잠이 올 때까지 상대해 줘!"

뭐야 이 귀여운 생물은. 솔직히 말하면 귀찮고, 이럴 때는 고대 어둠 마법인 【슬립 클라우드】를 이용해 강제로 재워 방으로 돌아가게 할까도 생각했지만, 그러고 싶은 마음이 확 달아나 버렸다. 조금 졸리지만 잠깐 같이 지낼까?

"그래서 어떻게 해 달라는 건데?"

"버티지 못할 만큼 지치면 잠이 올 거야. 그러니까 지금부터 훈련장에서 대련을……."

"자, 잠깐! 거기에 동참하는 것만은 사양할게! 한밤중에 치고받고 싸우다니 아무래도 좀 그래!"

체육 계열은 이래서 문제야! 왜 전지가 다 떨어질 때까지 움직이려고 하는 거지?! 게다가 그건 '자는' 게 아니라 너무 지쳐서 '정신을 잃는' 거 아냐?

"그럼 어떻게 하라는 거야?"

입술을 삐죽이며 에르제가 반론했다. 으~음. 보통 잠이 오는 상황은 어떻더라?

"……어려운 책을 읽는다든가?"

"그러면 잠이 오기야 하지만……. 시시하잖아."

아니, 시시하니까 잠이 오는 건데요. 흥미가 없는 수업을 받고 있으면 잠이 오는 것처럼.

"그 외에는 뭐 없어?"

"그런 말을 해 봐야……. 잠깐만, 조사해 볼게."

나는 침대 옆의 사이드보드에 놓아둔 스마트폰을 들고 검색을 시작했다.

"스트레칭을 한다. 음악을 듣는다. 따뜻한 음료를 마신다……."

"스트레칭이 뭐야?"

"으음…… 근육을 풀어 주기 위해 가볍게 몸을 움직이는 것, 이려나?"

"그건 해 봤어. 그 외에 지금 말한 것도 전부."

음악도? 아, 건네준 양산형 스마트폰이 있었지…….

그럼 어쩐다.

"그렇지! 영화라도 보자. 보다 보면 잠이 올지도 몰라."

으~음……. 잠이 올지도 모르니 영화를 보는 것도 뭔가 좀. 분명히 에르제는 몇 번인가 영화를 보면서 잠을 자 버린 적이 있지만. 그래도 그건 잠을 자기 위해 어려운 책을 읽는 것과 근본적으로는 같은 건가…….

물론 마침 나도 보고 싶은 영화가 있긴 했지만. 그러면 잠이 오기는커녕 눈이 번쩍 뜨일지도 모른다.

스마트폰으로 영화를 골라 투영시켰다. 한밤중이라 볼륨에 신경을 써야겠어.

영화가 시작되었다. 이건 원래 게임이었던 것을 실사 영화로 만든 것으로, 사막 나라의 왕자가 활약하는 모험 이야기였다. 게임 스토리와는 완전히 다른 오리지널인 모양이었지만.

"와아…… 움직임이 좋은걸?"

영화를 보면서 에르제가 몸을 앞으로 내밀었다. 이 작품은 효율적인 동시에 움직임을 멈추지 않고 장애물을 뛰어넘는 이동술인 '파르쿠르'를 많이 도입한 영화였다. 무투사로서 그런 액션을 통해 뭔가 느끼는 점이 많은 건지도 모른다.

그리고 둘이서 영화에 열중했다. 내가 생각한 대로 잠이 오기는커녕 에르제는 흥분하며 영화에 빠져들었다. 역시 에르제는 액션 영화를 좋아하는 모양이었다.

"재미있었어!"

다 본 후, 에르제가 흥분한 모습으로 나에게 말을 걸었다. 반짝이는 눈이 눈부셔. 분명히 재미는 있었지만, 나는 그렇게까지 솔직하게는 표현하지 못한다. 많은 것에 익숙해져 버렸기 때문인 건가?

"잠이 오지는 않았던 모양이네."

"아……. 그, 그거야 재미있었으니까……."

원래의 목적을 겨우 생각해 낸 듯했다. 에르제의 둥실둥실한 모습이 귀여워서 무심코 웃음이 새어 나왔다. 그걸 비웃은 거라고 착각했는지 에르제는 삐친 듯이 팔짱을 끼고 소파에 몸을 기댔다.

"참! 린제는 잠을 잘 자지 못하는 경우가 많았던 모양인데, 난 이런 경우가 별로 없었던 말이야……."

"린제는 겉모습부터 섬세해 보이잖아."

"꼭 내가 섬세하지 않다는 듯한 말투네……."

"앗, 아냐!! 그런 의미가 아냐!"

에르제가 나를 흘끔 노려보았다. 더 이상 기분을 나쁘게 했다간 귀찮아질 테니 솔직히 사과해 두자.

에르제가 섬세하다는 사실은 잘 안다. 남자 이상으로 씩씩한 면이 두드러지지만, 그 뒤에서는 그런 것들을 신경 쓰며 생각한 것을 말하지 못하거나, 하지 못했다고 고민하는 여자아이다.

"하지만 별로 없었다는 걸 보면, 몇 번인가는 잠을 자지 못했던 때가 있었던 거잖아?"

"응, 뭐……. 무, 무서운 이야기를 들었던 밤이라든가는……. 앗. 어, 어릴 때 이야기야!"

허둥대며 변명을 하듯이 에르제가 말했다. 아주 수상했지만 굳이 깊게 물어보지는 말자.

그런 에르제를 흐뭇하게 바라보는데, 갑자기 카창, 하고 복도에서 무언가를 떨어뜨리는 소리가 들렸다.

한밤중에 울린 갑작스러운 소리를 듣고 우리 두 사람은 잠시 몸이 굳었다가, 무심코 귀를 기울이고 말았다.

"뭐, 뭐지? 방금 그 소리……."

"잠깐 보고 올게."

나는 에르제를 두고 스마트폰을 챙겨 복도 쪽으로 갔다.

방의 문을 열고 어둑어둑한 복도로 나갔다. 이 구역은 나의 사적인 공간으로, 성의 방어를 하는 경비 기사들도 들어오지 못하는 곳이었다. 누군가가 있다고 한다면 다른 약혼자밖에

없는데…….

복도에는 아무도 없었다. 창문에서 비쳐 들어오는 달빛이 복도를 비췄다. 착각……은 아니겠지?

"응?"

달빛 속에서 무언가 산산조각이 난 물건이 복도에 떨어져 있었다. 가까이 다가가서 보니 도자기의 파편이 여기저기에 흩어져 있었다. 복도에 놓아둔 작은 꽃병이 대에서 떨어진 모양이었다. 조금 전의 소리는 이거였나?

하지만 이 대(臺)는 꽤 넓어서 꽃병이 쉽게 떨어지지는 않을 텐데. 역시 누군가와 부딪쳐서 떨어진 건가?

그에 더해 복도에 퍼져 있는 파편에 섞인 이상한 것을 발견했다. 손가락으로 집어서 눈앞에 대고 확인해 보았다.

"커피콩?"

그곳에는 오늘 산 커피의 볶은 원두가 떨어져 있었다. 문득 고개를 들어 보니, 2미터 정도 끝의 복도에도 똑같은 원두가 떨어져 있었다. 그것을 주우러 거기까지 걷자, 더욱 그 앞에서는 또 떨어진 원두가 보였다. 이건 뭐지?

"토, 토야! 뭐 해?! 어서 돌아와!"

"아니, 잠깐만 기다려 줘. 뭔가 이상해."

에르제가 방에서 얼굴을 내밀고 나를 불렀지만, 이걸 그냥 내버려 둘 수는 없었다. 어쩌면 도둑일지도 모른다.

"검색. '도둑'."

〈검색 종료. 해당 사항 없음.〉

역시 '도둑'이라고 해서는 검색되지 않는 건가. 겉보기에 딱 '도둑' 같은 모습은 콩트에서 당초무늬의 보자기를 코밑에서 묶고 등에 짊어진 모습만이 떠올랐다.

그럼 '침입자'는?

〈해당 사항 없음.〉

응? 그렇다면 내가 그 녀석을 봐도 침입자인 줄 모른다…… 즉, 이 성의 주민이라는 건가? 역시 유미나 약혼자들 중 누군가일까? 이런 한밤중에 커피콩을 가지고 뭘 하려는 거지?

"잠깐 다녀올게. 에르제는 방으로 돌아가."

"싫어! 왜 놔두고 가는 거야?! 나, 나도 갈래!"

에르제가 방에서 뛰어나와 내 옷자락을 붙잡았다. ……무섭구나?

나는 복도에 떨어져 있는 원두를 따라 어둑어둑한 복도를 걸었다.

도중에 복도에 걸려 있는 그림을 보자 '앗' 하는 소리와 함께 우리의 방범 시스템이 떠올랐다.

"리플, 있어?"

〈──네네? 부르셨나요, 마스터.〉

"힉?!"

주욱 하고 그림 안에서 분홍빛 머리카락을 리본으로 한데 모은 귀여운 여자아이가 상반신만을 밖으로 내밀며 나타났다.

에르제가 깜짝 놀라 나에게 들러붙었다.

리플. 바빌론 박사가 만든 '생명의 액자'에 깃든 아티팩트 창조물이다. 이 성의 감시 카메라 역할을 맡고 있다.

"복도의 꽃병을 누가 깨뜨렸는지 알아?"

〈아니요. 아쉽지만 여러분의 사적인 공간에는 제 '눈'이 없어서요. 누가 깼는지는 모르겠어요.〉

그랬었지. 온종일 감시를 당해서는 역시…… 안 좋다며 떼어 냈었어.

"수상한 녀석이 침입하거나 하지도 않았고?"

〈침입하지 않았어요. 만약 그런 상태라면 가장 먼저 경비 기사들에게 알렸을 거예요.〉

섭섭하다는 듯이 리플이 뚱한 표정을 지으며 삐쳤다. 음, 그렇겠지?

"유, 유령 같은 거, 아니지……?"

"그럴 리가 없잖아. 일단 이 성에는 빛 마법인【배니시】를 부여해 뒀으니, 그런 종류의 것들은 접근할 수 없어."

에르제가 힐끔, 하고 그림에서 튀어나와 있는 반투명한 리플을 바라보았다. 아니, 리플은 유령이 아냐.

아무튼 누군가가 성 안을 어슬렁거리고 있다는 것만큼은 확실했다. 설마 그럴 리는 없겠지만, 그래도 도둑이 아니라는 것을 확실하게 확인해 둬야 해.

리플은 액자에서 떠날 수 없었기 때문에, 에르제와 나는 둘이서 어두운 복도를 나아갔다. 일단 스마트폰의 라이트를 비춰서 밝았지만, 새삼 보니 밤의 성 안은 조용해서 불길한 느낌이……

"야, 토야. 【라이트】 마법을 좀 써 봐."

"저기. 성 안을 걷는데 【라이트】를 사용하면 다들 대체 무슨 일인가 하고 생각할 거 아냐. 너무 호들갑스러워."

빛 마법의 【라이트】는 스마트폰의 라이트(헷갈린다)와는 달리 앞쪽뿐만이 아니라, 모든 방향에 빛을 발한다. 그런 것을 가지고 걸었다간 밖에서 그걸 본 기사들이 무슨 일인가 싶어 몰려올지도 모른다. 아직 도둑인지 어떤지도 모르는데 쓸데없이 소동을 일으키고 싶지는 않았다.

복도에 떨어져 있는 원두는 계속 이어져 있었다. 이건 봉투에 구멍이 뚫려서 그곳으로 떨어진 건가? 설마 정말로 원두 도둑이라든가?

점점이 이어지던 원두는 어느 방 앞에서 끊긴 상태였다. 도둑은 이 방 안에 있는 듯했다. 이곳은…… 사용하지 않는 객실일 텐데.

문의 틈새에서 빛이 새어 나왔다. 안에서 이야기 소리가 들려왔다. 이 목소리는…….

"우에엑. 써. 너무 써, 써…….."

"억지로 먹지 않아도 괜찮지 않을까, 카렌 언니. 나는 그다지 쓰다는 생각은 안 들지만."

"언니로서 이 정도는 마셔야 해! 그래! 언니의 자존심을 걸고!"

"이상한 자존심을 가지면 참 큰일인걸. 아무튼 나도 아무렇지 않게 마실 수 있어."

"저도 아무렇지 않게 마실 수 있습니다. 대지가 길러 준 원두의 맛이 잘 배어들어서 맛있군요."

"나는 술과 섞으면 간신히 마실 수 있을 정도려냐~. 조금 독특한 맛이라 즐거운걸~."

문 틈새로 보인 것은 신들의 술 파티…… 아니, 커피 파티? 였다. 여전히 소스케 형만큼은 대화에 참가하지 않았지만 손에 든 기타는 계속 즐거운 음악을 연주하고 있었다. 한밤중이라 신경을 쓰는 건지 볼륨은 낮았지만.

스이카 옆에 작은 구멍이 뚫린 마대가 있었다. 원두는 저기서 나온 건가. 주방에 둔 원두를 빌려 왔구나. 내가 【모델링】으로 만든 원두 분쇄기도 같이 가져온 듯했다. 사람 놀라게…….

"뭐야, 유령이 아니었구나……."

진심으로 마음이 놓인다는 듯이 에르제가 가슴을 쓸어내렸다. 이런 것이 아닐까 생각은 했지만, 일단 도둑이 아니라 다행이었다.

"특별히 해가 되는 것도 아니니 그냥 내버려 둘까? 스이카는 꽃병을 깼으니 내일부터 주방을 도와줘야겠지만."

신이라고는 하지만 벌은 받아야 한다. 꽃병도 공짜가 아니니까. 커피도.

저 커피는 이쪽 세계에서는 수확량이 적어 귀중하지만, 실물을 인식했기 때문에 틀림없이 【서치】로 찾을 수 있다.

농경신인 코스케 삼촌이라면 재배할 수 있지 않을까? 개인적으로 마실 수 있을 정도만 만들면 충분한데.

일본에서도 오키나와에서는 경작할 수 있으니 온실을 이용하면 어떻게든……. 바빌론의 '정원'이라면 가능할지도 모르겠어. 다음에 셰스카나 박사와 상의해 보자.

발걸음이 가벼워진 에르제와 방으로 돌아가 보니, 우리 방에서 뭔가 목소리가 들려왔다. 잠깐만, 설마…….

방의 문을 열어 보니, 그곳에는 유미나 일행 모두가 파자마 차림으로 기다리고 있었다.

"저어, 어쩐지 잠이 안 와서요. 아무래도 저녁에 마신 '커피' 탓이 아닐까 해요……."

린제가 머뭇거리면서 그렇게 말하는데, 이세계의 커피는 그렇게 각성 효과가 좋은 걸까? 카페인뿐만 아니라 이상한 물질도 포함된 건 아니겠지……?

나한테만 효과가 없는데 체질적인 건가? 아니면 신화(神化)한 영향?

"잠이 올 때까지 같이 노세! 토야, 트럼프를 하고 싶으이!"

유미나와 같이 자려고 온 스우가 나에게 안겨들었다. 이제부터?! 이제 꽤 밤이 깊은 시간인데…….

그 뒤로 시끌벅적 보드게임을 하고, 다시 영화를 보고 했지만, 모두 전혀 졸린 기색이 없었다. 어째서?!

내가 더는 버틸 수 없어서, 나는 몰래 【슬리프 클라우드】를 사용해 모두를 꿈의 세계로 여행을 떠나게 해 주었다. 역시 이 세계 커피도 마법에는 당하지 못했던 듯하다.

너무 졸려서 비틀거리면서도 한 명, 한 명 방으로 옮겨 주고 방으로 돌아온 나는 침대에 쓰러지듯이 잠이 들어 버렸다. 와, 정말 이쪽 커피는 대체 어떻게 된 거야……?

다음 날 아침, 식탁 위에는 커피가 나왔지만 모두 손을 대지 않았다. 억지로 평정심을 유지하는 척하면서 카렌 누나만은 찔끔찔끔 커피를 마셨지만. 마실 수 있다는 것은 잘 알았으니 그 의기양양한 표정은 그만둬요.

후기

　연말에 『이세계는 스마트폰과 함께.』 제11권을 여러분께 전해 드립니다.

　7권과 마찬가지로 또 후기가 1페이지입니다. '메카닉 설정을 없애면 후기가 3페이지가 되지만……', '………! 1페이지로 부탁합니다!' 라고, 담당자님과 짧은 대화를 나눈 결과입니다. 당연히 후회는 하지 않습니다.

　아무튼 그래서 바로 감사의 말씀 올립니다!

　우사츠카 에이지 님. 항상 멋진 일러스트를 그려 주셔서 감사합니다. 오가사와라 토모후미 님. 매 권, 프레임 기어의 디자인을 해 주시기 힘드시겠지만, 앞으로도 잘 부탁드립니다.

　담당자 K 님. 하비 재팬 편집부 여러분, 이번 책의 출판에 도움을 주신 여러분, 항상 감사합니다.

　그리고 「소설가가 되자」와 이 책을 읽어 주시는 모든 독자 여러분께도 감사의 마음을 전달합니다.

　그럼 여러분, 즐거운 연말 되시길.

후유하라 파토라

■ 지그루네

개발자: **하이로제타**　　　　　본프레임 개발자: **레지나 바빌론**

정비 책임자: **하이 로제타**　　　관리 책임자: **프레드모니카**

소속: **브륀힐드 공국 공왕 직속**　탑승자: **힐데가르드 미나스 레스티아**

높이: **17.8미터**　중량: **9.5톤**　탑승 인원: **1명**　메인 컬러: **오렌지**

무장: 정재제(製) 브로드 소드와 큰 방패. 그 외에 대검, 메이스.

'창고'에서 발견된 신형 프레임 기어의 기본 설계를 바탕으로 만들어 낸 힐다 전용기.

발큐리아 시리즈 중 하나. 백병전 중장비형 프레임 기어.

주로 검을 다루어 전투하도록 만들어졌다. 방어에 중점이 놓여 있는 기체.

다층 장갑에 의한 정재 코팅이 되어 있다.

메카닉 설정 자료집
이세계는 스마트폰과 함께.

■ 슈베르트라이테

개발자: **하이로제타**	본프레임 개발자: **레지나 바빌론**
정비 책임자: **하이 로제타**	관리 책임자: **프레드모니카**
소속: **브륀힐드 공국 공왕 직속**	탑승자: **코코노에 야에**
높이: **17.5미터**　　중량: **8.2톤**	탑승 인원: **1명**　　　메인 컬러: **보라색**

무장: 정재제(製) 큰 장검과 소도가 하나씩.

'창고'에서 발견된 신형 프레임 기어의 기본 설계를 바탕으로 만들어 낸 야에 전용기.
발큐리아 시리즈 중 하나. 백병전 경장비형 프레임 기어.
큰 장검을 중심으로 한 전투를 하도록 만들어졌다. 움직이기 쉽고, 방어보다 공격에
중점이 놓여 있는 기체.
다층 장갑에 의한 정재 코팅이 되어 있다.

사신의 그림자가 언뜻언뜻 보이기 시작한 가운데,
그들이 그곳에서 발견한 것은
새로운 세계로 연결되는 문이었다—.

이세계는 스마트

후유하라 파토라 illustration□우사츠카 에이지

결계의 보호를 받으며 5000년 전부터 닫혀 있던 수수께끼의 섬을 발견한 토야 일행.

폰과 함께.12

이세계는 스마트폰과 함께. 11

2018년 06월 15일 제1판 인쇄
2018년 06월 25일 제1판 발행

지음 후유하라 파토라 | **일러스트** 우사츠카 에이지 | **옮김** 문기업

펴낸이 임광순 | **제작 디자인팀장** 오태철
편집부 황건수 · 신채윤 · 이병건 · 이홍재 · 김호민
디자인팀 박진아 · 박창조 · 한혜빈 · 김태원
국제팀 노석진 · 엄태진

펴낸곳 영상출판미디어(주)
등록번호 제 2002-000003호
주소 21311 인천광역시 부평구 평천로 132 (청천동)
전화 032-505-2973(代) | **FAX** 032-505-2982

ISBN 979-11-319-8254-9
ISBN 979-11-319-3897-3 (세트)

異世界はスマートフォンとともに 11
ⓒ2017 Patora Fuyuhara
Originally published in Japan in 2017 by HOBBY JAPAN Co., Ltd.

●●●
영상출판미디어(주)

단행본 출간작 리스트
[주요 해외 라이선스 작품]

◆

[오버로드] 1~12
· 마루야마 쿠가네 지음 · so-bin 일러스트

[방패 용사 성공담] 1~18
· 아네코 유사기 지음 · 미나미 세이라 일러스트

[창 용사 새출발] 1
· 아네코 유사기 지음 · 미나미 세이라 일러스트

[나만 집에 가는 학급전이] 1~2
· 아네코 유사기 지음 · 유큐폰즈 일러스트

[유녀전기] 1~8
· 카를로 젠 지음 · 시노츠키 시노부 일러스트

[약속의 나라] 1~3
· 카를로 젠 지음 · 이와모토 에이리 일러스트

[해골기사님은 지금 이세계 모험 중] 1~7
· 하카리 엔키 지음 · KeG 일러스트

[리월드 프런티어] 1~2
· 쿠니히로 센기 지음 · 토자이 일러스트

[변경의 팔라딘] 1~4
· 야나기노 카나타 지음 · 린 쿠스사가 일러스트

[영원한 바보 아즈리가 쓰는 현자의 서] 1~3
· 히후미 지음 · 무토 쿠리히토 일러스트

[누구나 할 수 있는 몰래 돕는 마왕토벌] 1~2
· 츠키카게 지음 · bob 일러스트

[리비티움 황국의 돼지풀 공주] 1
· 사사키 이치로 지음 · 마리모 일러스트

**영상출판
미디어(주)**

트랜드를 이끄는 고품격 장르소설

『흡혈희는 장밋빛 꿈을 꾼다』 사사키 이치로&마리모 콤비 부활!
새로운 나라 리비티움 황국에서 시작되는 판타지 모험담!

리비티움 황국의 돼지풀 공주
1

못생긴 외모와 우둔함 때문에 '돼지풀 공주'라고 불리는
리비티움 황국의 명가 오란슈 변경백의 딸 실티아나는
첫째 부인이 꾸민 음모에 의해 암살되어 【어둠의 숲】에 버려지지만,
마녀 레지나의 도움을 받고 다시 살아나면서 전생의 기억을 되찾는데——?!

기왕 버려진 김에 이름도 바꾸고, 마녀의 제자가 되면서 수행 & 다이어트!
그렇게 평화로운 일상이 계속되는가 싶었더니, 다양한 만남이 운명을 크게 바꾸고——.

「흡혈희는 장밋빛 꿈을 꾼다」 사사키 이치로&마리모 콤비 부활!
대망의 서적화, 스타트!

사사키 이치로 지음 / 마리모 일러스트

영상출판
미디어㈜

제1회 카쿠요무 Web소설 콘테스트 판타지 부문 대상

누구나 할 수 있는 몰래 돕는 마왕토벌 2

모든 신의 적을 살육하는 섬멸귀, 그레고리오 레긴스.

최악, 최흉의 남자 등장.

치트급 힘을 지닌 성용사와 국가가 엄선한 마도사와 검사.
눈앞이 깜깜해지도록 레벨이 낮아서 불안하기만 한 용사 일행을
몰래 도와야 하는 승려 아레스는 머리를 싸쥐고 있었다.
"어째서 여길 고른 건데……."
유티스 대분묘에서 조우한 언데드를 겁내는 성용사.
신의 적을 무서워하는 용사가 존재해서는 안 된다.
하지만 그런 성용사의 모습을, 가장 보여서는 안 될 어떤 인물이 나타나는데——?!

츠키카게 지음 / bob 일러스트

영상출판
미디어(주)

슬라임을 잡으면서 300년, 모르는 사이에 레벨MAX가 되었습니다 1~4

원래 세계에서 과로사한 것을 반성하고 불로불사의 마녀가 되어
느긋하게 300년을 살았더니——레벨99 = 세계 최강이 되어 있었습니다.
생활비를 벌려고 틈틈이 잡았던 슬라임의 경험치가 너무 많이 쌓였나?
소문은 금방 퍼지고, 호기심에 몰려드는 모험가, 결투하자고 덤비는 드래곤,
급기야 나를 엄마라고 부르는 몬스터 딸까지 찾아오는데 말이죠——.

모험을 떠난 적도 없는데도 최강?
어? 그럼 내 빈둥빈둥 생활은 어떡하라고?
슬라임만 잡는 이색 이세계 최강&슬로 라이프, 개막!

모리타 키세츠 지음 / 베니오 일러스트

영상출판
미디어(주)